La hija del diablo

La hija del diablo

Lisa Kleypas

Traducción de Ana Isabel Domínguez Palomo
y M.ª del Mar Rodríguez Barrena

VERGARA

Papel certificado por el Forest Stewardship Council®

Título original: *Devil's Daughter*

Primera edición: noviembre de 2020
Primera reimpresión: noviembre de 2020

Printed in Spain – Impreso en España

ISBN: 978-84-18045-39-4
Depósito legal: B-14.394-2020

Compuesto en Llibresimes, S. L.

Impreso en Liberdúplex
Sant Llorenç d'Hortons (Barcelona)

VE 4 5 3 9 4

Penguin
Random House
Grupo Editorial

A nuestros queridos amigos Amy y Scott,
que nos dejaron demasiado pronto

Mi vela arde por ambos extremos,
toda la noche no durará;
pero, ay, enemigos, y, ay, amigos...,
qué hermosa luz da.

Edna St. Vincent Millay

1

Hampshire, Inglaterra, 1877

Phoebe no conocía a West Ravenel en persona, pero tenía una cosa bien clara: era un bruto y un vil acosador. Lo sabía desde que tenía ocho años, cuando su mejor amigo, Henry, empezó a enviarle cartas desde el internado.

West Ravenel fue un tema recurrente en las cartas de Henry. Era un niño desalmado y brutal, pero habían pasado por alto su constante mal comportamiento, tal como habría sucedido en casi todos los internados. Se consideraba inevitable que los niños de más edad dominaran y maltrataran a los más pequeños, y cualquiera que se fuera de la lengua era gravemente castigado.

> Querida Phoebe:
>
> Creía que sería divertido ir al internado, pero no lo es. Hay un niño, se llama West, que siempre me quita el panecillo del desayuno y ya es tan grande como un elefante.

> Querida Phoebe:
>
> Ayer me tocaba cambiar las velas. West metió velas trucadas en mi cesta y anoche una de ellas salió disparada como un cohete y le quemó las cejas el señor Farthing. Me castigaron

con unos golpes de vara en la mano. El señor Farthing debería haber sabido que yo no haría algo tan evidente. West no se arrepiente de nada. Dijo que no podía evitar que el profesor fuera un imbécil.

Querida Phoebe:

Te he hecho este dibujo de West para que si alguna vez lo ves sepas que tienes que salir corriendo. No se me da bien dibujar, por eso parece un payaso pirata. También se comporta como si lo fuera.

Durante cuatro años, West Ravenel había molestado y torturado al pobre Henry, lord Clare, un niño bajito y enclenque de salud delicada. Al final, la familia de Henry lo sacó del internado y lo llevó a Heron's Point, no muy lejos de donde Phoebe vivía. El clima templado y saludable del pueblecito costero y sus afamados baños de agua marina ayudaron a que Henry recuperase la salud y el buen humor. Para alegría de Phoebe, Henry visitó su casa muy a menudo, e incluso estudió con sus hermanos y su tutor. Su inteligencia, su ingenio y sus tiernas excentricidades lo convirtieron en una persona especial para la familia Challon.

No hubo un momento concreto en el que el afecto infantil de Phoebe por Henry se convirtiera en algo nuevo. Sucedió de forma gradual, abriéndose paso en su interior con delicadas ramitas plateadas, floreciendo en un jardín lleno de piedras preciosas, hasta que un día lo miró y sintió la emoción del amor.

Ella necesitaba un marido que también pudiera ser su amigo, y Henry siempre había sido su mejor amigo. Lo comprendía todo de ella, al igual que ella de él. Eran la pareja perfecta.

Phoebe fue la primera en sacar el tema del matrimonio. Se quedó sorprendida y dolida cuando Henry intentó disuadirla con mucha ternura.

—Sabes que no puedo estar contigo para siempre —le dijo él al tiempo que la rodeaba con sus delgados brazos y le enterraba los dedos en los mechones pelirrojos que se le habían soltado del recogido—. Algún día acabaré estando demasiado débil para ser un marido o un padre de verdad. No podré hacer nada. Sería injusto para ti y para los niños. Incluso para mí.

—¿Por qué te resignas de esta manera? —le preguntó Phoebe, asustada por esa sosegada y fatalista conformidad con la misteriosa enfermedad que lo aquejaba—. Buscaremos otros médicos. Encontraremos lo que sea que te hace enfermar y también encontraremos la cura. ¿Por qué te rindes antes de que haya empezado siquiera la pelea?

—Phoebe —replicó Henry en voz baja—, la pelea empezó hace mucho. Me he pasado casi toda la vida cansado. Por más que descanse, casi no tengo fuerzas para aguantar todo el día.

—Yo tengo fuerzas por los dos. —Phoebe le apoyó la cabeza en el hombro, temblando por las emociones que la asaltaban—. Te quiero, Henry. Deja que te cuide. Deja que esté a tu lado durante el tiempo que podamos estar juntos.

—Te mereces algo más.

—¿Me quieres, Henry?

Esos ojos castaños, tan grandes y tiernos, relucieron a causa de las lágrimas.

—Tanto como un hombre puede querer a una mujer.

—¿Y qué más puede haber?

Se casaron. Una pareja de vírgenes que descubrieron entre risillas tímidas los misterios del amor con una torpeza afectuosa. Su primer hijo, Justin, era un niño de pelo oscuro con una salud de hierro que a esas alturas tenía cuatro años.

La salud de Henry sufrió el declive final dos años antes, justo antes del nacimiento de su segundo hijo, Stephen.

Durante los meses de luto y de desesperación que siguieron, Phoebe se fue a vivir con su familia y encontró un poco de consuelo en el cariñoso hogar de su infancia. Sin embargo, una vez terminado el periodo de luto, era hora de empezar una nueva vida como madre de dos niños. Una vida sin Henry. Qué raro se le antojaba. Pronto se mudaría de nuevo a Clare Manor, en Essex —una propiedad que Justin había heredado y que gestionaría cuando cumpliera la mayoría de edad—, e intentaría educar a sus hijos tal como su querido padre habría deseado.

Pero, primero, tenía que asistir a la boda de su hermano Gabriel.

El miedo le provocó un nudo enorme en el estómago mientras el carruaje se acercaba a Eversby Priory. Era el primer evento social al que asistiría fuera de la casa de su familia desde la muerte de Henry. Aun a sabiendas de que se encontraba entre amigos y familiares, estaba nerviosa. Además, había otro motivo por el que estaba tan descompuesta.

La novia se apellidaba Ravenel.

Gabriel estaba prometido con una muchacha preciosa y excepcional, lady Pandora Ravenel, que parecía quererlo tanto como él a ella. Era fácil encariñarse de Pandora, porque era descarada y graciosa, y también imaginativa, de un modo que le recordaba un poco a Henry. También había descubierto que le caían bien los otros Ravenel a quienes conoció cuando fueron de visita a casa de su familia en la costa. Estaba la hermana gemela de Pandora, Cassandra, y su primo lejano, Devon Ravenel, que acababa de heredar el título de conde y que en esos momentos era lord Trenear. Su esposa, Kathleen, lady Trenear, era simpática y encantadora. De haber acabado la familia ahí, todo sería perfecto.

Pero el destino tenía un sentido del humor retorcido: el hermano menor de Devon no era otro que West Ravenel.

Por fin iba a conocer al hombre que había convertido en un infierno los años escolares de Henry. Era imposible evitarlo.

West vivía en la propiedad, sin duda dándose aires y fingiendo estar ocupado mientras dilapidaba la herencia de su hermano. Al recordar las descripciones de Henry del enorme y bruto holgazán, Phoebe se imaginaba a West Ravenel bebiendo tumbado, como una foca en la playa, mientras lanzaba miradas lascivas a las criadas que limpiaban lo que él ensuciaba.

No parecía justo que alguien tan bueno y tan amable como Henry hubiera vivido tan pocos años, mientras que un cretino como West Ravenel seguramente viviera hasta los cien.

—Mamá, ¿por qué estás enfadada? —le preguntó con inocencia su hijo Justin desde el asiento de enfrente. La vieja niñera que estaba a su lado se había recostado contra el rincón para dormir un poco.

Phoebe cambió la cara al punto.

—No estoy enfadada, cariño.

—Tenías las cejas muy bajas y los labios apretados como una trucha —dijo él—. Solo pones esa cara cuando estás enfadada o cuando Stephen ha mojado el pañal.

Miró a su hijo pequeño, que dormía en su regazo mecido por el balanceo del carruaje, y susurró:

—Stephen está bien seco y yo no estoy de mal humor. Estoy... En fin, ya sabes que hace mucho que no me relaciono con desconocidos. Tener que lanzarme de nuevo a la vorágine social hace que me sienta un poco tímida.

—Cuando el abuelo me enseñó a pescar en agua fría, me dijo que no me lanzara de golpe. Me dijo que primero uno se mete hasta la cintura, para que el cuerpo sepa lo que viene a continuación. Será una buena práctica para ti, mamá.

Mientras sopesaba las palabras de su hijo, lo miró con cariño y orgullo. Se parecía a su padre, pensó. Incluso de pequeño, Henry había sido muy comprensivo e inteligente.

—Intentaré meterme poco a poco —le aseguró—. Qué listo eres. Se te da muy bien escuchar a los demás.

—No escucho a todos los demás —la corrigió Justin sin miramientos—. Solo a quienes me caen bien. —Se puso de rodillas en el asiento y miró la antigua mansión de estilo jacobino que se veía a lo lejos y que en otro tiempo fue el hogar fortificado de decenas de monjes. Era un edificio alto y enorme con un sinfín de delgadas chimeneas. Era terrenal, estaba plantada firmemente en el suelo, pero se alzaba hacia el cielo—. Es grande —dijo maravillado—. El tejado es grande, los árboles son grandes, los jardines son grandes, los setos son grandes... ¿Y si me pierdo? —No parecía preocupado, sino intrigado.

—Quédate donde estés y grita hasta que yo te encuentre

—le contestó ella—. Siempre te encontraré. Pero no tendrás que hacerlo, cariño. Cuando yo no esté contigo, tendrás a Nana... No dejará que te alejes mucho.

Justin miró con escepticismo a la mujer mayor que dormía en un rincón y esbozó una sonrisilla traviesa al volver a mirar a su madre.

Nana Bracegirdle había cuidado a Henry desde pequeño, y por petición suya se encargaba de sus propios hijos. Era una mujer tranquila y agradable, con un cuerpo robusto que hacía que su regazo fuera el lugar perfecto para que los niños se sentaran mientras ella les leía, con los hombros del tamaño justo para los bebés llorones que necesitaban que los tranquilizasen. Su pelo era como una nube blanca bajo la cofia de batista. Los esfuerzos físicos de su profesión, como corretear detrás de niños revoltosos o sacarlos de la bañera, los realizaba en su mayoría una niñera más joven. Sin embargo, la mente de Nana estaba tan lúcida como siempre y, salvo por la necesidad de echarse alguna que otra siesta, era tan competente como siempre.

La hilera de carruajes avanzó por el camino, llevando a la familia Challon y a sus criados, así como una montaña de bolsas de cuero y baúles. La propiedad, al igual que los campos de labor que la circundaban, estaba muy bien cuidada, con setos altos y viejos muros de piedra cubiertos por rosales trepadores y por los delicados racimos morados de las glicinias. El jazmín y la madreselva perfumaban el ambiente allí donde los carruajes se detuvieron delante del pórtico de entrada.

Nana se despertó de su siesta con un sobresalto y empezó a meter cosas en su bolsa de viaje. Le quitó a Stephen de los brazos a Phoebe, que siguió a Justin cuando bajó de un salto.

—Justin... —lo llamó Phoebe, nerviosa, mientras lo veía internarse en la multitud de criados y de familiares como un colibrí para saludar a todo el mundo. Vio las siluetas conocidas de Devon y de Kathleen Ravenel, lord y lady Trenear, dándoles la bienvenida a sus invitados, que no eran otros que sus padres, su hermana menor, Seraphina, su hermano Ivo, y Pandora y Cassandra, además de un numeroso grupo personas a quienes no reconocía. Todo el mundo reía y hablaba, animado por la emoción de la boda. El temor se apoderó de Phoebe al pensar que iban a presentarle a personas desconocidas con las que tendría que entablar conversación. Ojalá pudiera seguir llevando el manto protector del luto, con un velo que le cubriera la cara.

Con el rabillo del ojo, vio que Justin subía los escalones de entrada él solo. Al darse cuenta de que Nana hacía ademán de seguirlo, Phoebe le tocó el brazo.

—Ya voy yo detrás de él —susurró.

—Sí, milady —dijo Nana, aliviada.

Phoebe se alegraba de que Justin se hubiera colado en la casa, ya que eso le daba la excusa perfecta para evitar la recepción de los invitados.

El vestíbulo también estaba muy concurrido, pero el ambiente era más tranquilo y silencioso que el del exterior. Un hombre dirigía toda la actividad, dando órdenes a los criados que pasaban. Su pelo, de un castaño tan oscuro que podría confundirse con el negro, brillaba cuando la luz lo tocaba. En ese momento estaba escuchando al ama de llaves mientras esta le explicaba algo sobre los dormitorios de los invitados. Sin embargo, al ver que se acercaba el ayudante del mayordomo, le arrojó una llave que el recién llegado atrapó al vuelo antes de alejarse para seguir con sus tareas. Un galopillo que llevaba una pila de cajas de sombreros se tropezó, y el hombre de pelo oscuro extendió un brazo para que no se cayera. Después de apilar bien las cajas de sombreros, le dijo al muchacho que siguiera a lo suyo.

La vitalidad tan masculina que irradiaba fascinó a Phoebe al instante. Superaba con creces el metro ochenta de estatura, tenía una complexión atlética y su piel lucía el tono bronceado típico de las personas que pasaban mucho tiempo al sol. Sin embargo, llevaba un traje bien confeccionado. Qué curioso. Tal vez fuera el administrador de la propiedad.

Se distrajo al darse cuenta de que su hijo se había detenido para investigar la balaustrada tallada de la doble escalinata. Lo siguió a toda prisa.

—Justin, no te alejes sin decírnoslo a Nana o a mí.

—Mira, mamá.

Siguió con la mirada la dirección de su dedito. Vio un nido de ratón tallado en la base del balaustre. Un detalle travieso e inesperado en el esplendor de la escalinata. Esbozó una sonrisa.

—Me gusta.

—A mí también.

Cuando Justin se agachó para mirar de cerca la talla, una bolita de cristal se le cayó del bolsillo y golpeó el suelo de madera. Consternados, ambos observaron cómo la bolita se alejaba rodando a toda velocidad.

Sin embargo, la bolita se detuvo de repente cuando el hombre de pelo oscuro le plantó la punta del pie encima demostrando tener un don de la oportunidad perfecto. Mientras terminaba de hablar con el ama de llaves, se agachó para recoger la bolita. El ama de llaves se alejó a toda prisa, y el hombre se volvió para mirar a Phoebe y a Justin.

El azul de sus ojos parecía increíble en contraste con su tez bronceada, y su sonrisa fue un deslumbrante relámpago. Era guapísimo, con facciones fuertes y bien definidas, y con unas arruguitas en el rabillo de los ojos por la risa. Parecía una persona irreverente y graciosa, pero también tenía un aura cínica y dura. Como si hubiera vivido experiencias de sobra en el mundo y le quedaran pocas ilusiones. De alguna manera, eso aumentaba su atractivo.

Se acercó a ellos sin prisa. Lo envolvía el agradable olor a aire libre: sol y viento, hierba recién cortada y un leve aroma a humo, como si hubiera estado junto a una hoguera. Tenía los ojos del azul más intenso que había visto en la vida, con un borde oscuro alrededor que parecía casi negro. Había pasado mucho tiempo desde la última vez que un hombre la había mirado de esa manera, directa e interesada, un tanto coqueta. Experimentó al instante una sensación extrañísima que le recordó a los primeros días de su matrimonio con Henry: el deseo trémulo, inexplicable y vergonzoso de querer pegar su cuerpo de forma íntima al de otra persona. Hasta ese momento, solo lo había sentido con su marido, y nunca había sido tan impactante ni visceral.

Algo culpable y desconcertada, Phoebe retrocedió un paso mientras intentaba arrastrar a Justin.

Sin embargo, su hijo se resistió, ya que a todas luces creía que era él quien debía hacer las presentaciones.

—Soy Justin, lord Clare —anunció su hijo—. Esta es mamá. Papá no está con nosotros porque está muerto.

Phoebe era consciente del intenso rubor que la cubría desde el nacimiento del pelo hasta los pies.

El hombre no pareció tomárselo a mal, sino que se acuclilló para quedar a la altura de la cara de Justin. Su voz ronca hizo que tuviera la sensación de estar tumbada en un mullido colchón de plumas.

—Yo perdí a mi padre cuando no era mucho mayor que tú —le dijo el hombre a Justin.

—Oh, yo no he perdido al mío —fue la sincera réplica del niño—. Sé muy bien dónde está. En el cielo.

El desconocido sonrió.

—Un placer conocerlo, lord Clare. —Se estrecharon la mano con mucha pompa. El hombre sostuvo la bolita de cristal a la luz y se percató de la figurita de porcelana, con forma de oveja, que había dentro—. Una pieza magnífica —comentó antes de dársela a Justin y ponerse en pie—. ¿Le gusta jugar a las bolas?

—¡Sí! —exclamó el niño. Era habitual entre los más pequeños jugar con las bolitas a distintos juegos, como el de tratar de expulsar las bolas de los demás jugadores de un círculo.

—¿Al castillo doble?

Intrigado, Justin meneó la cabeza.

—Ese no lo conozco.

—Ya jugaremos una partida o dos durante su visita, si a mamá no le importa. —El hombre miró a Phoebe con expresión interrogante.

Descubrirse incapaz de hablar la mortificó. El corazón se le estaba desbocando.

—Mamá no está acostumbrada a hablar con adultos —dijo Justin—. Le gustan más los niños.

—Yo soy muy infantil —se apresuró a decir el hombre—. Pregúntaselo a cualquiera de por aquí.

Phoebe se descubrió sonriéndole.

—¿Es usted el administrador? —le preguntó.

—La mayor parte del tiempo. Pero no hay trabajo en la propiedad, el de las fregonas incluidas, que no haya hecho al menos una vez, para comprender un poco cómo se hace.

La sonrisa de Phoebe se desvaneció cuando una extraña y terrible sospecha se le pasó por la cabeza.

—¿Cuánto tiempo lleva trabajando aquí? —le preguntó con tiento.

—Desde que mi hermano heredó el título. —El desconocido hizo una reverencia antes de continuar—. Weston Ravenel..., a su servicio.

2

West era incapaz de apartar la vista de lady Clare. Tenía la impresión de que si extendía un brazo para tocarla, retiraría la mano con los dedos achicharrados. Ese pelo, tan lustroso debajo del sencillo sombrero de viaje de color gris... Jamás había visto nada semejante. Era de un rojo similar al del ave del paraíso, y en el recogido se adivinaban mechones más oscuros. Tenía un cutis tan perfecto como el alabastro, salvo por una delicada lluvia de pecas sobre la nariz, semejante a una exótica especia espolvoreada sobre un postre delicioso para darle el toque final.

Su aspecto era el de una persona bien cuidada, educada y bien vestida. El de una mujer a la que habían querido y protegido. Pero había un brillo triste en su mirada...: la certeza de que existían ciertas cosas contra las que nadie tenía protección.

Por Dios, esos ojos... de un gris claro con vetas semejantes a rayos de diminutas estrellas.

Cuando la vio sonreír, sintió una ardiente punzada en el pecho. Pero en cuanto se presentó, vio que esa atractiva sonrisa se desvanecía, como si acabara de despertarse de un precioso sueño y se encontrara de repente en una realidad bastante menos agradable.

Tras volverse hacia su hijo, lady Clare aplastó con delicadeza el remolino que el niño tenía en la oscura coronilla.

—Justin, tenemos que regresar con la familia.

—Pero voy a jugar con el señor Ravenel —protestó el niño.

—No mientras están llegando todos los invitados —replicó ella—. Este pobre caballero está muy ocupado y nosotros tenemos que acomodarnos en nuestros aposentos.

Justin frunció el ceño.

—¿Tengo que quedarme en la habitación infantil? ¿Con los bebés?

—Cariño, tienes cuatro años...

—¡Casi cinco!

West atisbó el asomo de una sonrisa en sus labios y también el interés y la comprensión con los que miraba al chiquillo mientras se inclinaba hacia él.

—Si quieres, puedes quedarte en mi dormitorio —sugirió.

El niño pareció espantado por la idea.

—No puedo dormir en tu dormitorio —protestó indignado.

—¿Por qué no?

—¡Porque la gente puede pensar que estamos casados!

West clavó la vista en un lugar alejado del suelo mientras trataba de contener la risa. Cuando por fin se vio capaz de respirar, tomó una honda bocanada de aire y se arriesgó a mirar a lady Clare. Para su más secreto deleite, la dama parecía estar considerando el argumento como si fuera del todo válido.

—No había caído en eso —repuso—. Supongo que en ese caso tendrás que quedarte en la habitación infantil. ¿Vamos en busca de Nana y de Stephen?

El niño suspiró y aceptó la mano que ella le tendía. Acto seguido, miró a West y le explicó:

—Stephen es mi hermanito. No sabe hablar y huele a tortugas podridas.

—No todo el tiempo —protestó lady Clare.

Justin negó con la cabeza, como si ni siquiera mereciera la pena discutir la cuestión.

Cautivado por la fluida comunicación que había entre ellos, West no puedo evitar compararla con la relación que él tuvo con su madre, que siempre miró a su prole como si fueran los hijos de otra mujer que la incordiaran.

—Hay olores mucho peores que los de un hermanito —le dijo al niño—. Mientras estés de visita, te llevaré a que huelas lo más espantoso que tenemos en la granja de la propiedad.

—¿Qué es? —quiso saber Justin, emocionado.

West lo miró con una sonrisa.

—Tendrás que descubrirlo tú mismo.

Lady Clare, que parecía preocupada, dijo:

—Es usted muy amable, señor Ravenel, pero no será necesario que cumpla esa promesa. Estoy segura de que estará muy ocupado. No queremos importunarlo.

Más sorprendido que ofendido por la negativa, West replicó despacio:

—Como desee, milady.

Aparentemente aliviada, lady Clare se despidió con una elegante genuflexión y se alejó con su hijo de la mano como si estuvieran escapando de algo.

Atónito, West los observó sin moverse. No era la primera vez que una dama respetable le daba la espalda. Pero era la primera vez que le escocía.

Lady Clare debía de estar al tanto de su reputación. Su pasado estaba repleto de excesos y borracheras, mucho más que el de cualquier treintañero que se preciara. De manera que no podía culpar a la dama de querer alejar a su hijo de él. Bien sabía Dios que jamás arruinaría a propósito la tierna vida de un niño.

Con un suspiro para sus adentros, West se resignó a cerrar la boca y a evitar a los Challon durante los próximos días. Algo que no sería fácil, ya que la casa estaba plagada de ellos. Después de que los recién casados se marcharan, la familia del novio se quedaría tres o cuatro días más. Los duques querían aprovechar la oportunidad para pasar unos días con viejos amigos y conocidos en Hampshire. Así que se celebrarían almuerzos, cenas, excursiones, fiestas, meriendas al aire libre y largas noches de entretenimientos y conversaciones en el salón.

Como era normal, todo eso tendría lugar a principios del verano, cuando la actividad en la explotación agraria de la propiedad estaba en pleno apogeo. Al menos, de esa forma tenía una razón de peso para mantenerse alejado de la casa prácticamente todo el día. Tan lejos de lady Clare como fuera posible.

—¿Qué haces aquí tan ensimismado? —le preguntó una voz femenina con deje exigente.

Arrancado de sus reflexiones, West miró hacia abajo y se encontró con su prima lady Pandora Ravenel, una joven de pelo oscuro.

Pandora era una muchacha poco convencional: impulsiva, inteligente y casi siempre repleta de más energía de la que era capaz de gestionar. De las tres hermanas Ravenel, ella era la que menos posibilidades tenía de casarse con el soltero más codiciado de Inglaterra. Sin embargo, decía mucho de Gabriel, lord St. Vincent, que hubiera sido capaz de valorarla. De hecho, y según se rumoreaba, St. Vincent estaba localmente enamorado de ella.

—¿Quieres que haga algo? —le preguntó West a Pandora con desinterés.

—Sí, quiero presentarte a mi prometido para que me des tu opinión.

—Cariño, St. Vincent es el heredero de un ducado y tiene una enorme fortuna a su disposición. Solo por eso ya me resulta la mar de simpático.

—Acabo de verte hablando con su hermana, lady Clare. Es viuda. Deberías cortejarla antes de que alguien se te adelante.

West esbozó una sonrisa carente de humor al oír la sugerencia. Tal vez tuviera un ilustre apellido, pero carecía de fortuna y de tierras propias. Además, la sombra de su pasado siempre lo acompañaba. En Hampshire había empezado de cero, entre personas a las que los cotilleos londinenses les importaban un comino. Pero para los Challon era un hombre con una reputación atroz. Un bala perdida.

Y lady Clare era todo un trofeo: joven, adinerada, hermosa, viuda y madre de un niño que había heredado el título y las propiedades ligadas a este. Todos los hombres elegibles del país la perseguirían.

—No me apetece —replicó—. Los cortejos tienen a veces la desagradable consecuencia de acabar en matrimonio.

—Pero ya has dicho en más de una ocasión que te gustaría ver la casa llena de niños.

—Sí, de otras personas. Y puesto que mi hermano y su esposa están trayendo más Ravenel al mundo, yo estoy libre de esa responsabilidad.

—De todas formas, creo que por lo menos deberías relacionarte con Phoebe.

—¿Así se llama? —preguntó con renuente interés.

—Sí, lleva el nombre de un alegre pajarillo cantor oriundo de Norteamérica.

—La mujer que acabo de conocer no es precisamente un alegre pajarillo cantor —le aseguró West.

—Lord St. Vincent afirma que Phoebe es cariñosa y que incluso tiene un carácter un poco coqueto, pero todavía está muy afectada por la muerte de su esposo.

West intentó mantener un silencio indiferente. Sin embargo, al cabo de un instante, no pudo resistirse y preguntó:

—¿De qué murió?

—De una enfermedad que lo fue consumiendo poco a poco. Los médicos nunca se han puesto de acuerdo en el diagnóstico. —Pandora guardó silencio al ver que un nuevo grupo de invitados entraba en el vestíbulo. Se llevó a West hacia el hueco de la gran escalinata y siguió en voz baja—: Lord Clare fue un niño enfermo desde que nació. Sufría de horribles dolores estomacales, fatiga, jaquecas, palpitaciones...; era intolerante a casi toda la comida y apenas si podía mantenerla en el estómago. Probaron con todos los remedios posibles, pero nada funcionó.

—¿Por qué se casó la hija de un duque con un inválido? —quiso saber West, perplejo.

—Fue un matrimonio por amor. Lord Clare y Phoebe se encariñaron de pequeños. Al principio, él se mostró renuente al matrimonio, porque no quería ser una carga, pero ella lo persuadió para aprovechar al máximo el tiempo del que dispusieran. ¿A que es romantiquísimo?

—No tiene sentido —respondió West—. ¿Seguro que no fue un matrimonio apresurado?

Pandora lo miró perpleja.

—¿Te refieres a...? —Hizo una pausa mientras trataba de encontrar una expresión educada—. ¿A que pudieron anticiparse a los votos matrimoniales?

—O eso —contestó West—, o su primogénito era hijo de otro hombre que no estaba disponible para el matrimonio.

Pandora frunció el ceño.

—¿De verdad eres tan cínico?

West sonrió.

—Bueno, esto no es nada. Soy mucho peor. Ya lo sabes.

Pandora agitó la mano por delante de su cara, fingiendo darle una bofetada a modo de bien merecida reprimenda. Él le atrapó la mano con agilidad, le dio un beso en el dorso y la soltó.

A esas alturas habían llegado tantos invitados al vestíbulo de entrada que West empezaba a preguntarse si habría sitio para todos en Eversby Priory. La mansión tenía más de cien dormitorios, sin contar con los aposentos de la servidumbre, pero tras décadas de negligencia muchas alas estaban cerradas o en proceso de restauración.

—¿Quiénes son todas estas personas? —preguntó—. Parecen multiplicarse por momentos. Pensaba que la lista de invitados se limitaba a la familia y a los más allegados.

—Los Challon tienen muchos allegados —repuso Pandora con un deje contrito—. Lo siento. Sé que no te gustan las multitudes.

El comentario sorprendió a West, que estaba a punto de protestar aduciendo que sí le gustaban las multitudes; pero, de repente, cayó en la cuenta de que Pandora solo lo conocía tal como era en la actualidad. En su vida anterior, disfrutaba de la compañía de los desconocidos e iba de un evento social a otro en busca de constante entretenimiento. Le encantaban los cotilleos, el coqueteo y el incesante flujo de vino y de ruido que mantenían su atención constantemente en el exterior. Sin embargo, desde que llegó a Eversby Priory, esa vida le resultaba ajena.

La llegada de un grupo de personas hizo que Pandora diera unos saltitos.

—Mira, ahí están los Challon. —Y añadió con una mezcla de asombro y nerviosismo—: Mi futura familia política.

Sebastian, el duque de Kingston, irradiaba el aplomo de un hombre que había nacido rodeado de privilegios. A diferencia de muchos pares del reino, cuyo físico era de lo más normal, Kingston era un hombre de gran atractivo y belleza física, y podía presumir de una figura delgada más propia de un hombre con la mitad de sus años. Era conocido por su inteligencia y su humor cáustico, y controlaba un laberíntico imperio financiero que incluía, por más asombroso que pareciera, un club de juego para caballeros. En el caso de que sus pares aristócratas encontraran de mal gusto la vulgaridad de poseer semejante negocio, ninguno se atrevía a decirlo en público. El duque era el acreedor de muchas deudas y en su haber se contaban incontables secretos que podrían llevar a muchos a la ruina. Con unas cuantas palabras dichas o escritas, Kingston podía convertir a cualquier joven y presumido aristócrata en un mendigo.

De forma sorprendente, el duque parecía estar profundamente enamorado de su mujer, algo que resultaba muy tierno. Una de sus manos se demoraba en la base de la espalda de la duquesa, lo que ponía de manifiesto que disfrutaba con el contacto de forma indiscutible. Nadie podría culparlo en cualquier caso. Evangeline, la duquesa, era una pelirroja espectacular de voluptuosas curvas y alegres ojos azules, con la cara salpicada de delicadas pecas. Su personalidad parecía cálida y radiante, como si se hubiera impregnado de la luz de un atardecer otoñal.

—¿Qué te parece lord St. Vincent? —le preguntó Pandora con avidez.

West clavó los ojos en un hombre que parecía la versión más joven de su padre, con un pelo cobrizo tan lustroso que relucía como las monedas recién acuñadas. Guapo como un príncipe. Un cruce entre Adonis y un caballero de dorada armadura.

Con deliberada despreocupación, West contestó:

—No es tan alto como esperaba.

Pandora pareció ofenderse.

—¡Es tan alto como tú!

—Me comeré el sombrero si supera el metro y medio. —West chasqueó la lengua para expresar su desaprobación—. Y todavía lleva pantalones cortos.

Pandora le dio un pequeño empujón, dividida entre la risa y la ofensa.

—Ese es Ivo, su hermano pequeño, que tiene once años. Mi prometido es el de al lado.

—¡Aaah! Bueno, en ese caso entiendo por qué quieres casarte con él.

Pandora se cruzó los brazos por delante del pecho y soltó un largo suspiro.

—Sí, pero ¿por qué quiere él casarse conmigo?

West la tomó por los hombros y la obligó a volverse para mirarlo.

—¿Por qué no iba a querer hacerlo? —le preguntó a su vez, con un deje preocupado en la voz.

—Porque no soy el tipo de mujer con el que todo el mundo esperaba que se casase.

—Eres lo que él quiere o, de lo contrario, no estaría aquí. ¿Qué motivos tienes para preocuparte?

Pandora se encogió de hombros, nerviosa.

—No lo merezco —confesó.

—Eso es maravilloso para ti.

—¿Por qué?

—No hay nada mejor que tener algo que uno no se merece. Cuando lo necesites, repite esto: «¡Bien por mí, qué suerte tengo! No solo he conseguido un buen trozo de tarta, sino que además es una de las esquinas con una flor de azúcar y todo el mundo está muerto de la envidia».

Pandora esbozó una lenta sonrisa. Al cabo de un momento, repitió en voz baja, a modo de ensayo:

—¡Bien por mí!

West miró por encima de su cabeza y vio que alguien se acercaba, alguien que no esperaba ver precisamente, y dijo sin poder disimular la irritación:

—Me temo que debo empezar los festejos por tu boda con un asesinato de nada, Pandora. No te preocupes, será rápido y después seguiremos con la celebración.

3

—¿De quién tienes que deshacerte? —Pandora parecía más interesada que alarmada.

—De Tom Severin —respondió West con seriedad.

Ella se volvió para seguir la dirección de su mirada, clavada en el hombre delgado y de pelo oscuro que se acercaba a ellos.

—Pero eres uno de sus amigos más íntimos, ¿no?

—Yo no llamaría «íntimo» a ninguno de los amigos de Severin. Normalmente, intentamos no acercarnos tanto como para poder apuñalarnos.

Sería difícil encontrar a un hombre con treinta y pocos años que hubiera amasado fortuna y poder con la misma velocidad que lo había hecho Tom Severin. Había empezado como ingeniero mecánico que diseñaba motores, luego pasó a diseñar puentes ferroviarios y, a la postre, había construido su propia línea de ferrocarril, y pareció hacerlo con la misma facilidad que un niño que jugara a la pídola. Severin podía ser generoso y considerado, pero sus mejores cualidades no estaban ligadas a la conciencia ni nada que se le pareciera.

Severin hizo una reverencia cuando llegó a su altura.

Pandora respondió con una genuflexión.

West se limitó a mirarlo con frialdad.

Severin no era guapo al lado de los Challon —porque, ¿qué hombre podía serlo?—, ni tampoco era apuesto según los cánones convencionales. Sin embargo, tenía algo que parecía gustarles a las mujeres. West no tenía ni idea de lo que era. Su rostro era afilado y delgado, y tenía una figura desgarbada, casi esquelética, además de ser pálido como un bibliotecario. Tenía los ojos de una mezcla irregular de azul y verde, de modo que a plena luz parecían ser de dos colores distintos.

—Londres empezaba a aburrirme —dijo Severin, como si eso explicara su presencia.

—Estoy segurísimo de que no estás en la lista de invitados —repuso West con mordacidad.

—Oh, no necesito invitación —fue la serena réplica de Severin—. Voy allá a donde me apetece. Hay tantas personas que me deben favores que nadie se atrevería a pedirme que me fuera.

—Yo me atrevería —le aseguró West—. De hecho, puedo decirte adónde irte con exactitud.

Antes de que pudiera continuar, Severin se volvió hacia Pandora y le dijo:

—Usted es la novia. Lo sé por el brillo de sus ojos. Un honor estar aquí, un placer, enhorabuena y blablablá. ¿Qué le gustaría de regalo de bodas?

Pese a las estrictas instrucciones de lady Berwick en cuanto a protocolo, la pregunta hizo que la compostura de Pandora se desinflara como un globo pinchado.

—¿Cuánto se va a gastar? —le preguntó ella.

Severin se echó a reír, encantado por la inocente y grosera pregunta.

—Pida algo grande —le aconsejó—. Soy muy rico.

—No le hace falta nada —terció West con sequedad—. Mucho menos de ti. —Miró a Pandora y añadió—: Los regalos del señor Severin siempre vienen con ataduras. Y dichas ataduras arrastran tejones rabiosos.

Tras inclinarse un poco hacia Pandora, Severin dijo en un aparte, como si estuvieran conspirando ellos dos solos:

—A todo el mundo le gustan mis regalos. La sorprenderé después con algo.

Ella sonrió.

—No necesito regalos, señor Severin, pero es bienvenido a quedarse para mi boda. —Al ver la reacción de West, protestó—: Ha venido desde Londres.

—¿Dónde vas a meterlo? —preguntó West—. En Eversby Priory ya no cabe ni un alfiler. Todas las habitaciones que son un poquito más cómodas que una celda de la prisión de Newgate están ocupadas.

—Oh, no me voy a quedar aquí —le aseguró Severin—. Ya sabes lo que opino de estas mansiones viejas. Eversby Priory es preciosa, por supuesto, pero prefiero las comodidades modernas. Me quedaré en mi vagón particular, en la estación de la mina de la propiedad.

—Qué apropiado —replicó West, molesto—, teniendo en cuenta que intentaste robar los derechos de explotación de dicha mina, incluso a sabiendas de que eso dejaría a los Ravenel arruinados económicamente.

—¿Sigues irritado por aquello? No fue algo personal. Era un asunto de negocios.

Casi nada era personal con Severin. Lo que suscitaba la pregunta de por qué se había presentado para asistir a la boda. Era posible que quisiera relacionarse con la familia Challon, muy bien situada, con algún negocio futuro en mente. O podría estar buscando una esposa. Pese a su ingente fortuna y al hecho de que tenía la mayoría de las acciones de la empresa ferroviaria London Ironstone, no era bien recibido en los círculos de la alta sociedad. De momento, no había encontrado a una familia aristocrática lo bastante desesperada como para entregarle a una de sus hijas en sacrificio matrimonial. Sin embargo, solo era cuestión de tiempo.

West echó un vistazo por la multitud que se congregaba en el vestíbulo, mientras se preguntaba qué pensaba su hermano mayor, Devon, de la presencia de Severin. Cuando sus ojos se encontraron, Devon le sonrió con resignación. «Bien podemos dejar que se quede el muy desgraciado», le decía sin palabras.

West respondió con un breve gesto de cabeza. Aunque le habría encantado echar a Severin a patadas de la casa, no sacaría nada de provecho provocando una escena.

—La excusa más simple me bastará para enviarte de vuelta a Londres en una caja de patatas —le dijo West a Severin con una engañosa expresión afable.

El aludido sonrió.

—Entendido. Ahora, si me disculpas, acabo de ver a nuestro viejo amigo Winterborne.

Después de que el magnate del ferrocarril se alejara, Pandora se cogió del brazo de West.

—Deja que te presente a los Challon.

West no se movió.

—Luego.

Pandora lo miró implorante.

—Por favor, no te pongas testarudo. Parecerá raro que no vayas a saludarlos.

—¿Por qué? Yo no soy el anfitrión ni el dueño de Eversby Priory.

—La propiedad es tuya en parte.

West esbozó una sonrisa torcida.

—Cariño, ni una sola mota de polvo de este sitio me pertenece. Soy un administrador de propiedades glorificado, algo que, te aseguro, a los Challon no les resultará atractivo.

Pandora frunció el ceño.

—Aunque sea así, eres un Ravenel, y tienes que conocerlos ahora, porque luego será incómodo que te veas obligado a presentarte cuando te los cruces por los pasillos.

Tenía razón. West masculló una maldición y la acompañó, aunque se sentía muy incómodo.

Pandora le presentó con voz trémula a los duques; a su hija adolescente, Seraphina; a su hijo menor, Ivo; y a lord St. Vincent.

—Ya conoces a lady Clare y a Justin, claro —terminó.

West miró a la aludida, que se había dado media vuelta con el pretexto de quitarle una mota invisible a la espalda de la chaqueta de su hijo.

—Tenemos un hermano más, Raphael, que está en América por negocios —dijo Seraphina, una muchacha de melena rizada rubio cobrizo y con la dulce hermosura de los rostros que adornaban las cajas de jabones perfumados—. No le daba tiempo a volver para la boda.

—Eso quiere decir que yo puedo comerme su trozo de tarta —dijo Ivo, un muchacho pelirrojo muy guapo.

Seraphina meneó la cabeza y replicó con sorna:

—Ivo, estoy segura de que Raphael se alegrará muchísimo de que puedas continuar con tu vida en su ausencia.

—Alguien tiene que comérselo —señaló el muchacho.

Lord St. Vincent se acercó para estrecharle la mano.

—Por fin —dijo— conocemos al Ravenel menos visto y del que más se habla.

—¿Mi reputación me precede? —preguntó West—. Eso nunca es bueno.

Lord St. Vincent sonrió.

—Me temo que su familia aprovecha cada oportunidad que tiene para alabarlo a sus espaldas.

El duque de Kingston, el padre del novio, dijo con una voz tan seca que parecía un caro licor:

—Hacer que la cosecha anual de la propiedad casi se duplique no es moco de pavo. Según su hermano, ha dado grandes pasos para modernizar Eversby Priory.

—Cuando se empieza en la Edad Media, excelencia, hasta las pequeñas mejoras parecen impresionantes.

—Tal vez dentro de un par de días pueda acompañarme en una visita por la granja de la propiedad y enseñarme parte de la maquinaria nueva que está usando y algunos de los métodos.

Antes de que West pudiera replicar, Justin dijo:

—Abuelo, va a llevarme a mí a ver lo que peor huele de la granja.

La ternura suavizó la expresión de los cristalinos ojos azules del duque cuando miró al niño.

—Qué interesante. Insisto en acompañaros.

Justin se acercó a la duquesa y la abrazó por las caderas con la familiaridad de un nieto querido por sus abuelos.

—Tú también puedes venir, abuela —la invitó con generosidad, aferrado a los complicados pliegues de su vestido de seda azul.

La tierna mano de su abuela, adornada únicamente por una sencilla alianza de oro, le peinó el alborotado pelo oscuro.

—Gracias, cariño, pero prefiero pasar el tiempo con mis queridas amigas. De hecho... —La duquesa le dirigió una mirada alegre a su marido—. Los Westcliff acaban de llegar, y llevo siglos sin ver a Lillian. ¿Te importa si...?

—Ve —contestó el duque—. Sé que no debo interponerme entre vosotras. Dile a Westcliff que enseguida voy.

—Me voy con Ivo y Justin a la sala de refrigerios en busca de limonada —se ofreció Seraphina, antes de mirar a West con una sonrisa tímida—. Estamos sedientos después del viaje desde Londres.

—Y yo también —susurró lady Clare, que hizo ademán de seguir a su hermana pequeña y a los niños.

Sin embargo, se detuvo y enderezó la espalda al oír que lord St. Vincent le comentaba:

—Mi hermana Phoebe también querrá acompañarlos. Ella es quien se encarga de administrar Clare Manor hasta que Justin cumpla la mayoría de edad, y tiene mucho que aprender.

Lady Clare se volvió hacia su hermano con una expresión a caballo entre la sorpresa y la irritación.

—Como seguro que ya sabes, hermano mío, es Edward Larson quien administra Clare Manor. No se me pasaría por la cabeza insultar su competencia al interferir en dicha labor.

—Querida hermana —replicó lord St. Vincent con sequedad—, he visitado tu propiedad. Larson es un hombre afable, pero sus conocimientos sobre agricultura y ganadería no se pueden considerar «competentes» ni por asomo.

West se quedó fascinado al ver cómo el rubor se extendía por el pecho y la garganta de lady Clare. Era como ver que un camafeo cobraba vida.

Los hermanos se miraron con frialdad, sumidos en una discusión muda.

—El señor Larson es primo de mi difunto marido —le explicó ella, que seguía fulminando a su hermano con la mirada— y un gran amigo mío. Administra las tierras de labor y a los arrendatarios de la forma tradicional, tal como lord Clare le pidió que hiciera. Los métodos de toda la vida siempre nos han funcionado bien.

—El problema con eso es que... —empezó West, antes de poder contenerse. Se interrumpió al ver que lady Clare le dirigía una mirada de advertencia.

Fue como un choque, o eso le pareció cuando sus miradas se encontraron.

—¿Sí? —lo instó ella a continuar.

West esbozó una sonrisa deslucida, mientras deseaba haberse mordido la lengua.

—Nada.

—¿Qué iba a decir? —insistió ella.

—No quiero extralimitarme.

—No se extralimita si yo se lo pregunto. —Se había puesto a la defensiva y estaba molesta, y el rubor se había intensificado. Con la melena pelirroja, era una visión fascinante—. Continúe.

—El problema con la agricultura tradicional es que ya no funciona —dijo West.

—Ha funcionado durante doscientos años —le recordó ella, y no se equivocaba—. Mi marido se oponía a la experimentación que pudiera poner en peligro la propiedad, al igual que el señor Larson.

—Los granjeros experimentan por naturaleza. Siempre buscan nuevas formas para sacarle el mayor partido a la tierra.

—Señor Ravenel, con el debido respeto, ¿qué preparación tiene para hablar con tanta autoridad del tema? ¿Tenía experiencia en la agricultura antes de venir a Eversby Priory?

—Dios, no —contestó West sin titubear—. Antes de que mi hermano heredase esta propiedad, nunca había puesto un pie en una explotación agraria. Pero en cuanto empecé a hablar con los arrendatarios y a enterarme de su situación, descubrí algo. Por más duro que trabajasen estas personas, iban a quedarse atrás. Es cuestión de matemáticas. No pueden competir con los cereales baratos importados, sobre todo ahora que el coste del transporte internacional ha descendido. Además, no quedan jóvenes para hacer las labores más pesadas, todos se van al norte en busca de trabajo en las fábricas. La única solución es modernizar, o en cuestión de cinco años, diez a lo sumo, no quedarán arrendatarios, su propiedad se habrá convertido en un enorme elefante blanco y estará subastando el contenido para pagar los impuestos.

Lady Clare frunció el ceño.

—Edward Larson tiene otra visión del futuro.

—¿Mientras intenta vivir en el pasado? —West hizo una mueca desdeñosa—. Todavía no he conocido a un hombre que pueda mirar hacia atrás y ver a la vez lo que tiene delante.

—Es usted un impertinente, señor Ravenel —replicó ella en voz baja.

—Le pido disculpas. En cualquier caso, sus arrendatarios han sido la sangre de Clare Manor durante generaciones. Al menos, debería estar al tanto de su situación para ofrecer cierta supervisión.

—No estoy en posición de supervisar al señor Larson.

—¿No está en posición? —repitió West, incrédulo—. ¿Quién tiene más que perder en este asunto, usted o él? Es la herencia de su hijo, por el amor de Dios. De estar en su lugar, yo participaría activamente en la toma de decisiones.

En el tenso silencio que se hizo, West se dio cuenta de lo presuntuoso que había sido al darle un sermón de semejante manera. Apartó la vista de ella y soltó un suspiro.

—Ya le advertí de que me extralimitaría —masculló—. Le pido disculpas.

—No —replicó ella con sequedad, sorprendiéndolo—. Yo le he pedido su opinión. Ha dicho cosas que merece la pena que tenga en consideración.

West levantó la cabeza y la miró con una expresión sorprendida que no disimuló. Esperaba que lo regañara o que se diera media vuelta y se alejara. En cambio, lady Clare había dejado de lado su orgullo lo suficiente para prestarle atención, algo que pocas mujeres de su alcurnia harían.

—Aunque la próxima vez, podría intentar hacerlo con más amabilidad —añadió ella—. De esa forma las críticas suelen digerirse mejor.

Mirar los ojos plateados de lady Clare era como ahogarse en la luz de la luna. West descubrió que era incapaz de articular palabra.

Estaban tan cerca que podrían tocarse. ¿Cómo había pasado? ¿Se había acercado él o había sido ella?

Cuando fue capaz de hablar, dijo con voz ronca:

—Sí. Seré..., seré más amable la próxima vez. —Eso no había sonado bien—. Seré más amable. Con usted. O con... cualquiera. —Eso tampoco sonaba bien—. No eran críticas —añadió—. Solo consejos. —Dios, no daba pie con bola.

Era arrebatadora de cerca, con esa piel que reflejaba la luz como la seda de las alas de una mariposa. Su cuello y su barbilla eran el marco perfecto para una boca carnosa y aterciopelada, como las flores estivales. Su fragancia era sutil, seca e incitante. Olía a una cama limpia y mullida en la que se moría por hundirse. La idea hizo que se le acelerase el pulso con insistencia... Deseo..., deseo..., deseo... Dios, sí, se moría por enseñarle toda su amabilidad, acariciar ese cuerpo delgado con las manos y la boca hasta tenerla temblando, buscando sus caricias...

«Ya vale, imbécil», se dijo.

Llevaba demasiado tiempo sin una mujer. ¿Cuándo fue la última vez? Seguramente hacía un año. Sí, en Londres. Por el amor de Dios, ¿cómo había pasado tanto tiempo? Después de la cosecha de verano, iría a la ciudad durante dos semanas al menos. Visitaría su club, cenaría con sus amigos, jugaría un par de manos de cartas y pasaría varias noches en los brazos de una mujer dispuesta que conseguiría que se olvidara de esa viuda pelirroja con nombre de pajarillo.

—Verá, tengo que mantener las promesas que le hice a mi marido —dijo ella, que parecía tan distraída como él—. Se lo debo.

Eso lo irritó mucho más de lo que debería y lo sacó de su momentáneo trance.

—Les debe su buen juicio a las personas que dependen de usted —replicó en voz baja—. Al fin y al cabo, la mayor obligación es con los vivos, ¿no?

Lady Clare frunció el ceño.

Se lo había tomado como un insulto hacia su marido, y West no estaba seguro de no haberlo dicho con esa intención. Era absurdo insistir en que se trabajase la tierra como siempre se había hecho, sin pensar en lo que pudiera suceder en el futuro.

—Gracias por sus útiles consejos, señor Ravenel —dijo ella con frialdad, antes de dirigirse a su hermano con pomposa formalidad—. Milord, me gustaría hablar con usted. —Su expresión no vaticinaba nada bueno para St. Vincent.

—Por supuesto —convino su hermano, que no parecía preocupado por su inminente muerte—. Pandora, cariño, si no te importa...

—En absoluto —le contestó la aludida con voz alegre. Sin embargo, en cuanto los hermanos se alejaron, su sonrisa desapareció—. ¿Va a hacerle daño? —le preguntó al duque—. No puede tener un ojo morado para la boda.

Kingston sonrió.

—Yo no me preocuparía por eso. Pese a los años de provocaciones entre los tres hermanos, Phoebe todavía no ha recurrido ni una sola vez a la violencia.

—¿Por qué ha sugerido Gabriel que se una a la visita a la granja? —quiso saber Pandora—. Ha sido un poco arrogante incluso para él.

—Es un tema del que discutimos a menudo —le explicó el duque con sequedad—. Después de la muerte de Henry, Phoebe se contentó con dejar todas las decisiones en manos de Edward Larson. Sin embargo, de un tiempo a esta parte, Gabriel la ha animado a involucrarse más en la gestión de Clare Manor..., tal como el señor Ravenel acaba de aconsejarle.

—Pero ¿ella no quiere hacerlo? —preguntó Pandora con tono compasivo—. ¿Porque la agricultura es muy aburrida?

West la miró con sorna.

—¿Cómo sabes si es aburrida? Nunca te has dedicado a ella.

—Me lo imagino por los libros que lees. —Pandora miró a Kingston mientras añadía—: Tratan todos de métodos científicos para hacer mantequilla, criar cerdos o nabos. A ver, ¿a quién le pueden resultar interesantes los nabos?

—Son libros sobre el cultivo de los nabos —se apresuró a explicar West al ver que el duque enarcaba las cejas.

—Se refiere al uso de los nabos como forraje, por supuesto —añadió el duque de Kingston con voz neutra.

—También hay diferentes usos para los nabos —apostilló Pandora, que empezaba a emocionarse con el tema—. Nabos como forraje, nabos para alimento, nabos para...

—Pandora —la interrumpió West en voz baja—, por el amor de Dios, deja de pronunciar la palabra en público.

—¿No es apropiada para una dama? —Suspiró con fuerza—. Debe de ser eso. Ninguna palabra interesante lo es.

West miró de nuevo al duque con una sonrisa torcida.

—Hablábamos de la falta de interés de lady Clare por la explotación agraria de su propiedad.

—No creo que el problema sea por falta de interés —repuso Kingston—. El problema es la lealtad, no solo a su marido, sino también a Edward Larson, que le ofreció consuelo y apoyo en una época difícil. Poco a poco, fue asumiendo la responsabilidad de la propiedad a medida que la enfermedad de Henry empeoraba, y ahora... mi hija se resiste a poner en duda las decisiones que toma. —Tras una pausa reflexiva, continuó con el ceño fruncido—: Fue un descuido por mi parte no anticipar que iba a necesitar semejantes habilidades.

—Las habilidades se pueden aprender —dijo West con pragmatismo—. Yo mismo estaba preparado para una vida inútil de indolencia y glotonería, una vida de la que disfrutaba plenamente, por cierto, antes de que mi hermano me pusiera a trabajar.

En los ojos de Kingston apareció un brillo guasón.

—Me han dicho que fue usted un poco sinvergüenza.

West lo miró con cierto nerviosismo.

—Supongo que eso se lo habrá dicho mi hermano.

—No —replicó el duque con parsimonia—. Otras fuentes.

«Maldición», pensó él. Recordó lo que Devon había dicho del club de juego para caballeros. El club, llamado Jenner's, lo fundó el padre de la duquesa y, a la postre, acabó en posesión del duque de Kingston. De todos los clubes de juego de Londres, Jenner's tenía la mejor banca y la lista de miembros más selecta, en la que se incluían miembros de la realeza, la aristocracia y el Parlamento, así como hombres de enorme fortuna. El dueño recibía un constante flujo de cotilleos e información procedente de los crupieres, los cajeros, los camareros y los porteros. Kingston tenía información privada de los personajes más poderosos de Inglaterra: su crédito, sus bienes financieros, sus escándalos e incluso sus problemas de salud.

«Dios mío, todo lo que debe de saber este hombre», pensó West, sombrío.

—Todos los rumores desagradables que haya oído sobre mí seguramente sean ciertos —dijo él—. En cuanto a los más deshonrosos y horribles, son ciertos sin ninguna duda.

Al duque pareció hacerle gracia su comentario.

—Todo el mundo tiene indiscreciones en su pasado, Ravenel. Eso nos proporciona algo interesante de lo que hablar durante el momento del oporto tras la cena. —Le ofreció a Pandora el brazo—. Venid, los dos. Quiero presentaros a algunos conocidos.

—Se lo agradezco, excelencia —repuso West al tiempo que negaba con la cabeza—, pero estoy...

—Está encantado con mi invitación —le informó Kingston con amabilidad—, además de agradecido por el honor que le hago al mostrar interés. Venga, Ravenel, no sea un aguafiestas.

West cerró la boca y echó a andar tras ellos a regañadientes.

4

Echando humo por las orejas, Phoebe arrastró a su hermano del brazo por un pequeño pasillo hasta dar con una estancia vacía. Estaba amueblada sin un propósito en mente, el tipo de habitación que solía encontrarse en las mansiones antiguas. Después de tirar de Gabriel para que entrara, cerró la puerta y se dio la vuelta para encararlo.

—¿Cómo se te ha ocurrido decir que tenía que unirme a la visita de la granja, so zoquete?

—Quería ayudarte —contestó Gabriel con un deje razonable—. Tienes que aprender sobre la agricultura y el cuidado de la explotación agraria.

De todos sus hermanos, Gabriel era a quien más unida se sentía. A su lado, podía hacer comentarios sarcásticos o hirientes, o confesar errores tontos, a sabiendas de que nunca la juzgaría con dureza. Conocían los defectos del otro y guardaban los secretos del otro.

Muchas personas, tal vez la mayoría, se quedarían de piedra al saber que Gabriel tenía algún defecto. Dado que solo veían la increíble belleza masculina y la seguridad de un hombre con unos modales exquisitos, a nadie se le habría pasado por la cabeza llamarlo «zoquete». Sin embargo, Gabriel podía ser arrogante y manipulador en ocasiones. Bajo su encanto, había un núcleo de acero que lo convertía en la persona perfecta para supervisar todas las propiedades y todos los negocios de la familia Challon. Una vez que decidía qué era lo mejor para alguien, aprovechaba todas las oportunidades que se le presentaban para insistir y presionar hasta que se salía con la suya.

Por lo tanto, Phoebe se había visto en la necesidad de oponerse a sus esfuerzos de vez en cuando. Al fin y al cabo, era responsabilidad de la hermana mayor hacer que un hermano pequeño no se comportase como un asno dominante.

—Me ayudarías más si no te metieras donde no te llaman —replicó ella con sequedad—. Si decido aprender sobre la explotación agraria, ¡desde luego que no va a ser precisamente de él!

Gabriel parecía desconcertado.

—¿A qué te refieres con ese «precisamente de él»? Acabas de conocer al señor Ravenel.

—Por el amor de Dios —protestó Phoebe al tiempo que se abrazaba con fuerza—, ¿no sabes quién es? ¿No te acuerdas? Es el muchacho del internado. ¡El que le hizo la vida imposible a Henry!

Gabriel meneó la cabeza mientras la miraba sin dar crédito.

—En el internado. El que lo atormentó durante casi dos años. —Como su hermano seguía sin entender, Phoebe añadió, impaciente—: El que le puso las velas de pega en el cesto.

—¡Oh! —La expresión ceñuda de Gabriel desapareció—. Se me había olvidado. ¿Es él?

—Sí. —Phoebe empezó a pasearse de un lado para otro con rabia—. El que convirtió la infancia de Henry en una pesadilla.

—«Pesadilla» tal vez sea pasarse un poco —repuso Gabriel mientras la miraba fijamente.

—Le puso motes a Henry. Le robaba la comida.

—Henry no habría podido comérsela de todas formas.

—No me vengas con ocurrencias, Gabriel... Es muy molesto para mí. —Era incapaz de dejar los pies quietos—. Te leía las cartas de Henry. Sabes lo que pasó.

—Lo sé mejor que tú —le aseguró él—. Yo fui a un internado. No al mismo que Henry, pero todos tienen su cupo de brutos y de tiranos retorcidos. Por eso precisamente nuestros padres no me enviaron a uno, ni enviaron a Raphael, hasta que fuimos lo bastante maduros para apañárnoslas. —Se calló y meneó la cabeza, exasperado—. Phoebe, haz el favor de dejar de moverte como una bola de billar rebotando en la mesa y presta atención. Los culpables son los padres de Henry por haberlo enviado a un internado cuando era evidente que no estaba hecho para eso. Era un niño sensible y frágil físicamente, con una mente fantasiosa. No se me ocurre un lugar peor para él.

—El padre de Henry creía que lo endurecería —replicó Phoebe—. Y su madre tiene la ternura de un tejón rabioso, razón por la que accedió a enviarlo para que sufriera un segundo año infernal. Pero la culpa no es suya. West Ravenel es un bruto que nunca ha tenido que responder por sus actos.

—Lo que intento explicarte es que el entorno de un internado es darwiniano. Todo el mundo aterroriza a alguien o alguien lo aterroriza, hasta que se establece una jerarquía.

—¿Tú lo hiciste mientras estabas en Harrow? —le preguntó ella con retintín.

—Claro que no. Pero mi situación era distinta. Yo crecí en una familia cariñosa. Vivíamos en una casa junto al mar con playa privada. Teníamos cada uno un poni, por el amor de Dios. Fue una infancia tan perfecta que hasta da vergüenza, sobre todo al lado de la de los hermanos Ravenel, que eran los parientes pobres de la familia. Se quedaron huérfanos a una edad muy temprana y los enviaron a un internado porque nadie los quería.

—¿Porque eran unos brutos insoportables? —replicó ella con voz ponzoñosa.

—No tenían padres, ni familia, ni casa, ni dinero, ni tierras... ¿Qué esperas de unos niños en su situación?

—Me da igual lo que provocara el comportamiento del señor Ravenel. Lo único que me importa es que le hizo daño a Henry.

Gabriel frunció el ceño con expresión pensativa.

—A menos que hubiera algo que se me escapara de sus cartas, el señor Ravenel no hizo nada especialmente cruel. No le rompió la nariz a Henry ni le dio una paliza. Eran más bromas y motes que otra cosa, ¿no?

—El miedo y la humillación pueden hacer más daño que los puños. —A Phoebe le escocían los ojos y tenía un nudo en la garganta—. ¿Por qué te pones de su lado y no del de mi marido?

—Petirrojo —dijo Gabriel, con voz amable, llamándola por el apodo que solo usaban él y su padre—. Sabes que quería a Henry. Ven aquí.

Se acercó a él y Gabriel la abrazó para consolarla.

De jóvenes, Henry, Gabriel, Raphael y sus amigos habían pasado muchas tardes soleadas en la propiedad que los Challon tenían en Heron's Point, navegando en pequeños esquifes en la cala privada o deambulando por el bosque cercano. Nadie se había atrevido a meterse con Henry, a sabiendas de que los hermanos Challon le darían una paliza a quien lo hiciera.

Al final de la vida de Henry, cuando estaba demasiado débil para ir solo a cualquier parte, Gabriel lo llevó a pescar una última vez. Lo trasladó en brazos hasta la orilla de su río preferido para pescar truchas y lo sentó en un banquito triangular. Con una paciencia infinita, Gabriel colocó el cebo en las cañas y ayudó a Henry a recoger sedal, hasta que volvieron a casa con una cesta llena de truchas. Fue la última salida de Henry.

Gabriel le dio unas palmaditas en la espalda y le apoyó la mejilla en el pelo.

—Esta situación es muy difícil para ti. ¿Por qué no lo has dicho antes? Casi la mitad de la familia Ravenel se quedó con nosotros en Heron's Point durante una semana y no dijiste ni media palabra.

—No quería causar problemas mientras Pandora y tú decidíais si os gustabais lo suficiente para casaros. Además... La mayor parte del tiempo me siento como un nubarrón, ensombreciendo el ambiente allá por donde paso. Estoy intentando no hacerlo más. —Phoebe retrocedió un paso y se enjugó las lágrimas con los dedos—. No tengo derecho a revivir viejos agravios que nadie más recuerda, sobre todo en un momento tan feliz. Siento haberlo mencionado. Pero la idea de estar en compañía del señor Ravenel me enerva.

—¿Vas a decirle algo al respecto? ¿O preferirías que lo hiciera yo?

—No, por favor, no lo hagas. No tendría sentido alguno. No creo que se acuerde siquiera. Prométeme que no dirás nada.

—Te lo prometo —dijo Gabriel a regañadientes—. Aunque me parecería justo que le dieras una oportunidad para disculparse.

—Es demasiado tarde para las disculpas —mascullό ella—. Y dudo mucho que lo hiciera.

—No seas tan dura con él. Parece haberse convertido en un hombre decente.

Phoebe lo miró con cara de pocos amigos.

—Ah, ¿sí? ¿Has llegado a esa conclusión antes o después de que me echara un sermón como si yo fuera un señor feudal que aplasta a sus vasallos?

Gabriel intentó contener una sonrisa.

—Lo resolviste bien —replicó él—. Aceptaste sus palabras con elegancia cuando podrías haberlo destrozado con un par de comentarios.

—Me tentó la idea —admitió—. Pero se me pasó por la cabeza algo que madre dijo en una ocasión.

Fue una mañana, hacía mucho, cuando era niña, cuando Gabriel y ella todavía necesitaban que les pusieran libros en las sillas para sentarse a la mesa del desayuno. Su padre estaba leyendo un periódico recién planchado, mientras su madre, Evangeline, o Evie, tal como la llamaban la familia y los amigos, le daba cucharaditas de gachas endulzadas a Raphael, que todavía era un bebé que se sentaba en su trona.

Después de que Phoebe contara una injusticia que le había hecho una compañera de juegos y dijera que no aceptaría la disculpa de la niña, su madre la convenció de que cambiara de idea en aras de la amabilidad.

—Pero es una niña mala y egoísta —protestó ella indignada.

Evie respondió con ternura, pero también con firmeza.

—La amabilidad es más importante si cabe cuando se les ofrece a las personas que no se la merecen.

—¿Gabriel tiene que ser amable con todo el mundo? —preguntó Phoebe.

—Sí, cariño.

—¿Y padre?

—No, Petirrojo —contestó su padre mientras le temblaban los labios por la risa—. Por eso me casé con tu madre: ella es amable por dos.

—Madre, ¿podrías ser amable por tres? —preguntó Gabriel, esperanzado.

Al oírlo, su padre demostró un interés repentino e inusual por el periódico, que se colocó delante de la cara. Una especie de siseo se oía detrás de las páginas.

—Me temo que no, cariño —contestó Evie con ternura, aunque le brillaban los ojos—. Pero estoy segura de que tu hermana y tú podéis encontrar mucha amabilidad en vuestro corazón.

Phoebe salió del ensimismamiento y dijo en ese momento:

—Madre nos dijo que fuéramos amables con las personas aunque no se lo merecieran. Lo que incluye al señor Ravenel, si bien sospecho que le habría gustado ponerme en mi sitio en el vestíbulo.

Gabriel replicó con mucha sequedad:

—Mejor no hablamos del sitio donde quiere ponerte.

Phoebe puso los ojos como platos.

—¿Cómo?

—Por favor —la reprendió su hermano con deje guasón—. No me digas que no te has dado cuenta de que se le movían los ojos como si fuera una langosta a punto de hervir. ¿Ha pasado tanto tiempo que ya no sabes cuándo le resultas atractiva a un hombre?

Phoebe sintió que se le erizaba el vello de los brazos. Se llevó una mano al abdomen en un intento por calmar el millar de mariposas que le aleteaban allí dentro.

De hecho, había pasado mucho tiempo. Era capaz de ver las señales en los demás, pero, al parecer, no cuando le tocaba a ella. Se encontraba en territorio desconocido. Su relación con Henry siempre había estado atemperada por la sensación de familiaridad.

Era la primera vez que se sentía tan atraída por un desconocido, y que fuera un hombre tan musculoso y tosco era una broma cruel. No podía ser más opuesto a Henry. Sin embargo, mientras miraba al señor Ravenel allí de pie, rezumando virilidad, con una mirada tan franca que desconcertaba, había sentido cómo se le aflojaban las rodillas y cómo le corría la sangre por las venas. Era humillante.

Peor todavía era la sensación de que estuviera traicionando a Edward Larson, con quien tenía una especie de acuerdo. Todavía no le había pedido matrimonio, pero los dos sabían que lo haría algún día y que seguramente ella aceptaría.

—Si el señor Ravenel siente interés por mí —dijo Phoebe de malos modos— es porque se trata de un cazafortunas. Como casi todos los hijos segundones.

En los ojos de Gabriel apareció un brillo burlón, aunque cariñoso.

—Menos mal que sabes qué etiquetas ponerles a las personas. Sería muy inconveniente tener que juzgarlas una a una.

—Como siempre, «zoquete irritante» te viene de perlas.

—Creo que, en el fondo, te ha gustado cómo te ha hablado Ravenel —repuso Gabriel—. La gente siempre nos dice lo que cree que queremos oír. La sinceridad brutal es un cambio refrescante, ¿verdad?

—Tal vez sea refrescante para ti —replicó ella con una sonrisa renuente—. En fin, eso es lo que hace Pandora contigo. Es incapaz de dejarse impresionar por nadie.

—Es uno de los motivos de que la quiera —admitió su hermano—. También me encanta su ingenio, sus ganas de vivir y el hecho de que me necesite para impedir que vaya dando tumbos.

—Me alegro de que os hayáis encontrado —dijo Phoebe con sinceridad—. Pandora es una muchacha encantadora, y os merecéis ser felices.

—Tú también.

—No espero encontrar otra vez la felicidad que tuve con Henry.

—¿Por qué no?

—Un amor así solo se da una vez en la vida.

Gabriel sopesó sus palabras.

—Desde luego, no soy un experto en el amor —repuso casi con humildad—, pero no creo que funcione de esa manera.

Phoebe se encogió de hombros e intentó parecer firme.

—No hace falta preocuparse por mi futuro... Será lo que quiera ser. Solo puedo intentar seguir viviendo de un modo que honre el recuerdo de mi marido. Y algo que sé con seguridad es que por más que Henry odiara al señor Ravenel, no habría querido que me mostrara rencorosa o vengativa.

Su hermano la miró con cariño a la cara, captando todas sus emociones.

—No tengas miedo —le dijo, algo que la sorprendió.

—¿Del señor Ravenel? Jamás.

—Me refería a que no tengas miedo de que te caiga bien.

Esas palabras le arrancaron una carcajada.

—No hay peligro de que eso ocurra. Pero aunque lo hubiera, jamás traicionaría a Henry al hacerme amiga de su enemigo.

—Tampoco te traiciones tú.

—¿En qué...? ¿Cómo crees que...? ¡Gabriel, espera!

Sin embargo, él ya había abierto la puerta.

—Es hora de volver, Petirrojo. Ya lo entenderás.

5

Para alivio de Phoebe, no había ni rastro del señor Ravenel cuando regresaron al vestíbulo. Los invitados charlaban unos con otros y saludaban a los amigos que llevaban tiempo sin ver y a los desconocidos que acaban de presentarles. Un batallón de criados y criadas trasladaba baúles, maletas, cajas de sombreros y demás equipaje hacia la escalera de servicio.

—Phoebe —dijo una voz dulce y alegre, lo que hizo que esta se volviera.

Cuando lo hizo, descubrió a la mujer de Devon a su lado. Kathleen, lady Trenear, era una pelirroja bajita de ojos almendrados y elegantes pómulos. Había trabado una gran amistad con ella durante la semana que los Ravenel pasaron en Heron's Point. Kathleen era alegre y simpática, aunque estaba un poco obsesionada con los caballos, ya que sus padres se dedicaban a la cría y al entrenamiento de caballos árabes. A ella le gustaban los caballos, pero no sabía tanto sobre ellos como para poder mantener una conversación detallada al respecto. Por suerte, Kathleen tenía un niño pequeño casi de la misma edad que Stephen, de manera que eso les ofreció mucho de lo que hablar.

—¡Me alegra muchísimo que estés aquí! —exclamó Kathleen al tiempo que tomaba las manos de Phoebe entre las suyas, más pequeñas—. ¿Qué tal el viaje?

—Estupendo —contestó ella—. A Justin le ha gustado mucho el tren y Stephen ha disfrutado mucho del movimiento.

—Si te apetece, acompañaré a tu niñera y a los niños a la habitación infantil. Tal vez quieras venir con nosotros para verla.

—Sí, pero no hace falta que abandones al resto de los invitados. Nos conformamos con que una criada nos enseñe el camino.

—Pueden pasar sin mí unos minutos. Os explicaré la distribución de la casa mientras subimos. Es un laberinto. Todo el mundo se pierde durante los dos primeros días. Nos vemos obligados a enviar patrullas de búsqueda cada dos o tres horas para recoger a los extraviados.

En la mayoría de las grandes mansiones, los niños, las criadas dedicadas a su cuidado y las niñeras eran relegados a subir y bajar por la escalera de servicio, situada en la parte posterior de las casas, pero Kathleen insistió en que debían usar la escalinata central durante su estancia.

—Es más fácil acceder a la habitación infantil por aquí —explicó mientras subían.

Phoebe llevaba a Stephen, mientras Justin subía de la mano de Nana, aunque más bien tiraba de ella como si fuera un pequeño remolcador tirando de un carguero. En cada descansillo, Phoebe vio habitaciones a través de cuyas puertas entreabiertas se atisbaban chimeneas tan grandes que cabría una persona adulta de pie en ellas.

Pese a su tamaño, la mansión parecía acogedora y agradable. En las paredes había antiguos tapices franceses e italianos, y óleos con gruesos marcos dorados. Vio señales de la venerable antigüedad de la construcción; algunas vigas que quedaban expuestas estaban combadas por el paso del tiempo. Los tablones de roble del suelo parecían haber sufrido el daño del fuego en algunos puntos. Las alfombras Aubusson estaban desgastadas. Pero también había detalles opulentos por doquier: tulipas de cristal coloreado veneciano, jarrones y teteras de porcelana china, y aparadores con bandejas de plata cargadas de relucientes licoreras. El aire olía a libros viejos, a flores frescas y al agradable aroma de la cera para los muebles.

Cuando llegaron a la habitación infantil, Phoebe vio que un criado ya había subido el equipaje que contenía la ropa y los utensilios de los niños. La espaciosa habitación contaba con muebles de tamaño infantil, incluyendo una mesa con sus sillas y un sofá tapizado. Había dos niños dormidos en sendas camas, mientras que el hijo de Kathleen, Matthew, dormía en su cuna. Dos criadas ataviadas con delantales blancos se apresuraron a presentarse a Nana Bracegirdle, sonriendo y susurrando mientras lo hacían.

Kathleen le señaló a Phoebe una cuna vacía con suaves sábanas bordadas.

—Esta es para Stephen —susurró.

—Es perfecta. Si yo fuera un poco más pequeña, tal vez intentaría acurrucarme ahí dentro.

Kathleen sonrió.

—¿Qué te parece si te enseño tu dormitorio y así puedes descansar un rato en una cama de verdad?

—Me parece divino. —Phoebe le dio un beso y acarició la suave y cálida cabecita de Stephen antes de entregárselo a la niñera. Acto seguido, se acercó a Justin, que estaba investigando una estantería llena de juguetes y libros. Un teatro de juguete con telones intercambiables y una caja con personajes de cartón habían llamado su atención—. Cariño, ¿te gustaría quedarte aquí? —le preguntó en voz baja al tiempo que se arrodillaba a su lado.

—¡Sí!

—Nana se quedará aquí contigo. Si me necesitas, díselo a ella o a alguna de las criadas, y vendré.

—Sí, mamá.

Como no le gustaba dar besos delante de desconocidos, Justin se llevó con disimulo el dedo índice a los labios y después lo extendió hacia ella. Phoebe hizo lo mismo y, después, lo pegó al dedo de su hijo. Tras el ritual secreto, intercambiaron una sonrisa. Por un instante, la forma de sus ojos y la arruguita que le salía en la nariz le recordaron a Henry. Pero el fugaz recuerdo no llegó con el acostumbrado aguijonazo de dolor, solo con una melancólica ternura.

Phoebe salió de la habitación infantil con Kathleen, y juntas regresaron a la segunda planta.

—Recuerdo muy bien lo que fue abandonar el luto después de la muerte de mi primer marido —dijo Kathleen—. En mi caso, fue como salir de una habitación en penumbras a la luz del día. Todo parecía demasiado ruidoso y apresurado.

—Sí, exactamente lo mismo que me pasa a mí.

—Aquí puedes hacer lo que te apetezca, como si estuvieras en tu casa. No tienes por qué sentirte obligada a participar en ninguna actividad que no te guste. Queremos que te sientas cómoda y feliz.

—Estoy segura de que será así.

Enfilaron un pasillo de la segunda planta y llegaron a un dormitorio donde Ernestine, su doncella, estaba enfrascada en la tarea de deshacer maletas y baúles.

—Espero que te guste este dormitorio —dijo Kathleen—. Es pequeño, pero tiene vestidor y cuarto de baño propios, y está orientado hacia los jardines formales.

—Es precioso. —Phoebe examinó la estancia, encantada. Las paredes estaban cubiertas por un papel francés estampado con hojas de hiedra. Los paneles de madera y las molduras estaban pintadas de blanco.

—En ese caso, te dejo para que te instales con tranquilidad. A las seis en punto nos reuniremos en el salón para tomar una copa de jerez. La cena será a las ocho. La etiqueta es de gala, pero una vez que se marchen los novios mañana, todo será más relajado e informal.

Una vez que Kathleen se marchó, Phoebe observó a Ernestine mientras la doncella sacaba de un baúl incontables paquetes y prendas interiores pulcramente dobladas. Cada par de zapatos estaba envuelto en una bolsa de tela cerrada con un cordoncillo, y cada par de guantes contaba con su propia caja alargada de cartón.

—Ernestine —dijo—, organizas las cosas de maravilla.

—Gracias, milady. Hace tanto tiempo que no salimos de Heron's Point que casi se me había olvidado cómo organizar el equipaje. —La doncella, joven y de pelo oscuro, seguía arrodillada delante del baúl, pero la miró sosteniendo en la mano una caja de guarniciones que había quitado de los sombreros y vestidos para evitar que acabaran aplastadas—. ¿Aireo el vestido de color beis mientras usted duerme la siesta?

—¿Qué vestido beis? —preguntó ella a su vez con el ceño fruncido.

—El de seda con el ribete de flores.

—¡Por Dios! ¿Has traído ese? —Recordaba vagamente el vestido de noche, que se había probado en Londres para los arreglos finales justo antes de que la salud de Henry sufriera el declive final—. Creo que estaré más cómoda con el gris plateado. Todavía no estoy preparada para los colores.

—Señora, es beis. Nadie cuenta el beis entre los colores.

—Pero el ribete..., ¿no es demasiado colorido?

A modo de respuesta, Ernestine sacó una tira de flores de seda de la caja de las guarniciones que tenía en la mano y la levantó para que ella la viera. Los capullos de peonía y rosa estaban teñidos con suaves tonos pastel.

—En ese caso supongo que está bien —claudicó Phoebe, que encontró muy graciosa la expresión cáustica de su doncella. Ernestine no había ocultado en ningún momento el deseo de que su señora guardara la triste ropa gris y malva del medio luto.

—Han pasado dos años, milady —señaló la doncella—. Todos los libros dicen que es más que suficiente.

Phoebe se quitó el sombrero y lo dejó en el cercano tocador de madera de satín.

—Ayúdame a quitarme este vestido de viaje, Ernestine. Necesito acostarme un rato si quiero soportar la noche sin desplomarme.

—¿No le hace ilusión participar en la cena? —se atrevió a preguntarle la doncella mientras le quitaba la chaqueta de viaje—. Estarán presentes muchas de sus antiguas amistades.

—Sí y no. Quiero verlos a todos, pero estoy nerviosa. Me temo que esperarán encontrarse con la persona que era entonces.

Ernestine dejó de desabrocharle los botones de la espalda del vestido.

—Perdóneme, señora, pero... ¿no es usted todavía la misma persona?

—Me temo que no. Mi antiguo yo ha desaparecido. —En sus labios apareció una sonrisa carente de humor—. Y el nuevo todavía no ha acabado de definirse.

Seis en punto

Había llegado la hora de bajar al salón. Una copa de jerez sería una buena manera de empezar la velada, pensó Phoebe mientras jugueteaba con los elegantes pliegues de su vestido. Necesitaba algo para calmar los nervios.

—Señora, está preciosa —dijo Ernestine, encantada con el resultado de su trabajo.

Le había recogido el pelo en la coronilla con una serie de bucles y ondas sujetas por horquillas, rematadas por una cinta de terciopelo alrededor. Del recogido caían unos cuantos mechones sueltos, algo que le resultaba extraño, porque no estaba acostumbrada a peinarse de esa manera. Ernestine le había puesto el broche final al peinado con una pequeña rosa recién cortada en la parte derecha del recogido.

El nuevo peinado era muy favorecedor, pero el vestido de noche había resultado ser menos discreto de lo que ella esperaba. El color era el del beis claro del lino sin blanquear o de la lana natural, pero la seda contaba con una serie de hilos metálicos de oro y plata que le conferían al tejido un brillo perlado. Alrededor del escote bajo llevaba un ribete de peonías, rosas y delicadas hojas verdes de seda, similar al que adornaba las delicadas capas de seda y tul drapeadas a un lado de la falda.

De forma experimental, Phoebe se tapó los ojos un instante con una mano mientras observaba su resplandeciente reflejo en el espejo, la apartó y repitió el proceso unas cuantas veces.

—Ay, Dios —murmuró. Estaba segurísima de que si se miraba el vestido de pasada, se tenía la chocante impresión de que iba desnuda salvo por las flores—. Tengo que cambiarme de vestido, Ernestine. Saca el gris plateado.

—Pero..., pero no lo he aireado ni planchado —adujo la doncella, atónita—. Y este le queda precioso.

—No recordaba que la tela resplandeciera tanto. No puedo bajar pareciendo un adorno del árbol de Navidad.

—¡No es tan brillante! —protestó la muchacha—. Otras damas llevarán vestidos con pedrería y lentejuelas, y sacarán los mejores diamantes. —Al ver la expresión de Phoebe, suspiró—. Señora, si quiere el gris plateado, haré lo que esté en mi mano para prepararlo lo antes posible, pero de todas formas llegará usted tarde.

Phoebe gruñó al pensarlo.

—¿Has traído algún chal?

—Uno negro, pero se asfixiará usted si se lo pone. Y parecerá rara, así que atraerá más atención que si baja tal como está.

Antes de que Phoebe pudiera hablar, alguien llamó a la puerta.

—¡Mecachis! —protestó en voz baja. No era un exabrupto digno del momento, pero se había acostumbrado a usarlo cuando estaba con los niños, que era la mayoría del tiempo. Se apresuró a colocarse en el rincón que quedaba oculto detrás de la puerta mientras Ernestine iba a ver quién era.

Tras una breve conversación en voz baja, la doncella abrió la puerta un poco más y Phoebe vio que su hermano Ivo asomaba la cabeza.

—Hola, hermana —dijo él con naturalidad—. Estás muy guapa con ese vestido dorado.

—Es beis. —Al ver su expresión de extrañeza, repitió—: ¡Beis!

—¡Jesús! —replicó Ivo como si hubiera estornudado y entró en el dormitorio con una sonrisa descarada.

Phoebe clavó la mirada en el techo.

—¿Qué haces aquí, Ivo?

—Voy a acompañarte al salón, para que no bajes sola.

Su respuesta la conmovió tanto que fue incapaz de hablar. Solo acertó a mirar a ese niño de once años que se había prestado voluntario para ejercer el papel que su marido habría desempeñado.

—Ha sido idea de padre —siguió Ivo con cierta timidez—. Siento mucho no ser tan alto como los acompañantes de las demás damas o como tú. La verdad es que solo soy medio acompañante. Pero eso es mejor que nada, ¿verdad? —La miró con inseguridad al ver que se le llenaban los ojos de lágrimas.

Tras carraspear, Phoebe consiguió contestarle con voz trémula:

—En este momento, mi galante Ivo, has superado en altura a todos los caballeros presentes. Es un honor que me acompañes.

Él sonrió y le ofreció el brazo con un gesto que le había visto practicar en el pasado con su padre.

—El honor es mío, hermana.

En ese momento, Phoebe tuvo la visión de Ivo convertido en un hombre hecho y derecho, seguro de sí mismo y con un encanto irresistible.

—Espera —dijo—. Tengo que decidir qué hago con el vestido.

—¿Por qué tienes que hacerle algo?

—Es demasiado... flagrante.

Su hermano ladeó la cabeza y recorrió el vestido con la mirada.

—¿Esa es una de las palabras de Pandora?

—No, está en el diccionario. Significa que llama demasiado la atención.

—Hermanita, tú y yo siempre somos flagrantes —comentó Ivo al tiempo que señalaba su pelo y el de Phoebe—. Cuando se tiene esto, uno siempre se convierte en el centro de atención. No te cambies de vestido. Me gusta, y a Gabriel le gustará que estés guapa durante la cena de la víspera de su boda.

Un discurso la mar de autoritario, teniendo en cuenta que acababa de pronunciarlo un niño que todavía no tenía ni doce años. Phoebe lo miró con orgullo.

—Muy bien, me has convencido —dijo con renuencia.

—¡Alabado sea el Señor! —exclamó Ernestine con evidente alivio.

Phoebe le sonrió.

—No me esperes aquí, Ernestine. Tómate un descanso y cena en los aposentos de la servidumbre con los demás.

—Gracias, señora.

Phoebe aceptó el brazo de Ivo y dejó que la guiara para salir de la estancia. Mientras bajaban la espléndida escalinata, examinó el uniforme de Eton que llevaba: pantalones negros de sarga, chaleco blanco y pajarita negra de satén.

—¡Ya puedes llevar pantalones largos! —exclamó.

—Un año antes de lo habitual —se jactó el niño.

—¿Cómo has logrado convencer a mamá?

—Le dije que un hombre tiene su orgullo y, que en lo que a mí respecta, los pantalones por encima de las rodillas son tan horribles como los que dejan a la vista los tobillos. Madre se rio tanto que tuvo que soltar la taza de té y al día siguiente el sastre fue a tomarme medidas para hacerme un traje. Los gemelos Hunt ya no pueden reírse de mis rodillas. —Los gemelos Hunt, Ashton y Augustus que ya tenían catorce años, eran los hijos pequeños de los Hunt, que eran amigos de los Challon desde antes de que ella naciera.

—¿Los gemelos se burlaban de ti? —le preguntó preocupada y sorprendida—. Pero siempre habéis sido buenos amigos.

—Sí, pero eso hacemos los muchachos. Les ponemos motes a nuestros amigos, como «Bobón» o «Esquelético». Cuanto más amigo sea, peor tiene que ser el insulto.

—Pero ¿por qué no sois amables?

—Porque somos hombres. —Ivo se encogió de hombros al ver su perplejidad—. Ya sabes cómo son nuestros hermanos. El telegrama que Raphael le envió ayer a Gabriel decía: «Querido hermano, felicidades por tu boda. Siento mucho no poder estar ahí para advertirle a la novia de lo inútil y tonto que eres. Con cariño, Raphael».

Phoebe no pudo evitar reírse.

—Típico de él, sí. Sé que les gusta pincharse, pero nunca he entendido por qué. Supongo que mis hijos harán lo mismo. Pero me alegro de que Henry no fuera así. Nunca oí que se burlara o que se riera de alguien.

—Era un hombre amable —replicó Ivo con deje reflexivo—. Diferente. Lo echo de menos.

Phoebe le dio un apretón afectuoso en el brazo.

Para su alivio, la reunión en el salón resultó ser menos intimidante de lo que se temía. Allí estaban sus padres y Seraphina para hacerle compañía, al igual que lord y lady Westcliff, a quienes sus hermanos y ella siempre habían llamado «tío Marcus» y «tía Lillian».

La propiedad de lord Westcliff, Stony Cross Park, se emplazaba en Hampshire, no muy lejos de Eversby Priory, y en ella se organizaban cacerías. El conde y su esposa, la que fuera una heredera neoyorquina, tenían tres hijos y tres hijas. Aunque la tía Lillian le había ofrecido a modo de broma que eligiera a cualquiera de sus tres robustos y guapos hijos, Phoebe le contestó, con el corazón en la mano, que semejante unión sería equiparable a un incesto. Los Marsden y los Challon habían pasado demasiadas vacaciones juntos como para que surgieran chispas románticas entre sus hijos.

La hija mayor de los Marsden, Merritt, era una de las amigas más íntimas de Phoebe. Había ido a Essex en más de una ocasión para echarle una mano cuando Henry estaba muy enfermo, y lo había atendido con destreza y buen humor. De hecho, Phoebe confiaba más en ella que en su suegra, Georgiana, que nunca había demostrado la presencia de ánimo necesaria para atender a un inválido.

—Querida Phoebe —la saludó Merritt al tiempo que la cogía de las manos—, estás divina.

Phoebe se inclinó para besarla en la mejilla.

—Me siento ridícula con este vestido —murmuró—. No entiendo cómo consentí que me lo confeccionaran con esta tela.

—Porque yo te lo dije —confesó Merritt—. Yo te ayudé a encargar el ajuar con la modista, ¿no te acuerdas? Al principio te opusiste a la tela, pero te dije: «Ninguna mujer debería asustarse de resplandecer».

Phoebe rio entre dientes con tristeza.

—Nadie puede resplandecer con tanta osadía como tú, Merritt.

Lady Merritt Sterling era una mujer atractiva y llena de energía, con enormes ojos oscuros, una lustrosa melena azabache y un cutis de porcelana. A diferencia de sus dos hermanas, ella había heredado la complexión corpulenta y baja de los Marsden en vez de la figura esbelta de su madre. De la misma manera, tenía el mentón cuadrado y de gesto decidido de su padre, en vez del óvalo perfecto de su madre. Sin embargo, Merritt poseía un encanto tan arrollador que eclipsaba a cualquier otra mujer que se encontrara cerca, sin importar lo bella que fuera.

Merritt se concentraba por completo en la persona con la que hablaba, demostrando un interés sincero, como si fuera lo único que importara en ese momento en el mundo. Hacía preguntas y escuchaba sin parecer que estuviera esperando su turno para hablar. Era la invitada a la que todos querían cuando contaban con un grupo de personalidades dispares, cual mantequilla para espesar sopas o darles una textura aterciopelada.

No se exageraba al decir que todos los hombres que la conocían se enamoraban un poco de ella. Cuando fue presentada en sociedad, muchos pretendientes la cortejaron hasta que ella aceptó casarse con Joshua Sterling, un magnate naviero de orígenes americanos que residía en Londres.

Phoebe y Merritt se apartaron un poco de sus familias para hablar en privado. Phoebe le contó con avidez a su amiga el encuentro con West Ravenel, la invitación para visitar la granja de la propiedad y los presuntuosos comentarios que hizo después.

—Pobre Phoebe —dijo Merritt a modo de consuelo—. A los hombres les encanta explicar las cosas.

—No fue una explicación, fue una lección.

—Qué irritante. Aunque siempre hay que dejarles margen de error a los recién conocidos. Por regla general, este asunto de hacer nuevas amistades es bastante engorroso.

—No quiero tenerlo como amigo, quiero evitarlo.

Merritt titubeó antes de replicar:

—Nadie te culpa, por supuesto.

—Pero ¿crees que es un error?

—Querida, las opiniones de los demás siempre son un fastidio, sobre todo las mías.

—Eso quiere decir que crees que es un error.

Merritt la miró con gesto compasivo.

—Teniendo en cuenta que a partir de mañana vuestras familias tendrán un nexo de unión, es normal que te cruces con él en el futuro. Sería más fácil para todos los interesados, sobre todo para ti, que mantuvieras las cosas en un nivel civilizado. ¿Te resultaría muy difícil concederle una segunda oportunidad al señor Ravenel?

Phoebe frunció el ceño y apartó la vista.

—Sí que lo sería —contestó—. Por razones que prefiero no explicar.

No le había recordado a Merritt que West Ravenel era el niño que en el internado le hizo la vida imposible a Henry y que este tanto odió. En cierto modo, no le parecía correcto deslustrar la reputación de un hombre con cosas que hizo de pequeño. A esas alturas no ayudaría en nada.

Sin embargo, Merritt la sorprendió al preguntarle:

—¿Por lo que pasó en el internado?

Phoebe abrió los ojos de par en par.

—¿Te acuerdas?

—Sí, era importante para Henry. Incluso de adulto, el recuerdo del señor Ravenel lo incomodaba. —Merritt hizo una pausa y añadió con voz reflexiva—: Creo que esos acontecimientos van tomando más importancia en nuestra mente con el paso del tiempo. Me pregunto si para Henry fue más fácil concentrarse en un enemigo humano que en una enfermedad. —Miró hacia un punto situado detrás de Phoebe—. No mires —dijo—, pero hay un caballero que no deja de mirarte con disimulo desde el otro lado del salón. Es la primera vez que lo veo. Me pregunto si será tu señor Ravenel.

—¡Por el amor de Dios! No digas que es mío. ¿Qué aspecto tiene?

—Pelo oscuro, mentón afeitado y moreno por el sol. Alto y con hombros tan anchos como los de un campesino. En este momento está hablando con un grupo de caballeros y... ¡caray! Su sonrisa es como un caluroso día de verano.

—Ese debe de ser el señor Ravenel —murmuró Phoebe.

—Bueno. Recuerdo que Henry lo describía como un niño pálido y gordo. —Merritt arqueó las cejas un poco mientras lo miraba de nuevo por encima del hombro de Phoebe—. Alguien ha sufrido un buen estirón.

—El aspecto físico es irrelevante. Lo importante es el interior.

Merritt replicó con voz risueña:

—Supongo que tienes razón. Pero resulta que el interior del señor Ravenel está rodeado por un envoltorio precioso.

Phoebe contuvo una sonrisa.

—Qué vergüenza, recuerda que eres una señora casada —susurró a modo de fingida reprimenda.

—Las señoras casadas tienen ojos —fue la comedida réplica de Merritt, cuya expresión se había tornado traviesa.

6

Siguiendo la costumbre, los invitados entraron en el salón por orden de precedencia. Con independencia de su edad o fortuna, los primeros de la fila eran aquellos con el título o patente real más antiguo. Eso convertía a lord y lady Westcliff en la pareja de mayor rango, aunque el padre de Phoebe tuviera un ducado.

Por ese motivo, Devon, lord Trenear, acompañaba a lady Westcliff, mientras que lord Westcliff hacía lo propio con Kathleen. El resto de los invitados los siguió en parejas establecidas de antemano. A Phoebe le alegró descubrir que iría del brazo del primogénito de lord Westcliff, lord Foxhall, a quien conocía de toda la vida. Era un veinteañero corpulento y de una apostura sin refinamientos, amante de los deportes como su padre. Como heredero del conde, usaba el título de vizconde, pero la amistad que los unía hacía que ni él ni Phoebe se trataran con formalidad.

—¡Fox! —exclamó con una enorme sonrisa.

—Prima Phoebe —replicó él, que se inclinó para besarla en la mejilla con un brillo alegre en sus ojos oscuros—. Parece que soy tu acompañante. Has tenido mala suerte.

—Yo lo interpreto al contrario, ¿cómo lo voy a ver de otro modo?

—Con todos los caballeros elegibles aquí presentes, deberías estar con uno que no te recuerde de pequeña, con coletas y deslizándote por uno de los pasamanos de la escalera de Stony Cross Manor.

Phoebe siguió sonriendo mientras soltaba un suspiro melancólico y meneaba la cabeza.

—Ay, Fox. Qué lejos han quedado aquellos días, ¿verdad?

—Aún te quedan muchos más por delante —replicó él con gentileza.

—Nadie sabe de cuánto tiempo dispone.

Foxhall le ofreció el brazo.

—En ese caso, vamos a comer, a beber y a divertirnos mientras podamos.

Entraron en el comedor, perfumado con el aroma de las flores y dorado por la luz de las velas. La gigantesca mesa jacobina, con las patas y los travesaños torneados, estaba cubierta por una prístina mantelería. Una hilera de cestas de plata cuajadas de rosas descansaba sobre un lecho verde de frondosas hojas de culantrillo. Las paredes estaban adornadas con ramos compuestos por hojas de palmera, hortensias, azaleas y peonías, de forma que la estancia parecía un jardín nocturno. Los comensales iban a disfrutar de copas de la más fina cristalería irlandesa, platos de porcelana de Sèvres y nada menos que veinticuatro piezas de cubertería por persona, un juego de plata de la época georgiana.

A ambos lados del comedor había una hilera de criados a la espera de que los caballeros ayudaran a las damas a tomar asiento. Lord Foxhall sacó la silla de Phoebe y ella se acercó a la mesa. Sin embargo, se quedó petrificada al ver al hombre que acababa de retirarle la silla a la dama que tenía a su derecha y que iba a sentarse a su lado.

La tarjeta con el nombre del comensal, escrito con una elegante caligrafía, rezaba: señor Weston Ravenel.

Se le cayó el alma a los pies.

El señor Ravenel se volvió hacia ella y titubeó, al parecer no menos sorprendido que ella. Con atuendo formal estaba espléndido. La camisa y la corbata blancas contrastaban enormemente con el intenso bronceado de su piel, y la chaqueta confeccionada a medida resaltaba la impresionante anchura de sus hombres.

La estaba mirando de forma demasiado intensa, demasiado... algo. No sabía qué hacer, de manera que solo atinó a devolverle la mirada con impotencia mientras los nervios le provocaban una serie de pinchazos por dentro.

El señor Ravenel desvió la mirada hacia las tarjetas y después la miró de nuevo.

—No he tenido nada que ver con la disposición de los comensales.

—Es evidente —replicó Phoebe con voz cortante y con un hervidero de pensamientos en la cabeza. Según dictaba la etiqueta, los caballeros debían conversar y prestarle más atención a la dama sentada a su izquierda. De manera que tendría que pasarse la cena hablando con él.

Echó un vistazo por la estancia y localizó a Gabriel.

Consciente de su dilema, su hermano le dijo, articulando las palabras con los labios:

—¿Quieres que...?

Sin embargo, ella se apresuró a negar con la cabeza. No, no estaba dispuesta a protagonizar una escena la víspera de la boda de su hermano, aunque tuviera que sentarse al lado del mismísimo Lucifer; un compañero de mesa que habría preferido al que le había tocado.

—¿Sucede algo? —oyó que le preguntaba lord Foxhall casi al oído, y comprendió que estaba esperando a que ella tomara asiento.

Phoebe recuperó el sentido común y contestó con una sonrisa forzada:

—No, Fox, todo va estupendamente. —Se sentó en la silla, colocando con pericia las faldas del vestido.

El señor Ravenel siguió inmóvil, con el ceño fruncido entre sus cejas oscuras.

—Buscaré a alguien para cambiarle el sitio —informó en voz baja.

—Por el amor de Dios, siéntese ya —susurró ella.

Él lo hizo con cautela, como si la silla pudiera caerse con él encima en cualquier momento. La miró con expresión recelosa.

—Le pido disculpas por el comportamiento que he exhibido esta tarde.

—Ya está olvidado —repuso Phoebe—. Estoy segura de que seremos capaces de tolerarnos mutuamente duramente la cena.

—No hablaré de nada relacionado con los cultivos. Podemos hablar de otros temas. Mis intereses son muchos y muy diversos.

—¿Como por ejemplo?

El señor Ravenel reflexionó al respecto.

—No importa, no tengo tantos intereses ni tan diversos, pero me siento como un hombre capaz de tenerlos.

Phoebe esbozó una sonrisa renuente, ya que lo encontraba gracioso muy a su pesar.

—Salvo por mis hijos, yo carezco de intereses.

—Gracias a Dios. Detesto las conversaciones estimulantes. La profundidad de mi mente no da ni para que flote una pajita.

A Phoebe le gustaban los hombres con sentido del humor. Tal vez la cena no fuera tan espantosa como se temía.

—En ese caso, le alegrará saber que hace meses que no leo un libro.

—Yo hace años que no voy a un concierto de música —le aseguró él—. Demasiados momentos de «aplaude ahora, ahora no». Me pone nervioso.

—Me temo que tampoco podremos hablar de arte. El simbolismo me agota.

—En ese caso, supongo que no le gusta la poesía.

—No... a menos que rime.

—Da la casualidad de que yo escribo poesía —dijo el señor Ravenel con solemnidad.

«Que el Señor me ayude», pensó Phoebe, que vio que la momentánea diversión se evaporaba. Muchos años antes, cuando fue presentada en sociedad, tuvo la impresión de que todos los jóvenes a los que conocía en los bailes y las cenas eran poetas diletantes. Todos insistían en recitarle sus poemas, plagados de rimbombantes versos sobre la luz de las estrellas, las gotas de rocío y el amor perdido, con la esperanza de impresionarla con su gran sensibilidad. Al parecer, todavía estaba en boga.

—Ah, ¿sí? —replicó sin entusiasmo, rezando en silencio para que no se ofreciera a recitarle verso alguno.

—Sí. ¿Le apetece que recite algún verso?

Phoebe contuvo un suspiro y esbozó una sonrisa educada.

—Por supuesto.

—Es de una obra aún inacabada. —Con expresión solemne, el señor Ravenel empezó a recitar—: «Érase un joven caballero Bruce llamado... cuyos pantalones pasaban poco tiempo abrochados».

Phoebe echó mano de toda su fuerza de voluntad a fin de no alentarlo con una carcajada. Oyó que alguien tosía para disimular la risa detrás de ella y supuso que alguno de los criados lo había oído.

—Señor Ravenel —dijo—, ¿se le ha olvidado que esta es una cena de gala?

Un brillo travieso le iluminaba los ojos.

—Ayúdeme con el siguiente verso.

—Ni hablar.

—La desafío a que lo haga.

Phoebe le hizo caso omiso mientras se extendía con meticulosidad la servilleta sobre el regazo.

—La desafío doblemente —insistió él.

—La verdad, es usted la mar de... ¡Oh, muy bien! —Bebió un sorbo de agua mientras buscaba las palabras apropiadas. Tras soltar la copa, dijo—: «Un día, hacia delante se inclinó para coger una flor».

El señor Ravenel acariciaba de forma distraída el tallo de una copa de cristal vacía. Al cabo de un momento, dijo con deje triunfal:

—«Y una abeja le picó allí donde nunca da el sol».

Phoebe estuvo a punto de ahogarse de la risa.

—¿Podemos fingir al menos un mínimo de decoro? —le suplicó.

—Pero es que la cena va a ser larguísima.

Cuando lo miró, descubrió que le estaba sonriendo de forma natural y cálida, y sintió un extraño escalofrío, como le sucedía a veces cuando se despertaba después de un largo sueño y se desperezaba hasta que le temblaban los músculos.

—Hábleme de sus hijos —dijo él.

—¿Qué le gustaría saber?

—Cualquier cosa. ¿Cómo decidió sus nombres?

—Justin era el nombre del tío preferido de mi marido. Un solterón entrado en años que siempre le llevaba libros cuando estaba enfermo. El pequeño, Stephen, lleva el nombre de un personaje de una novela de aventuras que lord Clare y yo leíamos cuando éramos pequeños.

—¿Cómo se titula?

—No puedo decírselo. Pensará que es una ridiculez. Y lo era. Pero nos encantaba. La leímos cientos de veces. Tuve que enviarle mi copia a Henry después de que...

«De que usted le robara la suya.»

En opinión de Henry, la peor ofensa de Weston Ravenel fue con diferencia el robo de su copia de *Stephen Armstrong: Buscatesoros* de la caja de sus posesiones que guardaba debajo de la cama en el internado. Aunque nunca obtuvo prueba alguna que confirmara la identidad del ladrón, Henry recordaba que Ravenel se había burlado de él cuando lo vio leyendo el libro. En aquel entonces le escribió en una carta:

> Sé que él es el ladrón. Seguro que ha hecho algo espantoso con mi libro. Lo habrá tirado por el inodoro. Me sorprendería mucho que ese alcornoque sepa leer siquiera.

A lo que Phoebe le contestó, ansiosa por vengarse de tamaña injusticia:

Algún día, cuando seamos grandes, le daremos juntos una paliza y le quitaremos el libro.

Y en ese momento estaba sentada a su lado para cenar.

—... Después de que perdiera su copia —terminó con incomodidad. Vio que uno de los criados servía vino en una de sus copas.

—¿Cuándo la...? —le preguntó el señor Ravenel, pero se interrumpió y frunció el ceño. Se movió, inquieto, en la silla, y lo intentó de nuevo—: Cuando era pequeño, recuerdo un libro... —Otra pausa al tiempo que acercaba el cuerpo más a ella.

—Señor Ravenel —le dijo Phoebe, intrigada—, ¿se encuentra usted bien?

—Sí. Es que... tengo un problema. —Se miró el regazo con el ceño fruncido.

—¿Un problema relacionado con su regazo? —preguntó ella con deje burlón.

Él respondió con un susurro exasperado:

—A decir verdad, sí.

—Vaya por Dios. —Phoebe no sabía si alarmarse o si echarse a reír—. ¿Qué le sucede?

—La mujer que está sentada a mi derecha insiste en acariciarme el muslo.

Phoebe se inclinó hacia delante con disimulo para ver quién era la culpable.

—¿No es lady Colwick? —susurró—. Su madre, lady Berwick, fue la maestra de etiqueta de Pandora y Cassandra.

—Sí —respondió él con brusquedad—. Al parecer, desatendió la educación de su hija.

Según tenía entendido Phoebe, Dolly, lady Colwick, se había casado hacía poco con un ricachón entrado en años, pero mantenía aventuras a sus espaldas con sus antiguos pretendientes. De hecho, fue una de las escandalosas correrías de Dolly la que propició que Pandora y Gabriel se conocieran de forma accidental.

Irritado, el señor Ravenel dio un respingo e introdujo el brazo por debajo de la mesa para alejar esa mano invisible y aventurera.

Phoebe entendía su dilema. Si un caballero acusaba a una dama de exhibir tan escandaloso comportamiento, lo culparían de haberla avergonzado. Además, la dama en cuestión lo negaría al punto y todo el mundo se prestaría a creerla.

Los criados estaban llenando las copas con agua, vino y champán helado por toda la mesa. Tras decidir que podrían aprovecharse del momento de actividad, Phoebe le dijo al señor Ravenel:

—Inclínese hacia delante, por favor.

Él arqueó las cejas un poco, pero la obedeció.

Phoebe extendió un brazo por detrás de su ancha espalda y con el dedo índice le dio unos golpecitos a lady Colwick en el brazo. La joven la miró un tanto sorprendida. Era muy guapa y se había peinado con un recogido de rizos, cintas y perlas. Se había depilado las cejas con sumo cuidado, de manera que parecían dos delgadas medias lunas sobre unos ojos de espesas pestañas, como los de una muñeca de porcelana. En torno al cuello llevaba un reluciente collar de enormes perlas intercaladas con diamantes en forma de lágrima del tamaño de cerezas de Bristol.

—Querida —le dijo Phoebe con voz agradable—, me he fijado en que está intentando quitarle la servilleta al señor Ravenel. Quédese con la mía. —Le ofreció la servilleta a la muchacha, que hizo ademán de cogerla con gesto pensativo. Sin embargo, al cabo de un instante lady Colwick retiró la mano.

—No sé de qué me está hablando.

Phoebe no se dejó engañar. Un rubor culpable había teñido las mejillas de la muchacha y el rictus de sus labios, semejantes a una rosa de pitiminí, se había tornado malhumorado.

—¿Debo ser más explícita? —le preguntó ella en voz muy baja—. A este caballero no le gusta que lo manoseen como si fuera una ostra en el mercado de Billingsgate mientras intenta cenar. Haga el favor de dejar las manos quietecitas.

Despechada, lady Colwick la miró con los ojos entrecerrados.

—Podríamos haberlo compartido —replicó, tras lo cual clavó la vista en su plato con un resoplido desdeñoso.

Alguien situado en la hilera de criados que se encontraba a su espalda soltó una carcajada disimulada.

El señor Ravenel volvió a apoyarse en el respaldo de la silla. Sin volverse siquiera, hizo un gesto con una mano por encima del hombro y murmuró:

—Jerome.

Uno de los criados se acercó a él y se inclinó hacia delante mientras decía:

—¿Señor?

—Como oiga más risas, mañana serás degradado a galopillo.

—Sí, señor.

Una vez que el criado se retiró, el señor Ravenel miró de nuevo a Phoebe. Las arruguitas de los extremos de sus ojos se habían acentuado porque estaba conteniendo la risa.

—Gracias por no compartirme.

Ella levantó un poco los hombros.

—Lady Colwick estaba interfiriendo en una conversación perfectamente insustancial. Alguien tenía que detenerla.

En los labios del señor Ravenel apareció una lenta sonrisa.

Phoebe nunca había sentido de esa manera la presencia de otra persona. Todas las terminaciones nerviosas de su cuerpo habían cobrado vida como respuesta a su cercanía. Estaba cautivada por esos ojos de color añil. Fascinada por el asomo de barba que se adivinaba bajo la piel recién afeitada. Aunque el comportamiento de lady Colwick era injustificable, también le resultaba comprensible. ¿Cómo sería su muslo? Muy duro, seguramente. Duro como una piedra. La idea hizo que se removiera sobre la silla.

«¿Qué me pasa?», se preguntó.

Apartó la mirada de él y clavó la vista en la tarjetita del menú situada entre ambos.

—«Consomé de ternera o crema de verduras» —leyó en voz alta—. Supongo que prefiero el consomé.

—¿Prefiere un caldo insulso a una crema de verduras de primavera?

—Nunca he tenido mucho apetito.

—A ver, voy a explicarle. La cocinera ha pedido una cesta de verduras maduras del huerto: puerros, zanahorias, patatas frescas, calabacines, tomates... Una vez troceadas, las ha cocido con hierbas aromáticas. Una vez en su punto, las ha triturado hasta conseguir una textura suave como la seda y ha rematado el proceso con un chorreón de nata. En la mesa se sirve en un cuenco de barro y con picatostes fritos en mantequilla. Es el sabor del huerto en cada cucharada.

Phoebe no puedo menos que disfrutar de su entusiasmo.

—¿Cómo es que sabe tanto sobre la preparación del plato?

—He pasado bastante tiempo en la cocina —confesó él—. Me gusta conocer las responsabilidades del personal doméstico y sus condiciones laborales. En lo que a mí respecta, el trabajo más importante que existe en Eversby Priory es el de mantener a todos sus habitantes sanos y bien alimentados. Nadie es capaz de rendir en su trabajo con la barriga vacía.

—¿A la cocinera no le importa semejante invasión de su territorio?

—No, siempre y cuando no moleste ni meta los dedos en los cuencos.

Ella sonrió.

—Le gusta la comida, ¿verdad?

—No, me encanta. Es el segundo de mis placeres terrenales preferidos.

—¿Cuál es el primero?

—Ese no es un tema adecuado para la cena. —Tras una pausa, añadió con gesto inocente—: Pero puedo decírselo más tarde.

«¡Qué sinvergüenza!», pensó Phoebe. Estaba coqueteando con ella de la forma más ladina posible. Un comentario en apariencia inocente, pero con una insinuación clarísima. Decidió no hacerle caso y clavar la vista en el menú hasta que el amasijo de letras se convirtió por fin en palabras.

—Veo que también hay dos opciones para el plato de pescado. Rodaballo con salsa de langosta o lenguado a la normanda. —Hizo una pausa—. No conozco el segundo.

El señor Ravenel se mostró presto a informarla.

—Filetes de lenguado marinados en sidra, salteados con mantequilla y cubiertos de nata agria. Es un plato ligero, con la nota ácida de las manzanas.

Hacía mucho tiempo que Phoebe no pensaba en la comida como en algo que no fuera un ritual al que apenas le prestaba atención. No solo había perdido el apetito después de la muerte de Henry, además había perdido el sentido del gusto. Solo había unas cuantas cosas cuyo sabor aún distinguía. El té fuerte, el limón y la canela.

—Mi marido no... —El impulso de bajar la guardia con él era casi abrumador, aunque le pareciera una traición hacia Henry.

El señor Ravenel la miró pacientemente con la cabeza ladeada.

—No toleraba la leche, la nata ni las carnes rojas —siguió Phoebe con voz titubeante—. Solo comíamos platos sencillos, todo hervido y sin sazonar. Pero aun así sufría mucho. Era un hombre muy dulce y de buen carácter, y no quería que me privara de cosas que me gustaran solo porque él no pudiera comerlas. Pero ¿cómo iba a comerme unas natillas o a beberme una copa de vino delante de él? Después de vivir así durante años..., con la comida como el enemigo..., me temo que jamás podré volver a comer por placer. —Comprendió de inmediato lo inapropiada que era semejante confesión durante una cena de gala. Bajó la vista a los relucientes cubiertos que tenía delante, tan avergonzada que estuvo tentada de clavarse el tenedor de la ensalada—. Discúlpeme —dijo—. Llevo tanto tiempo alejada de los eventos sociales que se me ha olvidado cómo mantener una conversación educada.

—Las conversaciones educadas conmigo caen en saco roto. Me paso la mayor parte del tiempo rodeado de animales en la granja. —El señor Ravenel esperó a que ella sonriera brevemente para continuar—. Su marido debió de ser un hombre con una gran fuerza interior. De haber estado en su lugar, yo no habría sido dulce ni habría tenido buen carácter. De hecho, ni siquiera soy así cuando las cosas me van bien.

El halago hacia Henry logró que se derritiera parte de la animosidad que sentía. Era más fácil odiar a una persona cuando se trataba de una figura distante, de un concepto, que cuando se convertía en una realidad de carne y hueso.

Consciente de ese último pensamiento, Phoebe le preguntó:

—¿Es usted un hombre temperamental, señor Ravenel?

—Por el amor de Dios, ¿no lo sabe? Los Ravenel somos como barriles de pólvora con mechas cortas. Por eso quedan tan pocos varones con vida en la familia. La bebida y las peleas no son lo mejor para disfrutar de una alegre vejez.

—¿Eso es lo que hace usted? ¿Beber y pelearse constantemente?

—Solía hacerlo —admitió.

—¿Por qué lo dejó?

—Los excesos llevan al cansancio, en todas las cuestiones de la vida —contestó con una sonrisa—. Hasta en las más placenteras.

7

Al final, resultó que la crema de verduras de primavera era incluso mejor que la descripción del señor Ravenel. La cremosa emulsión anaranjada tenía todos los sabores del huerto. Era una armonía osada y deliciosa de tomates ácidos, zanahorias dulces, patatas y calabacín, fusionado todo en un vibrante ramillete primaveral. Tras morder un crujiente y sabroso picatoste, Phoebe cerró los ojos para saborearlo. Por Dios, había pasado mucho tiempo desde la última vez que saboreó algo de verdad.

—Se lo dije —repuso el señor Ravenel con satisfacción.

—¿Cree que la cocinera compartirá la receta?

—Lo hará si yo se lo pido.

—¿Se lo pediría?

—¿Qué hará usted a cambio? —replicó él.

La pregunta la sorprendió tanto que le arrancó una carcajada.

—Qué poco galante. ¿Qué ha pasado con la caballerosidad? ¿Y con la generosidad?

—Soy un granjero, no un caballero. Por estos lares, practicamos el *quid pro quo*.

La forma en la que le hablaba carecía por completo de la deferencia y la compasión que las personas solían ofrecerles a las viudas. Parecía un... flirteo. Pero no podía estar segura. Había pasado mucho tiempo desde que alguien flirteó con ella. Por supuesto, era el último hombre del que querría recibir dichas atenciones, salvo que... la alteraba de un modo muy agradable.

Empezaron una serie de brindis interminables: por la felicidad y la prosperidad de los novios, por el bienestar de las familias que estaban a punto de unirse, por la reina, por los anfitriones, por el sacerdote, por las damas y por mucho más. Se rellenaron las copas una y otra vez con vinos añejos, se retiraron los cuencos vacíos de la crema y se sirvieron delicadas tajadas de melón maduro en platos diminutos.

Cada plato era más apetecible que el anterior. Phoebe no creía posible que nada pudiera superar el trabajo del cocinero francés de Heron's Point, pero esa era una de las comidas más deliciosas que había saboreado en la vida. Le rellenaron a menudo el platillo del pan con bollitos de leche calientes y panecillos planos servidos con una buena cantidad de mantequilla salada. Los criados les llevaron pollos asados a la perfección, con la piel crujiente y rizada por el calor, lonchas de ternera fritas bañadas con salsa de coñac, porciones de pastel de verduras con huevos duros de codorniz. Coloridas ensaladas decoradas con virutas de jamón ahumado o delgadísimas tiras de trufas negras. Se presentaron patas de ternera y de cordero, que se trincharon junto a la mesa, de modo que la tierna carne acabó en finas lonchas para servirla con la guarnición bañada con salsa.

Phoebe probaba una vianda tras otra, en compañía del archienemigo de su marido, disfrutando de lo lindo. West Ravenel era un hombre de mundo con un sentido del humor muy ingenioso e hizo comentarios atrevidos que apenas si lograban mantenerse en los límites del decoro. Su relajado interés pareció envolverla con suavidad. La conversación era fluida, placentera, como un rollo de terciopelo que se desenrollara poco a poco. No recordaba la última vez que había mantenido una conversación así, hablando por los codos. Ni tampoco recordaba haber comido tanto de una sola vez desde hacía años.

—¿Qué platos quedan? —preguntó cuando les llevaron un sorbete en copitas de cristal para limpiarse el paladar.

—Solo el queso y después los postres.
—Ni siquiera puedo con este sorbete.
El señor Ravenel meneó la cabeza despacio y la miró con sombría decepción.
—Qué poco aguante. ¿Va a permitir que la cena la derrote?
Se le escapó una carcajada sin poder evitarlo.
—No es una competición deportiva.
—Algunas comidas son una lucha hasta el final. Está muy cerca de la victoria... Por el amor de Dios, no tire la toalla.
—Lo intentaré —repuso, aunque no lo tenía muy claro—. Detesto desperdiciar la comida.
—Nada se desperdiciará. Los restos irán a parar a la pila para abono o a la pocilga.
—¿Cuántos cerdos tienen?
—Veinticuatro. Algunos de los arrendatarios también crían cerdos. Estoy intentando convencer a los pequeños agricultores, sobre todo a los propietarios de tierras menos productivas, de que críen más ganado en detrimento de la siembra de cereal. Sin embargo, se muestran renuentes. Consideran que criar ganado, cerdos en especial, es un paso atrás con respecto al cultivo.
—No veo por qué... —empezó Phoebe, pero la cantarina voz de Pandora la interrumpió.
—Primo West, ¿estás hablando de cerdos? ¿Le has hablado a lady Clare de Hamlet?
El señor Ravenel procedió a contar una anécdota, según la cual durante una visita a un arrendatario rescató a un lechoncillo al que iban a matar. En un abrir y cerrar de ojos, la atención de todos los comensales se centró en él.
Era un narrador muy habilidoso, y consiguió describir al lechoncillo como un huérfano de una novela de Dickens. Después de haber rescatado a la criatura recién nacida, adujo, cayó en la cuenta de que alguien debería cuidarlo. De modo que se lo llevó a Eversby Priory y se lo dio a Pandora y a Cassandra. Pese a las protestas del resto de la familia y de los criados, las gemelas adoptaron al lechón como mascota.

A medida que la criatura fue creciendo y haciéndose más grande, el señor Ravenel cargó con las culpas por el sinfín de problemas que causó.

—Para empeorar las cosas —añadió Pandora—, no supimos hasta que ya fue demasiado tarde que deberíamos haber «alterado» al lechón cuando era una cría. Por desgracia, apestaba demasiado para vivir en la casa.

—Lady Trenear amenazaba con matarme cada vez que veía al cerdo pasearse por la casa con los perros —apostilló el señor Ravenel—. Pasé meses sin atreverme a darle la espalda.

—La verdad es que intenté empujarlo escaleras abajo alguna que otra vez —admitió Kathleen con expresión muy seria—, pero era demasiado grande para moverlo.

—También hiciste amenazas muy ingeniosas con el atizador de la chimenea —le recordó el señor Ravenel.

—No —lo corrigió Kathleen—, esa fue el ama de llaves.

La historia continuó su camino hacia la caricatura cuando el señor Winterborne comentó que él se había hospedado en Eversby Priory mientras se recuperaba de sus heridas oculares y que nadie le había avisado del cerdo.

—Lo oí desde mi cama, convaleciente, y supuse que era otro perro.

—¿Un perro? —preguntó lord Trenear desde la cabecera de la mesa mientras miraba a su amigo con expresión interrogante—. ¿A ti te parecía un perro?

—Sí, con problemas respiratorios.

El grupo entero estalló en carcajadas.

Phoebe sonrió y miró al señor Ravenel, y descubrió que él la miraba fijamente a su vez. Parecían estar afectados por un extraño e inexplicable hechizo de intimidad. Él se apresuró a clavar la vista en el cuchillo de la fruta sin usar que tenía junto al plato, lo cogió con una mano y le pasó el pulgar por el borde para comprobar si estaba afilado.

Phoebe jadeó preocupada.

—No, no haga eso —le dijo en voz baja.

Él esbozó una sonrisa torcida y soltó el cuchillo.

—La costumbre. Perdone mis malos modales.

—No era por eso. Me daba miedo que fuera a cortarse.

—No tiene de qué preocuparse. Tengo las manos tan duras como la piel curtida. Cuando llegué a Eversby Priory... —Dejó la frase en el aire—. No, le dije que no hablaría de agricultura.

—Oh, por favor, continúe... Cuando llegó aquí...

—Tuve que empezar a visitar a los arrendatarios, algo que me aterraba.

—Yo creo que ellos estarían más asustados.

El señor Ravenel soltó el aire en una especie de carcajada.

—Hay muchas cosas que asustan a los agricultores, pero un bufón borrachuzo y barrigón recién llegado de Londres no es una de ellas.

Phoebe asimiló esas palabras con el ceño fruncido. Rara vez, si acaso lo había hecho en algún momento, había oído a un hombre hablar de forma tan poco halagüeña sobre sí mismo.

—El primer día —continuó el señor Ravenel— estaba bastante perjudicado, ya que había decidido dejar de vivir como una cuba andante. La sobriedad no me sentaba bien. Me dolía la cabeza, tenía el equilibrio de un barquito de juguete y estaba de un humor de perros. El agricultor en cuestión, George Strickland, estaba dispuesto a contestar mis preguntas sobre su granja siempre y cuando pudiera hacerlo mientras seguía trabajando. Tenía que segar la avena y recogerla antes de que lloviera. Fuimos al campo de labor, donde ya había unos hombres segando mientras otros recogían y amontonaban los haces. Algunos cantaban para que todo el mundo mantuviera el ritmo. La avena me llegaba casi a la cintura, y olía de maravilla..., era un olor dulzón y limpio. Todo me parecía tan... —Meneó la cabeza, incapaz de encontrar la palabra adecuada, mientras su miraba se tornaba distante—. Strickland me enseñó a hacer un haz con los tallos cortados —continuó al cabo de un momento— y trabajé por la hilera mientras hablábamos. Cuando llegué al final de la hilera, me había cambiado la vida por completo. Era la primera cosa útil que hacía con las manos. —Esbozó una sonrisa torcida—. Tenía las manos de un caballero por aquel entonces. Blandas, con la manicura hecha. Ahora no son tan bonitas.

—Déjeme verlas —dijo Phoebe. Las palabras parecieron más íntimas de lo que pretendía. Sintió que el rubor le subía por la garganta y que le ardían las mejillas cuando él obedeció despacio, extendiendo las manos un poco por debajo de la mesa, con las palmas hacia abajo.

El ruido a su alrededor, el irritante tintineo de los cubiertos contra los platos, las carcajadas y las conversaciones, todo eso quedó en un segundo plano hasta que dio la sensación de que estaban solos en el comedor. Phoebe le miró las manos, fuertes y de dedos largos, con las uñas limadas de modo que solo se veía una fina línea blanca en las puntas. Estaban muy limpias, pero la piel bronceada estaba un poco seca y callosa en los nudillos. Tenía varias cicatrices de cortes o rozaduras, y los vestigios de una magulladura bajo la uña de uno de los pulgares. Intentó imaginarse que esas manos tan competentes eran blandas y tenían la manicura hecha, pero le resultó imposible.

No, no eran bonitas. Pero eran hermosas.

Se sorprendió a sí misma al imaginar qué sentiría si esa mano le rozara la piel, esa textura áspera sobre la suavidad de su cuerpo mientras la acariciaba con pecaminosas intenciones.

«No, no pienses en eso...»

—Un administrador no suele trabajar con los arrendatarios, ¿verdad? —consiguió preguntar.

—Lo hace si quiere hablar con ellos. Estos hombres, y sus respectivas esposas, no tienen tiempo para desatender sus labores a fin de tomar una taza de té a media mañana. Pero están dispuestos a mantener una conversación mientras los ayudo a reparar una cerca rota o participo en la fabricación de ladrillos. Es más fácil para ellos confiar en un hombre con sudor en la frente y callos en las manos. El trabajo es una especie de lengua..., nos comprendemos mejor después.

Phoebe le prestó mucha atención, y se dio cuenta de que el

señor Ravenel no solo respetaba a los arrendatarios de su propiedad, sino que le caían bien de verdad. Era muy distinto de como se lo había imaginado. Sin importar cómo fuera en otra época, el niño cruel e infeliz parecía haberse convertido en un hombre capaz de demostrar compasión. No era un bruto. No era un mal hombre ni mucho menos.

«Henry, nuestro enemigo está resultando muy difícil de odiar», pensó con sorna.

8

Por regla general, West se despertaba por las mañanas sintiéndose descansado y listo para enfrentarse al nuevo día. Esa mañana, sin embargo, el canto del gallo le crispó los nervios. Había dormido mal por culpa del exceso de vino y de comida, y también por la estimulación que había supuesto Phoebe, lady Clare. Su descanso se había visto interrumpido por sueños en los que ella era la protagonista y en los que realizaba en su cama una serie de actos sexuales que en la vida real ella jamás consentiría, estaba segurísimo. De manera que se sentía frustrado, malhumorado y tan excitado como un corzo en época de apareamiento.

Siempre se había enorgullecido de ser demasiado listo para desear a una mujer imposible. Pero lady Clare era tan inusual como un mes con dos lunas llenas. Durante la cena, lo había hechizado con su belleza. La luz de las velas hacía que su pelo y su piel relucieran y se asemejaran a rubíes y perlas. Era lista, perspicaz e ingeniosa. Había atisbado indicios de un humor ácido, algo que le encantaba, pero también de timidez y de melancolía, algo que le había llegado al corazón. Era una mujer que necesitaba divertirse con urgencia, y él ansiaba ofrecerle el placer de los juegos adultos.

Pero Phoebe, lady Clare, no estaba a su alcance. Él era un antiguo bala perdida sin propiedades, títulos ni fortuna. Ella era una viuda de buena cuna con dos niños pequeños. Necesitaba un marido respetable y rico, no un idilio escandaloso.

Sin embargo, eso no le ponía freno a su imaginación. Ese pelo rojo, suelto y extendido sobre la almohada. Esos labios, hinchados por los besos y abiertos bajo los suyos. Esa piel desnuda, marfileña y rosada. La cálida piel de la parte interna de los codos, las suaves curvas de sus pechos... Ese delicado triángulo de rizos pelirrojos con los que jugar...

Se colocó bocabajo con un gruñido y enterró la cara en la almohada. Estaba excitado, pero al mismo tiempo experimentaba momentos de sudor frío. Pensó que tal vez tuviera fiebre. A lo mejor se debía al prolongado periodo de abstinencia sexual. Se decía que era malo para la salud de un hombre pasar demasiado tiempo sin satisfacer su deseo. Seguramente estuviera sufriendo por el exceso de esencia masculina acumulada.

Soltó una maldición que quedó ahogada por la almohada, tras lo cual salió de la cama y fue a lavarse con agua fría.

Mientras se vestía con la ropa de diario, oyó el trajín de los criados, inmersos ya en sus quehaceres, pero con cuidado para no despertar a los invitados. Puertas que se abrían y se cerraban, susurros. Tintineos y golpes metálicos difíciles de identificar. Caballos y vehículos en la avenida de entrada de gravilla que llegaban para entregar los pedidos de la floristería, la panadería, la confitería y la licorería.

La boda se celebraría dentro de unas cinco horas y le seguiría un fastuoso banquete al que asistirían no solo los invitados de la víspera, sino también la nobleza rural, los habitantes del pueblo y los arrendatarios de Eversby Priory. La multitud de personas llenaría tanto la mansión como los jardines, donde se dispondrían mesas y sillas plegables alquiladas para la ocasión. Se habían contratado músicos para la ceremonia y para el banquete, y se había comprado una cantidad extraordinaria de botellas de champán. El evento había costado una dichosa fortuna. Menos mal que era Devon quien debía preocuparse del coste, no él.

Después de lavarse los dientes y de peinarse hacia atrás el pelo húmedo, se encaminó a la planta baja. Más tarde y con la asistencia del ayuda de cámara de Devon, Sutton, se afeitaría y se arreglaría para la boda. De momento, tenía que asegurarse de que todo marchaba según lo planeado.

Devon era la única persona presente en el comedor matinal, sentado a una de las mesas redondas mientras examinaba unos folios con anotaciones y se bebía una taza de café. Por irónico que pareciera, ya que nunca se levantaba tan temprano, daba la sensación de que estaba espabilado y descansado, mientras que él se sentía cansado e irritable.

Su hermano alzó la vista de los folios y sonrió.

—Buenos días.

—¿Por qué demonios estás tan contento? —replicó West al tiempo que se acercaba al aparador para servirse una taza de café de una humeante jarra de plata.

—Después de hoy, Cassandra será la única prima soltera que nos quede.

No hacía mucho tiempo que Devon había heredado una propiedad casi en ruinas y con escasos recursos, y la responsabilidad de contar con más de doscientos arrendatarios, un servicio doméstico consistente en cincuenta personas y tres primas Ravenel jóvenes e inocentes. Podría haber vendido todo aquello que no estuviera ligado al título y haber demolido la mansión. Podría haberles dicho a todos los residentes de Eversby Priory, incluyendo a las hermanas Ravenel, que se las apañaran como pudieran.

Sin embargo, por motivos que West nunca acabaría de entender, Devon había asumido esa abrumadora responsabilidad. Gracias al trabajo duro y a la suerte, había logrado impedir que la propiedad acabara en la ruina total. En ese momento, la mansión se encontraba en proceso de restauración, los libros de cuentas estaban al día y la producción de la explotación agraria les reportaría ese año un pequeño beneficio. Helen, la mayor de las hermanas Ravenel, se había casado con Rhys Winterborne, el propietario de un imperio conformado por una cadena de grandes almacenes. Y Pandora estaba a punto de casarse con el heredero de un ducado, por imposible que pareciera.

—Llevas dos años preocupado por esas muchachas, ¿verdad? —preguntó West—. Mucho más de lo que hicieron su padre y su hermano. Te has portado bien con ellas, Devon.

—Y tú también.

West replicó con un resoplido burlón.

—Yo fui quien te dijo que te lavaras las manos de toda responsabilidad y te largaras.

—Pero de todas formas accediste a ayudarme. Te echaste a la espalda más trabajo que nadie, y eso me incluye a mí. Así que puedo decir que eres tú quien más ha colaborado para salvar la propiedad.

—Por Dios. No exageres la mediocre gestión que he hecho de la explotación.

—La explotación es la propiedad. Sin ella, tanto el apellido como el título carecen de sentido. Gracias a ti, tal vez consigamos beneficios por primera vez en diez años. Y no sé cómo lo has conseguido, porque parece un milagro, pero has arrastrado a algunos de los arrendatarios a la era de la agricultura moderna.

—Sí, pateando y chillando durante todo el camino —añadió West con acritud. Se sentó al lado de su hermano y les echó un vistazo a los folios—. La banca de la iglesia que estaba rota ya está arreglada, así que puedes tachar eso de la lista. El tonel de caviar llegó ayer. Está en la caseta del hielo. No sé si han llegado las sillas plegables que estamos esperando. Le preguntaré al mayordomo. —Hizo una pausa y se bebió medio café de un trago—. ¿Dónde está Kathleen?, ¿en la cama todavía?

—¿Estás de broma? Lleva horas levantada. Ahora mismo está con el ama de llaves, indicándoles a los mozos de reparto dónde deben dejar los arreglos florales. —Esbozó una sonrisa cariñosa mientras hacía rodar el lápiz sobre la mesa con la palma de la mano—. Ya conoces a mi mujer. Todos los detalles tienen que estar perfectos.

—Es como dirigir una producción en el teatro St. James Music Hall. Sin las coristas con las medias rosas, por desgracia. —Apuró el café—. Por Dios, no veo la hora de que este día acabe.

—Solo son las seis de la mañana —le recordó Devon.

Ambos suspiraron.

—Nunca te he agradecido como merece que te casaras con Kathleen en las oficinas del registro —comentó West—. Quiero que sepas que me encantó.

—No estuviste presente.

—Por eso me gustó tanto.

Devon esbozó una sonrisilla.

—Me alegró no tener que esperar —dijo—. Pero de haber contado con el tiempo necesario, no me habría importado casarme con más pompa por Kathleen.

—Por favor. Esas paparruchas se las cuentas a otro.

Devon sonrió mientras arrastraba la silla hacia atrás para levantarse de la mesa y acercarse al aparador con la taza en la mano en busca de más café.

—Creo que la cena de anoche salió bien —comentó al tiempo que lo miraba por encima del hombro—. Parece que lady Clare y tú congeniasteis bien.

—¿Cómo has llegado a esa conclusión? —quiso saber West al tiempo que intentaba aparentar indiferencia.

—Te pasaste casi toda la cena mirándola como si fuera el postre.

West se apoyó en el respaldo de la silla mientras borraba toda expresión de su cara y clavó la vista en la taza de café vacía. Apenas si podía introducir la punta de un dedo por el asa de porcelana.

—¿Por qué tienen el asa tan pequeña estas tazas? ¿Acaso son para bebés?

—Es porcelana francesa. Kathleen dice que se supone que debemos coger el asa con el índice y el pulgar.

—¿Qué tienen de malo las tazas para adultos?

Por desgracia, la maniobra de distracción no surtió efecto y Devon retomó el tema.

—No fui el único que se percató de la atracción que existe entre lady Clare y tú.

—En este momento —replicó West—, me atrae cualquier mujer que tenga menos de noventa años. Estamos en plena temporada de cría en la granja y todas las criaturas de esta propiedad llevan semanas copulando alegremente. Menos yo. ¿Sabes cuánto tiempo llevo célibe? Todas las mañanas me levanto en un estado crítico.

—Creo que una viuda joven y atractiva podría ayudarte a remediarlo —repuso Devon, que volvió a sentarse.

—El vino de anoche debe de estar afectándote todavía. Es imposible que una mujer como lady Clare se interese de verdad por mí. Y tampoco me apetece que lo haga.

Devon lo miró con gesto astuto.

—¿Crees que está muy por encima de ti?

Mientras jugueteaba con el asa de la taza, West acabó con un dedo atrapado en ella.

—No es que lo crea. Es que lo está. Desde el punto de vista moral, económico, social y cualquier otro que se te ocurra. Además, ya te he dicho muchas veces que no soy de los que se casan.

—Si estás intentando aferrarte a tu despreocupada existencia de soltero, que sepas que murió hace aproximadamente dos años —le recordó Devon—. Bien puedes asumirlo y sentar cabeza.

—Te enseñaría el dedo apropiado —murmuró West— si no se me hubiera quedado atascado en esta diminuta asa. —Tiró suavemente del dedo corazón para poder liberarlo sin romper el asa de porcelana.

—Si una mujer como lady Clare te demuestra un mínimo interés, no se huye. Te postras de rodillas, agradecido.

—Durante la primera mitad de nuestras vidas, tú y yo estuvimos a merced de los demás —le recordó West—. La familia nos manipuló, nos empujó y nos usó hasta convertir nuestras vidas en un infierno. Éramos marionetas. Jamás volveré a vivir así.

Nunca olvidaría los años de pobreza e impotencia. Devon y él habían sido parias en el internado, donde todos los demás muchachos parecían conocerse. Todos habían visitado los lugares apropiados y hacían bromas que él no entendía. Envidiaba lo bien que parecían sentirse consigo mismos y con los demás. Él odiaba sentirse diferente, siempre fuera de lugar. Devon aprendió rápidamente a adaptarse a las circunstancias. Él, al contrario, siempre estaba enfadado, incómodo y, además, era gordo. Su única defensa consistió en convertirse en un muchacho desagradable que les hacía la vida imposible a los demás.

Con el tiempo, el resentimiento se suavizó y aprendió a disimular su aspereza con buen humor. Tras llegar a la mayoría de edad, una modesta pero suficiente anualidad procedente de un fondo fiduciario estipulado por sus padres le permitió, por fin, vivir y vestir bien. Sin embargo, la sensación de estar fuera de lugar siempre se encontraba bajo la superficie. En cierto modo, lo había ayudado a aprender a navegar entre los mundos de la aristocracia, de los arrendatarios pobres, de los criados, de los comerciantes, de los banqueros, de los zapateros y de los pastores. Desde fuera identificaba mejor sus problemas y necesidades. No encajar en ningún sitio era como encajar en todos. No obstante, tenía sus limitaciones, sobre todo en lo referente a las mujeres como Phoebe, lady Clare.

—Casarse con una mujer rica..., con la hija de un duque..., conllevaría ataduras. Cadenas de oro. Todo tendría que hacerse según sus dictados. Y ella tendría la última palabra en todo. —Tiró con irritación del dedo atrapado—. Que me aspen si bailo al son que ella toque o al que toque su padre.

—Todos tenemos que bailar al son que toque alguien. Lo mejor que puedes esperar es que al menos te guste la música.

West frunció el ceño.

—Cuando intentas decir algo profundo y trascendental, pareces tonto de remate.

—Yo no soy el que tiene un dedo atascado en el asa de una taza —señaló Devon—. ¿Hay algún otro motivo, además del dinero, por el que no quieras cortejarla? Porque ese parece ridículo.

No era solo el dinero. Pero estaba demasiado cansado y malhumorado como para intentar que su hermano lo entendiera.

—Que tú hayas renunciado a tu orgullo masculino —murmuró— no significa que yo también tenga que hacerlo.

—¿Sabes qué hombres son capaces de mantener el orgullo masculino? —Le preguntó Devon—. Los célibes. Al resto no nos importa suplicar un poco y endulzar oídos si de esa manera dormimos acompañados.

—Si ya has acabado... —replicó West, que hizo un gesto irritado con la mano.

En ese momento, la taza se le desprendió del dedo y salió volando por una ventana abierta. Ambos hermanos contemplaron el arco que trazaba en al aire sin reaccionar. Al cabo de unos segundos, se oyó el golpe de la porcelana sobre la gravilla del sendero.

West miró con los ojos entrecerrados y en silencio a su hermano, que se esforzaba tanto por no reírse que tenía un tic nervioso en la cara.

A la postre, Devon logró controlarse.

—Me alegro de que por fin vuelvas a tener libre la mano derecha —dijo como si tal cosa—. Sobre todo porque parece que durante un buen tiempo tendrás que usarla con frecuencia.

La sorpresa de la boda de Pandora y lord St. Vincent fue que no hubo sorpresas. Gracias a la meticulosa planificación de Kathleen y del ama de llaves, la señora Church, y a la habilidad del personal del servicio, tanto la ceremonia como el banquete se desarrollaron a la perfección. Hasta el tiempo cooperó. La mañana fue seca y soleada, con un cielo azul cristalino.

Pandora, que recorrió del brazo de Devon el camino hasta el

altar de la capilla de la propiedad, estaba radiante con un vestido de seda blanca y amplias faldas de pliegues drapeados de una forma tan exquisita que no necesitaba de adorno alguno. En el pelo llevaba una guirnalda de margaritas recién cortadas y un velo de tul transparente, y en las manos, un ramo de rosas y margaritas.

Si a West le quedaba alguna duda sobre los verdaderos sentimientos de St. Vincent por su novia, desaparecieron para siempre al ver su expresión. Miraba a Pandora como si fuera un milagro, y la emoción había hecho estragos con su habitual compostura. Cuando Pandora llegó a su lado y él le apartó el velo, se saltó la etiqueta al inclinarse para besarla con ternura en la frente.

—Esta parte viene después —susurró Pandora, pero lo dijo lo bastante alto como para que los oyeran aquellos que tenían más cerca, de manera que la multitud estalló en carcajadas.

Cuando el sacerdote empezó a hablar, West miró con disimulo hacia la banca que ocupaban los Challon, al otro lado del pasillo. El duque le estaba susurrando al oído algo a su esposa, y ella esbozó una sonrisa, tras lo cual la tomó de la mano para besarle el dorso de los dedos.

Lady Clare estaba sentada al otro lado de la duquesa, con Justin en su regazo. El niño estaba apoyado en las suaves curvas del pecho de su madre, jugueteando con un elefante pequeño de cuero que empezó a trotar por uno de los brazos de lady Clare. Ella se apartó el juguete con delicadeza e intentó que el niño le prestara atención a la ceremonia. Sin embargo, al cabo de un momento el elefante volvió a trepar a hurtadillas por su brazo, de camino al codo y de allí hasta el hombro.

West los observaba con disimulado interés, a la espera de que lady Clare regañara al niño. En cambio, esperó hasta que el elefante le llegó a la curva del cuello. En ese momento, volvió la cabeza y le dio un mordisco, atrapando el juguete entre los blancos dientes. Justin liberó el elefante de un tirón con una risilla y se quedó tranquilo.

La naturalidad y el afecto que demostraban madre e hijo lo dejaron pasmado. Saltaba a la vista que entre ellos no existía la relación típica entre aristócratas, según la cual los niños se entregaban al cuidado de los criados y rara vez se veían. Para lady Clare, sus hijos lo eran todo. Cualquier candidato a segundo esposo tendría que ser el padre ideal: íntegro, respetable y prudente.

Bien sabía Dios que eso lo dejaba fuera de la competición.

Esa vida, la de ser el marido de lady Clare y el padre de sus hijos, era para otra persona. Para un hombre que mereciera el derecho de vivir con ella en la intimidad y de ver los rituales nocturnos femeninos del baño, el camisón y el cepillado del pelo. Solo él tendría derecho a llevarla a la cama, a hacerle el amor y a abrazarla mientras dormía. Había un hombre destinado a hacer todo eso.

Fuera quien fuese ese malnacido, lo odiaba con todas sus fuerzas.

9

La mañana posterior a la boda, Phoebe esperaba con su padre y con su hijo en el salón recibidor de la planta baja. Pese a su renuencia, había decidido acompañarlos en la visita por la granja. Tenía pocas alternativas: era muy temprano y todos los invitados dormirían durante varias horas más. Había intentado quedarse en la cama, pero su cabeza era un hervidero de pensamientos, de modo que le costaba más mantener los ojos cerrados que abiertos.

La cama era cómoda, pero distinta de la que tenía en casa, el relleno del colchón era más blando de lo que a ella le gustaba.

Casa..., la palabra evocaba imágenes de su amplia y luminosa casa familiar junto al mar, con cenadores cuajados de rosas sobre la entrada del patio y el sendero medio oculto que bajaba hasta la playa. Sin embargo, pronto tendría que empezar a pensar en Clare Manor como su casa, aunque cuando volviera se sentiría casi tan forastera como el día que Henry la llevó en calidad de su novia.

Le preocupaban las condiciones de la propiedad y de las granjas. Según Edward, que le enviaba informes cuatrimestrales de la propiedad, los ingresos por rentas y las cosechas llevaban ya dos años descendiendo. Y el precio de los cereales había caído. Edward le dijo que, aunque la propiedad pasaba por un bache, todo volvería a la normalidad, tal cual siempre había sido. Era algo cíclico, le dijo él.

Pero ¿y si se equivocaba?

Justin atravesó la estancia sobre su caballito de madera, hecho con un palo de madera y con la cabeza tallada de un caballo en un extremo y dos ruedecillas en el otro.

—Abuelo —dijo mientras daba saltitos y vueltas alrededor de su padre, Sebastian, que estaba sentado a una mesita, leyendo su correspondencia—, ¿eres muy excelente?

El duque apartó la vista de la carta que tenía en la mano.

—¿Por qué lo preguntas, muchacho?

El caballito de madera se levantó sobre las ruedecillas y dio una vuelta completa.

—Porque todo el mundo habla de tu excelencia. Pero ¿por qué?

Sebastian y Phoebe se miraron con guasa.

—Creo que te refieres al título honorífico —contestó él—. La gente llama «Su Excelencia» a los duques que no pertenecen a la familia real por respeto, no en referencia a las cualidades personales. —Una pausa reflexiva—. Aunque da la casualidad de que yo soy la mar de excelente.

El niño siguió dando vueltas con su caballito de madera.

Al oír que las ruedecillas metálicas chocaban con la pata de una mesa, Phoebe hizo una mueca y dijo:

—Justin, cariño, ten cuidado, por favor.

—No he sido yo —protestó su hijo—. Ha sido Splinter. Tiene mucha energía. Es difícil de controlar.

—Pues dile que si no se porta bien, tendrás que guardarlo en un armario escobero.

—No puedo —se lamentó Justin—. No tiene agujeros para las orejas, así que no le entran las palabras.

Al ver que salía del salón recibidor al vestíbulo, Phoebe dijo:

—Ojalá que Splinter no haga tropezar a una criada o tire un jarrón.

—No creo que Ravenel tarde mucho en llegar.

Phoebe asintió con la cabeza mientras les daba tironcitos nerviosos a unos hilos sueltos del tapizado del brazo del sillón en el que estaba sentaba.

—¿Qué te preocupa, Petirrojo? —le preguntó su padre con voz preocupada y tierna.

—Oh... —Phoebe se encogió de hombros y alisó los hilos una y otra vez—. Durante dos años, le he dado carta blanca a Edward Larson en la administración de Clare Manor. Ahora me arrepiento de no haber participado más. Tengo que empezar a pensar como una mujer de negocios..., algo que me resulta tan natural como cantar ópera. Ojalá que esté a la altura del desafío.

—Pues claro que lo estarás. Eres hija mía.

Lo miró con una sonrisa, ya que la había tranquilizado.

West Ravenel entró en la estancia ataviado con una chaqueta holgada, pantalones bastante usados y una camisa sin cuello. Las botas de cuero que llevaba estaban tan desgastadas y estropeadas que no había crema en el mundo que pudiera restaurarlas. Verlo, tan grande y guapo con una ropa tan tosca e informal, hizo que el aliento se le quedara atascado en la garganta.

La larga, suntuosa e increíblemente íntima cena se le antojaba un sueño. Se había sentido muy animada y parlanchina, seguro que fue por el vino. Recordaba haberse comportado como una tonta. Haber reído demasiado. Recordaba haberle dicho al señor Ravenel que ya no disfrutaba de la comida, para después proceder a devorar un menú de doce platos como un caballo hambriento que trabajara en los taxis de Londres. Por Dios, ¿por qué no se había comportado con su moderación habitual? ¿Por qué no se había mordido la lengua?

Se puso colorada y sintió que le ardían las mejillas.

—Milady —susurró él antes de hacerle una reverencia. Se volvió hacia su padre—. Kingston.

—¿Ya estaba trabajando? —le preguntó Sebastian.

—No, he salido a caballo para echarle un vistazo a la mina. Estamos extrayendo una rara veta de hematita y... —El señor Ravenel se interrumpió al ver que Justin se escondía a hurtadillas detrás de un diván con el caballito de madera. Tras cargar el peso del cuerpo sobre una pierna para adoptar una pose relajada, dijo con fingida tristeza—: Alguien ha dejado entrar un caballo en la casa. Qué fastidio. Una vez que entran, es imposible librarse de ellos. Tendré que decirle al ama de llaves que instale trampas con zanahorias.

El caballito de madera se asomó por encima del diván y meneó la cabeza.

—¿Zanahorias no? —preguntó el señor Ravenel mientras avanzaba con sigilo hacia el diván—. ¿Y manzanas?

Otra negativa.

—¿Un terrón de azúcar?

—Bizcocho de ciruela —contestó una vocecilla apagada.

—Bizcocho de ciruela —repitió el señor Ravenel con ladina satisfacción—. La mayor debilidad de un caballo. Pronto caerá en mi trampa... y después... —Se abalanzó al otro lado del diván para sorprender a Justin, al que Phoebe no alcanzaba a ver desde su posición.

Se oyó un chillido, seguido de risillas infantiles y los sonidos de un juego vigoroso.

Inquieta, Phoebe hizo ademán de intervenir. Justin no estaba acostumbrado a relacionarse con adultos, a no ser que fueran su padre y sus hermanos. Sin embargo, su padre se lo impidió poniéndole una mano en el brazo, con una sonrisilla en los labios.

El señor Ravenel se levantó de detrás del diván, despeinado y con la ropa descolocada.

—Disculpen —dijo con cierta preocupación—, pero ¿tengo algo en la chaqueta? —Se dio media vuelta al tiempo que giraba la cabeza para mirarse por encima del hombro, mientras ellos descubrían a Justin aferrado a su espalda como un mono y con las piernas en torno a su cintura.

Phoebe estaba desconcertada y encandilada al ver a su hijo jugar con tanta despreocupación con alguien que prácticamente era un desconocido. Le resultó imposible no compararlo con la relación que su hijo tenía con Edward Larson, que no era un hombre muy dado a participar en juegos espontáneos.

—¿Nos vamos? —le preguntó el señor Ravenel a su padre.

—Yo también voy —anunció Phoebe—. Si no le parece mal.

La expresión del señor Ravenel era inescrutable.

—Será un placer, milady.

—Justin, acompáñame —dijo Sebastian—. Dejaremos que el señor Ravenel acompañe a tu madre.

Phoebe miró con irritación a su padre, que fingió no darse cuenta.

El señor Ravenel se agachó lo justo para que Justin descendiera por su espalda, tras lo cual se acercó a ella.

Phoebe apenas si oyó a su padre decir algo sobre llevar a Justin al exterior.

La voz del señor Ravenel, que habló muy bajo, se impuso al clamor de los latidos de su corazón.

—Ojalá que no la hayan obligado a venir de alguna manera.

—No... Quería hacerlo.

Una carcajada ronca le acarició los sentidos.

—Lo ha dicho con el mismo entusiasmo que una oveja a la que van a esquilar por primera vez.

Al ver que su expresión era amable y no burlona, Phoebe se relajó un poco.

—Me avergüenza que vea lo poco que sé de estos temas —admitió ella—. Pensará mal de mí. Creerá que mi ignorancia es intencional.

El señor Ravenel permaneció en silencio un rato. Cuando habló, lo hizo con mucha ternura.

Phoebe parpadeó, sorprendida, al sentir que le tocaba la barbilla y la instaba a levantar la cabeza. Sus dedos estaban secos y cálidos, y su piel era áspera y sedosa a la vez. La sensación la recorrió por entero. El roce de dos de sus nudillos en la garganta fue como una delicada caricia. Miró esos ojos azul oscuro mientras una misteriosa sensación crecía entre ellos.

—Tenía a un marido inválido y a un niño pequeño al que

criar —dijo él en voz baja—. Estaba desbordada. ¿Cree que no lo entiendo?

Phoebe estaba segura de que él sintió cómo tragaba saliva antes de que apartase los dedos muy despacio.

—Gracias —consiguió decir.

—¿Por qué? —El señor Ravenel le ofreció el brazo, que ella aceptó, posando los dedos sobre la manga de su chaqueta de lino sin forrar.

—Por no criticarme después de haberle proporcionado la oportunidad perfecta.

—¿Un hombre con mis antecedentes? Puede que sea un libertino, pero no soy hipócrita.

—Es usted muy duro consigo mismo. ¿Qué hizo en el pasado que le parece tan imperdonable?

Salieron de la casa y echaron a andar por el amplio sendero de gravilla que rodeaba la mansión.

—Nada sobresale en particular —contestó él—. Solo años de libertinaje común y corriente.

—Pero ha cambiado de vida, ¿no es verdad?

Él esbozó una sonrisa sarcástica.

—Solo en apariencia.

El día empezaba a ser caluroso, y en el ambiente flotaba el olor dulzón de los tréboles, de la hierba y de los pastos. Un acentor trinaba desde un vetusto seto y los petirrojos le respondían desde las copas de los árboles.

Su padre y Justin ya iban muy adelantados, y se habían desviado del camino para investigar los cuatro invernaderos emplazados al otro lado de los jardines formales. A lo lejos, varios edificios de la granja se alzaban sobre las hileras de corrales y cobertizos.

Phoebe se devanó los sesos en busca de una pregunta digna de una mujer de negocios.

—Su modo de encarar la gestión de la producción agrícola..., los métodos modernos y la maquinaria... Edward Larson me dijo que se llama «agricultura moderna». Según él se basa en incurrir en altos costes y en asumir un alto riesgo, de manera que algunos de los propietarios que han intentado implementar el método se han arruinado.

—Es posible que les haya pasado a muchos —la sorprendió el señor Ravenel al admitir—. Sobre todo porque asumieron riesgos tontos o hicieron mejoras que no necesitaban. Pero la agricultura moderna no consiste en eso. Consiste en emplear métodos científicos y sentido común.

—El señor Larson dice que la agricultura tradicional es lo único que necesita saber un caballero granjero. Dice que la ciencia debería mantenerse lejos de la naturaleza.

El señor Ravenel se detuvo en seco, lo que la obligó a darse la vuelta y a mirarlo. Lo vio separar los labios como si estuviera a punto de soltar un improperio, pero luego los cerró y los volvió a abrir. A la postre, preguntó:

—¿Puedo hablar con franqueza o tengo que ser educado?

—Prefiero la educación.

—De acuerdo. Su propiedad la administra un idiota redomado.

—¿Esa es la versión educada? —preguntó Phoebe, algo sorprendida.

—Para empezar, la ciencia no es algo alejado de la naturaleza. La ciencia es cómo funciona la naturaleza. En segundo lugar, un «caballero granjero» no es un granjero. Si hay que añadirle «caballero» a la profesión, no es un trabajo, es una afición. En tercer lugar...

—No conoce a Edward en absoluto —protestó ella.

—Conozco a los de su clase. Prefieren extinguirse antes que avanzar a la par que el progreso. Arruinará su propiedad con tal de no tener que aprender nuevos métodos para hacer las cosas.

—Lo nuevo no siempre es mejor.

—Lo mismo puede decirse de lo viejo. Si hacer las cosas de forma primitiva es tan maravilloso, ¿por qué permitir a los arrendatarios que usen los arados tirados por mulas? Mejor que sigan usando un pico y una azada.

—Edward Larson no se opone al progreso. Sí cuestiona el hecho de que una cosechadora mecánica que contamine el campo sea mejor que el trabajo realizado por hombres fuertes con guadañas.

—¿Sabe qué tipo de hombre cuestiona eso? Uno que nunca ha salido al campo con una guadaña en la mano.

—Sin duda usted lo ha hecho —replicó ella con sorna.

—Pues la verdad es que sí, lo he hecho. Y es un trabajo brutal. La guadaña está diseñada para crear una inercia extra a fin de cortar los tallos más gruesos. Hay que torcer el torso una y otra vez, y uno acaba con los costados doloridos. Cada treinta metros más o menos, hay que detenerse a eliminar las mellas de la hoja y afilarla de nuevo. Salí con los hombres una mañana y no duré ni un día entero. A mediodía tenía todos los músculos doloridos, y tenía tantas ampollas en las manos y tanta sangre que no podía sujetar el mango. —Siguió, furioso—: El mejor segador puede cortar media hectárea de mies al día. Una cosechadora mecánica puede cortar seis hectáreas en el mismo tiempo. ¿Le mencionó el señor Larson ese detalle mientras cantaba las alabanzas del trabajo en el campo?

—No, no lo hizo —reconoció Phoebe, que se sintió furiosa consigo misma, con Edward y con el hombre que tenía delante, todo a la vez.

Desde lejos, le llegó la lánguida voz de su padre:

—¿Ya estáis discutiendo? Y ni siquiera hemos llegado al granero.

—No, padre —le contestó ella—. Es que el señor Ravenel se apasiona al hablar de las guadañas.

—Mamá, ¡ven a ver lo que hemos encontrado! —exclamó Justin.

—Ahora voy, cariño. —Phoebe miró al señor Ravenel con los ojos entrecerrados. Lo tenía demasiado cerca, con la cabeza y los hombros tapando el sol—. Debería saber que esa pose no me intimida —dijo con sequedad—. Crecí con dos hermanos muy altos.

Él relajó la postura enseguida al tiempo que enganchaba los pulgares en los bolsillos de los pantalones.

—No intento intimidarla. Soy más alto que usted. No puedo evitarlo.

«Pamplinas», pensó ella. Sin embargo, le hizo mucha gracia ver cómo intentaba no resultar dominante.

—Espero que no me crea incapaz de darle un corte y ponerlo en su sitio —le advirtió.

El señor Ravenel la miró con expresión inocente.

—Siempre que lo haga a mano...

La ingeniosa y descarada réplica le arrancó una carcajada. «Sinvergüenza insolente», pensó.

West Ravenel esbozó una sonrisilla, sin dejar de mirarla a los ojos, y por un instante Phoebe sintió algo dulzón en la garganta, como si acabara de tragarse una cucharada de miel.

Sin mediar palabra, acordaron reemprender la marcha. Llegaron a la altura de Sebastian y Justin, que se habían detenido para observar a un gatito que merodeaba junto al camino.

El cuerpecito de Justin estaba tenso por la emoción, absorto en la gata negra.

—¡Mira, mamá!

Phoebe miró al señor Ravenel.

—¿Es salvaje?

—No, pero no está domesticada. Tenemos varios gatos en los graneros para mantener a raya la población de roedores y de insectos.

—¿Puedo acariciarla? —preguntó Justin.

—Puedes intentarlo —contestó el señor Ravenel—, pero no se acercará lo suficiente. Los gatos de granero suelen mantenerse lejos de las personas. —Enarcó las cejas al ver que la gatita negra se acercaba a Sebastian y se enroscaba alrededor de una de sus piernas, ronroneando y arqueando el lomo—. Con la aparente excepción de los duques. Por Dios, ha resultado ser una esnob.

Sebastian se puso en cuclillas.

—Ven, Justin —susurró el duque mientras acariciaba el lomo de la gata con suavidad, desde la cabeza hasta la base de la cola.

El niño se acercó con una manita estirada.

—Con cuidado —lo guio Sebastian—. Acaríciala en el sentido del pelo.

Justin acarició a la gata con mucho cuidado y puso los ojos como platos cuando el ronroneo ganó en intensidad.

—¿Cómo hace ese ruido?

—Nadie ha descubierto todavía una explicación satisfactoria —contestó Sebastian—. Personalmente, espero que nunca lo hagan.

—¿Por qué, abuelo?

Sebastian le sonrió a la carita que tenía muy cerca de la suya.

—Porque a veces el misterio es más maravilloso que la respuesta.

Mientras el grupo reemprendía la marcha hacia los edificios de la granja, la gata los siguió.

La mezcla de olores típica de los corrales impregnaba el ambiente, el dulzor del heno, de los cereales almacenados y del serrín se mezclaba con los olores de los animales, el estiércol, el sudor y el jabón. En vez de estar colocados sin ton ni son, los edificios de la granja estaban dispuestos formando una E.

Mientras el señor Ravenel les mostraba graneros, talleres y cobertizos, un grupo de trabajadores y de ganaderos se acercaron a él sin ceremonia. Los hombres se quitaron la gorra en señal de respeto, pero aun así se comportaban con mucha más familiaridad que si se hubiera tratado del dueño de la propiedad. Hablaron con él alegremente, y sonrieron a medida que se intercambiaban bromas. Phoebe estaba lo bastante cerca para oír un comentario acerca de la boda, seguida de una atrevida pregunta sobre si el señor Ravenel había encontrado a una mujer dispuesta a «atarse» a él.

—¿Crees que encontraría a una buena esposa para un granjero en ese grupo? —replicó el señor Ravenel, que arrancó un coro de carcajadas.

—Mi hija Agatha es una muchacha grande y fuerte —dijo un hombretón enorme con un delantal de cuero.

—Sería una joya para cualquier hombre —repuso el señor Ravenel—. Pero eres herrero, Stub. No puedo tenerte de suegro.

—Demasiado bueno para mí, ¿no? —preguntó el herrero con buen humor.

—No, es que me sacas más de una cabeza. La primera vez que corriera de vuelta a casa, vendrías a buscarme con un martillo y unas tenazas. —El grupo estalló en sonoras carcajadas—. Caballeros —continuó el señor Ravenel—, hoy tenemos buena compañía. Este caballero es Su Excelencia, el duque de Kingston. Lo acompaña su hija, lady Clare, y su nieto, el señorito Justin. —Tras mirar a Sebastian, dijo—: Excelencia, aquí no nos andamos con formalidades. Así que le presento a Neddy, Brickend, Rollaboy, Stub, Slippy y Chummy.

Sebastian hizo una reverencia, y el sol matutino le arrancó destellos plateados y dorados a su pelo. Aunque se mostraba relajado y cercano, su prestancia era formidable. Estupefactos al tener a un duque en el granero, los hombres saludaron entre susurros, hicieron unas cuantas reverencias nerviosas y se aferraron a sus gorras con fuerza. Tras recibir un empujoncito de su abuelo, Justin se quitó la gorra y saludó al grupo inclinando la cabeza. Sebastian cogió al niño de la mano y se acercó para hablar con cada hombre.

Tras años de experiencia dirigiendo un club de juego en Saint James, Sebastian era capaz de hablar con cualquiera, desde miembros de la realeza hasta el criminal más cruel. Pronto tuvo a los hombres sonriendo y dándole información sobre lo que hacían en Eversby Priory.

—Su padre tiene don de gentes —le dijo el señor Ravenel muy cerca del oído mientras observaba a Sebastian con una mezcla de interés y admiración—. Algo que no es habitual en alguien de su posición.

—Siempre se ha burlado de la idea de que el vicio es más

habitual entre los plebeyos que entre la aristocracia —explicó Phoebe—. De hecho, asegura que suele ser al contrario.

Al señor Ravenel pareció hacerle gracia el comentario.

—Puede que tenga razón. Aunque he visto muchos vicios en ambas clases sociales.

Poco después, el señor Ravenel llevó a Phoebe, a Sebastian y a Justin al cobertizo de la maquinaria, que estaba dividido en una serie de salas. El interior estaba fresco y algo húmedo, y la luz entraba a través de las altas y estrechas ventanas. Olía a carbón de estufa, a restos de madera y a tablones de pino nuevos, así como al fuerte aceite industrial, a sebo y a abrillantador de metales.

El silencioso lugar estaba repleto de complicadas máquinas que tenían un sinfín de piñones y ruedas enormes, con tanques internos y cilindros. Phoebe echó la cabeza hacia atrás para ver un artilugio equipado con extensiones que ascendían a dos pisos de altura.

El señor Ravenel se echó a reír por lo bajo al ver su cara de susto.

—Es una trilladora de vapor —le explicó él—. Se necesitarían doce hombres y mujeres durante un día entero para hacer lo que esta máquina hace en una hora. Acérquese..., no le va a morder.

Phoebe obedeció con cautela y se colocó junto a él. Sintió una leve presión en la base de la espalda, la caricia tranquilizadora de la mano del señor Ravenel, y se le aceleró el pulso en respuesta.

Justin también se había acercado y miraba boquiabierto la enorme trilladora. El señor Ravenel sonrió, se agachó y levantó a Justin lo suficiente para que pudiera ver mejor. Para sorpresa de Phoebe, su hijo le rodeó el cuello al hombre con los brazos de inmediato.

—Cargan los haces ahí —explicó el señor Ravenel mientras rodeaba la máquina hasta la parte posterior para señalar un enorme cilindro horizontal—. Dentro, un conjunto de batidoras separa el grano de la paja. Luego la paja se mueve gracias a esa cinta transportadora y acaba en un carro o en un montón. El grano cae a través de una serie de pantallas y sopladoras, y sale por ahí —dijo, señalando una boquilla—, listo para llevarlo al mercado.

Sin soltar a Justin, el señor Ravenel se acercó a una máquina que había junto a la trilladora, un enorme motor con una caldera, una caja de humos y cilindros, todo sujeto a la estructura de una carreta con ruedas.

—Este motor de tracción tira de la trilladora y le proporciona energía.

Sebastian se acercó para examinar el motor de tracción más de cerca y acarició con el pulgar los bordes ribeteados de la carcasa metálica que rodeaba la caldera.

—«Consolidated Locomotive» —susurró, leyendo el nombre del fabricante—. Da la casualidad de que conozco al dueño.

—Es un motor bien fabricado —dijo el señor Ravenel—, pero podría decirle que los lubricantes de los sifones son malísimos. Tenemos que cambiarlos cada dos por tres.

—Podría decírselo usted. Es uno de los invitados a la boda.

El señor Ravenel le sonrió.

—Lo sé. Pero que el demonio me lleve si insulto uno de los motores de tracción de Simon Hunt en su cara. Así jamás conseguiría un descuento.

Sebastian soltó una carcajada, la misma carcajada sonora y sincera que se permitía en compañía de la familia o de los amigos más íntimos. No había dudas: le caía bien ese atrevido muchacho, que a todas luces no le tenía miedo alguno.

Phoebe frunció el ceño al oír la expresión que había usado delante de Justin, pero se mordió la lengua.

—¿Cómo sabe el motor adónde tiene que ir? —le preguntó Justin al señor Ravenel.

—Un hombre se sienta ahí arriba y controla la palanca de dirección.

—¿Ese palo largo con el mango?

—Sí, ese mismo.

Se acuclillaron para ver los engranajes que conectaban con las ruedas, con las dos cabezas de pelo oscuro muy juntas. Justin parecía fascinado por la máquina, pero más todavía por el hombre que se la estaba describiendo.

Phoebe admitió a regañadientes que Justin necesitaba un padre, no solo el tiempo extra que su abuelo y sus tíos pudieran prestarle de vez en cuando. Le dolía ver que ninguno de sus hijos tenía recuerdos de Henry. Había albergado fantasías en las que lo veía paseando en un florido jardín primaveral con sus dos hijos, deteniéndose para observar un nido de pájaro o una mariposa que se estuviera secando las alas. Era desconcertante comparar esas imágenes románticas e imprecisas con la imagen de West Ravenel mientras le enseñaba a Justin los engranajes y las bielas de un motor de tracción en un cobertizo para maquinaria.

Observó con miedo cómo el señor Ravenel hacía ademán de levantar a su hijo para que se sentara en el motor de tracción.

—Un momento —dijo. Él se detuvo y la miró por encima del hombro—. ¿De verdad quiere que se suba ahí? —preguntó—. ¿A esa máquina?

—Mamá, solo quiero sentarme en ella —protestó Justin.

—¿No puedes verla bien desde aquí abajo? —quiso saber ella.

Su hijo la miró con expresión irritada.

—No es lo mismo que sentarse en ella.

Sebastian sonrió.

—Petirrojo, no pasa nada. Me subiré con él.

El señor Ravenel miró de reojo a un trabajador que estaba cerca.

—Neddy —lo llamó—, ¿te importa distraer a lady Clare mientras yo pongo en peligro a su padre y a su hijo?

El hombre se acercó, con un poco de miedo, como si creyera que Phoebe fuera a rechazarlo.

—Milady..., ¿le enseño la pocilga?

Neddy pareció aliviado al oír la carcajada que soltó.

—Gracias —dijo ella—, será un placer.

10

Phoebe siguió al hombre hacia un corral parcialmente cubierto, donde descansaba una cerda recién parida con sus lechones.

—Neddy, ¿cuánto tiempo lleva trabajando en la granja de la propiedad?

—Desde que era un crío, milady.

—¿Qué le parece todo esto de la agricultura moderna?

—No sabría decirle. Pero confío en el señor Ravenel. Un hombre firme, sí, señor. Cuando llegó a Eversby Priory y empezó a meter la nariz en nuestros asuntos, no nos gustó ni un pelo porque era un señoritingo de ciudad.

—¿Por qué cambiaron de opinión?

El hombre se encogió de hombros, y los recuerdos le arrancaron una sonrisilla que arrugó su cara alargada de rasgos marcados.

—El señor Ravenel sabe lo que se hace. Es un hombre astuto, sí, señor, pero es bueno y honesto. Dele un ronzal y le traerá un caballo. —Su sonrisa se ensanchó al añadir—: Es un lince.

—¿Un lince? —repitió Phoebe, extrañada por la comparación.

—Es un muchacho listo, ágil de mente y de cuerpo. Se levanta temprano y se acuesta tarde. Un lince. —Chasqueó los dedos con rapidez mientras decía la palabra—. El señor Ravenel sabe cómo llevarlo todo a la vez, los métodos nuevos y los viejos. Tiene un don. Las tierras se lo agradecen, sí, señor.

—En ese caso, parece que debo seguir sus consejos —concluyó Phoebe en voz alta—. Sobre mis tierras.

Neddy la miró con recelo.

—¿Sus tierras, milady?

—Son de mi hijo —puntualizó ella—. Están a mi cargo hasta que él llegue a la mayoría de edad.

El hombre la miró con compasión e interés.

—¿Es usted viuda, milady?

—Sí.

—Debería pelar la pava con el señor Ravenel —le sugirió el hombre—. Sería un marido estupendo. Con él tendría usted unos críos magníficos, no me cabe duda.

Phoebe sonrió con incomodidad, ya que se le había olvidado lo franca que era la gente del campo a la hora de tratar temas muy personales.

Al cabo de poco rato, se les unieron el señor Ravenel, su padre y Justin. Su hijo estaba entusiasmado.

—¡Mamá, he hecho como que arrancaba el motor! ¡El señor Ravenel dice que puedo conducir de verdad cuando sea más grande!

Antes de retomar la visita guiada, el señor Ravenel acompañó con mucha ceremonia a Justin a un cobertizo donde se guardaban cisternas llenas de estiércol de cerdo, tras anunciar que era lo más apestoso de la granja. Después de detenerse un instante en la puerta del cobertizo y de olisquear el aire, Justin puso cara de asco y se apresuró a volver junto a ella, gritando por la repugnancia, pero feliz. Desde allí siguieron andando hasta un establo contiguo a una lechería, un granero y una vaqueriza con cuadras. En un corral cercano pastaban unas cuantas vacas rojas y blancas, mientras que el resto del rebaño lo hacía en el prado posterior.

—Crían más ganado del que imaginaba —comentó Sebastian, cuya mirada se trasladó al verde prado situado al otro lado del corral cercado—. ¿Alimentan a las vacas con pasto?

El señor Ravenel asintió con la cabeza.

—Saldría más barato si las alimentaran sin salir de la vaqueriza —siguió Sebastian—. Engordarían antes, ¿no es cierto?

—Lo es.

—En ese caso, ¿por qué las sacan a pastar?

El señor Ravenel pareció un poco avergonzado al responder:

—No puedo mantenerlas encerradas en un establo de por vida.

—¿No puede o no quiere?

Phoebe miró a su padre con curiosidad, y se preguntó por qué encontraba el tema tan interesante, cuando en la vida había demostrado el menor interés por el ganado.

—Mamá —dijo Justin, que le tiró de la manga del vestido.

Al bajar la vista, descubrió a la gata negra frotándose contra el bajo de sus faldas. La criatura se trasladó hacia las piernas de Justin mientras ronroneaba.

Phoebe sonrió y devolvió la atención a las palabras del señor Ravenel.

—... desde el punto de vista empresarial, sería mejor mantenerlas en la vaqueriza —admitió—. Pero hay otras cosas que considerar además del beneficio económico. No soy capaz de tratar a estos animales como si fueran bienes. Me parece más decente..., más respetuoso..., permitir que lleven una vida sana y natural en la medida de lo posible. —Sonrió al percatarse de la cara que ponía un trabajador que andaba cerca—. Sin embargo, el encargado de la vaqueriza, Brickend, disiente.

El susodicho, un hombre enorme y corpulento de mirada penetrante, afirmó con rotundidad:

—Se saca más dinero en los mercados de Londres con las vacas engordadas en las cuadras. Lo que buscan allí es carne tierna de vacas alimentadas con forraje.

La réplica del señor Ravenel fue conciliatoria. Saltaba a la vista que habían discutido antes del tema sin llegar a un acuerdo satisfactorio para ambos.

—Estamos cruzando nuestro rebaño con una nueva línea de

vacuno de cuernos cortos. El resultado será un ganado que engorda con más facilidad con el pasto.

—Cincuenta guineas nos cuesta un toro premiado de Northampton para la monta —refunfuñó Brickend—. Sería más barato... —Se interrumpió de repente, con la vista clavada al otro lado de la cerca del corral.

Phoebe siguió la dirección de su mirada y el espanto la invadió al ver que Justin se había alejado de ellos y había entrado en el corral trepando por la cerca de madera. Parecía que había seguido a la gata, que había entrado en el corral persiguiendo a zarpazos a una mariposa. Sin embargo, en el corral no solo había vacas. Un enorme toro moteado se había apartado del rebaño y había adoptado una pose agresiva, con la cabeza erguida y el lomo arqueado.

El toro estaba tan solo a seis metros de su hijo.

11

—Justin —se oyó Phoebe decir con voz calmada—, quiero que camines de espaldas hacia mí, muy despacio. Ahora mismo. —Le costó el doble de lo habitual pronunciar las palabras.

Su hijo levantó la cabecita. Un estremecimiento lo recorrió al ver al toro. El miedo lo volvió torpe, tropezó al caminar hacia atrás y se cayó de culo. El enorme animal se giró hacia él en un rapidísimo movimiento, hundiendo las pezuñas en la tierra.

El señor Ravenel ya había saltado la cerca, tras apoyar una mano en un poste y pasar las piernas por encima de los travesaños sin rozarlos siquiera. Nada más tocar el suelo, corrió para interponerse entre Justin y el toro. Empezó a gritar y a agitar los brazos para distraer al animal de su anterior objetivo.

Phoebe avanzó a trompicones, pero su padre ya estaba pasando entre los travesaños con agilidad.

—Quédate aquí —le ordenó él con sequedad.

Phoebe se aferró a uno de los travesaños y esperó, temblando de la cabeza a los pies, mientras veía cómo su padre se acercaba a Justin a grandes zancadas, lo cogía en brazos y lo sacaba del corral. Se le escapó un sollozo por el alivio cuando este le entregó a su hijo a través de la cerca. Cayó de rodillas, abrazando a Justin. Cada aliento era una oración dando las gracias.

—Lo siento..., lo siento... —susurraba Justin.

—Tranquilo... Estás a salvo... No pasa nada —dijo Phoebe,

con el corazón a punto de salírsele por la boca. Al darse cuenta de que Sebastian todavía no había salido, dijo con voz trémula—: Papá...

—Ravenel, ¿qué hago? —preguntó el duque con voz serena.

—Con el debido respeto, excelencia... —El señor Ravenel estaba esquivando y dando saltos de un lado para otro, intentando anticiparse a los movimientos del toro—, salga de aquí de una puñetera vez.

Sebastian se apresuró a obedecer, colándose de nuevo entre los travesaños.

—Y lo mismo te digo, Brickend —masculló el señor Ravenel al ver que el encargado de la vaqueriza se encaramaba a la cerca—. No te necesito aquí dentro.

—Siga dando vueltas —le gritó Brickend—. Si lo obliga a mover los cuartos traseros en círculos, no podrá embestir.

—Ya —replicó el señor Ravenel, mientras daba vueltas alrededor del enfurecido toro.

—¿No puede moverse un pelín más rápido?

—No, Brickend —replicó el señor Ravenel, mientras corría en diagonal antes de cambiar de dirección de repente—. Estoy seguro de que esto es lo más rápido que puedo moverme.

Más trabajadores se acercaron corriendo a la cerca y empezaron a gritar y a agitar las gorras para llamar la atención del toro, pero el animal estaba concentrado por completo en el hombre que se encontraba dentro del corral. El toro, que debía de pesar una tonelada, era sorprendentemente ágil y detenía de golpe ese inmenso cuerpo de pelaje lustroso, tras lo cual se movía a un lado y a otro con rapidez antes de girar sobre sí mismo y salir en persecución de su adversario. El señor Ravenel no apartó los ojos de la criatura en ningún momento, adelantándose a cada movimiento de forma instintiva. Era como una macabra danza en la que un mal paso podría ser fatal.

Tras amagar hacia la izquierda, engañó al toro para que girase en esa dirección. Acto seguido, se abalanzó hacia la derecha, corrió lo más deprisa que pudo hacia la cerca y se coló entre los travesaños. El toro se dio la vuelta y salió tras él, pero se detuvo en seco, resoplando de furia, mientras las piernas del señor Ravenel pasaban al otro lado.

Los trabajadores congregados soltaron vítores de alivio y emoción.

—Gracias a Dios —susurró Phoebe al tiempo que pegaba la mejilla al pelo húmedo de Justin. «Y si..., y si...», pensó. Dios, había sobrevivido a duras penas a la muerte de Henry. Si algo le sucediera a Justin...

Su padre le dio unas palmaditas en la espalda.

—Ravenel está herido.

—¿Qué?

Phoebe levantó la cabeza de golpe. Solo veía a un grupo de trabajadores congregados alrededor de un cuerpo en el suelo. Pero había visto que el señor Ravenel se colaba sin problemas entre los travesaños de la cerca. ¿Cómo era posible que estuviera herido? Con el ceño fruncido por la preocupación, se quitó a Justin del regazo.

—Padre, si pudieras encargarte de Justin...

Sebastian cogió al niño sin mediar palabra, y Phoebe se puso en pie de un salto. Se recogió las faldas y se acercó a toda prisa al grupo de hombres, tras lo cual se abrió paso entre ellos.

El señor Ravenel estaba medio reclinado, con la espalda apoyada en un poste de la cerca. Le habían sacado la camisa de los pantalones. Bajo la tela, vio que él se presionaba una mano contra el costado, justo por encima de la cadera.

Jadeaba y sudaba, y en los ojos tenía el brillo medio enloquecido de un hombre que acababa de sobrevivir a una experiencia mortal. Esbozó una sonrisilla torcida al verla.

—Solo es un arañazo.

El alivio se abrió paso en su interior.

—Neddy tenía razón —dijo ella—. Es usted un lince. —Los hombres que la rodeaban se echaron a reír. Tras acercarse un poco, preguntó—: ¿Lo ha corneado el toro?

El señor Ravenel negó con la cabeza.

—Un clavo de la cerca.

Phoebe frunció el ceño, preocupada.

—Pues hay que limpiarle la herida enseguida. Tendrá suerte si no acaba con tétanos.

—Este nunca le dice que no a un buen par de... ejem —dijo Brickend con voz elocuente, y el grupo estalló en carcajadas.

—Déjeme echarle un vistazo —ordenó Phoebe al tiempo que se arrodillaba junto al señor Ravenel.

—No puede.

—¿Por qué no?

La miró con expresión exasperada.

—La ubicación... no es muy decente.

—Por el amor de Dios, he estado casada. —Sin dejarse amilanar, Phoebe extendió la mano para levantar el bajo de la camisa.

—Un momento. —La piel bronceada del señor Ravenel había adquirido un tono mucho más oscuro, como el del palisandro. Miró ceñudo a los trabajadores, que observaban la escena con gran interés—. ¿Puede un hombre tener un poquito de intimidad?

Brickend procedió a disolver la pequeña multitud con brusquedad al decir:

—De vuelta al tajo, chicos. No os quedéis aquí como pasmarotes.

Los trabajadores se fueron mascullando.

Phoebe le levantó la camisa. Tenía los tres primeros botones de la pretina del pantalón desabrochados, y la cinturilla estaba floja para dejar al descubierto un torso delgado cubierto por fuertes músculos. Una mano apretaba con fuerza un trapo mugriento y grasiento unos pocos centímetros por encima de la cadera.

—¿Por qué se ha puesto un trapo sucio contra la herida? —preguntó ella.

—Era lo único que han encontrado.

Phoebe se sacó tres pañuelos impecables del bolsillo y los dobló a modo de gasa.

El señor Ravenel enarcó las cejas al verla.

—¿Siempre lleva encima tantos pañuelos?

La pregunta le arrancó una sonrisa.

—Tengo hijos. —Se inclinó sobre él y le quitó con cuidado el trapo sucio. La sangre brotó de la herida de casi diez centímetros que tenía en el costado. Era un corte bastante feo, sin duda lo bastante profundo para necesitar puntos de sutura.

Cuando presionó los pañuelos contra la herida, el señor Ravenel hizo una mueca y se dejó caer contra el poste para evitar el contacto.

—Milady..., puedo hacerlo yo. —Hizo una pausa para tomar una trémula bocanada de aire mientras intentaba apartarle la mano para usar la suya. Seguía estando más colorado de lo normal, y el azul de sus ojos refulgía como el corazón de una llama.

—Lo siento —se disculpó ella—, pero tengo que hacer presión para detener la hemorragia.

—No necesito su ayuda —replicó él, tenso—. Deje que lo haga yo.

Sorprendida, soltó los pañuelos. El señor Ravenel se negó a mirarla a los ojos y vio que tenía las pobladas cejas oscuras fruncidas mientras se presionaba la herida.

Phoebe no pudo contenerse y miró furtivamente a la parte de su torso que quedaba expuesta, a esa piel tan firme y bronceada que parecía esculpida en bronce. Más abajo, cerca de la cadera, la sedosa piel bronceada daba paso a una línea de marfil. La imagen era tan intrigante, e íntima, que sintió un nudo muy agradable en el estómago. Inclinada sobre él como estaba, aspiraba su aroma a tierra, sudor y sol. De repente, la consumió un impulso sorprendente: tocar el lugar donde la piel bronceada daba paso a la piel marfileña, trazar ese recorrido con el dedo.

—Les diré a los hombres que traigan una carreta para llevarlo de vuelta a la casa —consiguió decir.

—No hace falta carreta alguna. Puedo andar.

—El esfuerzo empeorará la hemorragia.

—Solo es un rasguño.

—Pero es profundo —insistió ella—. Tal vez necesite puntos de sutura.

—Solo necesito linimento y una venda.

—Será mejor que eso lo decida el médico. Mientras tanto, debe volver en una carreta.

El señor Ravenel replicó con voz ronca y enfurruñada:

—¿Piensa usar la fuerza? Porque es la única manera de que consiga subirme a ese dichoso cacharro.

Parecía tan furioso y amenazante como el toro unos minutos antes. Sin embargo, Phoebe no pensaba permitir que empeorase la herida por tozudez masculina.

—Perdóneme si me muestro mandona —repuso con su voz más persuasiva—. Es lo que acostumbro a hacer cuando me preocupa alguien. Por supuesto, la decisión es suya. Pero desearía que me diera el gusto, aunque solo sea para ahorrarme la preocupación al verlo dar cada paso de vuelta a casa.

La mueca tozuda de su cara desapareció.

—Aquí las órdenes las doy yo —le dijo él—. No al contrario.

—Eso no es lo que estoy haciendo.

—Pero lo intenta —replicó él, enfadado.

Al oírlo, fue incapaz de contener una sonrisa.

—¿Funciona?

El señor Ravenel alzó la cabeza muy despacio. No contestó, se limitó a mirarla durante un buen rato con una expresión extraña que le aceleró el corazón hasta que la cabeza empezó a darle vueltas. Ningún hombre la había mirado así. Ni siquiera su marido, con quien siempre se había mostrado cercana y accesible, su presencia entrelazada con firmeza en la trama de sus días. Desde la infancia, ella siempre había sido el refugio de Henry.

Sin embargo, y aunque no sabía lo que ese hombre quería de ella, tenía claro que no era su protección.

—Debería respetar los deseos de mi hija, Ravenel —le aconsejó Sebastian desde detrás de ella—. La última vez que intenté negarle algo, tuvo un berrinche que duró al menos una hora.

El comentario rompió el hechizo.

—Padre —protestó Phoebe con una carcajada al tiempo que se volvía para mirarlo por encima del hombro—, ¡tenía dos años!

—Dejó una impresión indeleble.

Phoebe miró a Justin, que estaba medio escondido detrás de su abuelo. Tenía la carita bañada por las lágrimas y una expresión desconsolada.

—Cariño, ven —le dijo ella, ya que quería reconfortarlo.

Su hijo meneó la cabeza y se ocultó más detrás de su abuelo.

—Justin, quiero hablar contigo —oyó que decía el señor Ravenel con voz seca.

Phoebe lo miró con expresión recelosa e interrogante. ¿Pensaba regañar a su hijo? Si le hablaba con dureza, podría destrozarlo.

Sebastian le dio un empujoncito al niño para que se adelantara.

Justin se acercó a regañadientes al señor Ravenel, con el labio inferior temblándole y los ojos brillantes por las lágrimas.

Mientras miraba al contrito niño, la expresión del señor Ravenel se suavizó hasta tal punto que a Phoebe no le quedó la menor duda de que no tendría que intervenir.

—Escúchame bien, Justin —dijo el señor Ravenel—. Ha sido culpa mía. No tuya. No se puede esperar que respetes las normas cuando no te he dicho cuáles son. Debería haberme asegurado de que supieras que no puedes entrar en los corrales solo ni saltar las cercas. Jamás, por ningún motivo.

—Pero la gata... —protestó Justin.

—Sabe cuidarse sola. Allí la tienes, con al menos seis vidas más, ¿la ves? —El señor Ravenel señaló un poste de madera cercano, donde la gata se estaba atusando con tranquilidad un lado de la cara. Esos ojos azules se animaron al ver el alivio del niño—. De todas maneras, si un animal está herido o en peligro, no te acerques a él. La próxima vez pídele ayuda a un adulto. Un animal se puede reemplazar. Un niño no. ¿Lo entiendes?

Justin asintió firmemente con la cabeza.

—Sí, señor. —Que lo hubiera perdonado cuando esperaba una dura crítica hizo que sonriera por el alivio.

—Ravenel, estoy en deuda con usted —oyó ella que decía su padre.

El señor Ravenel se apresuró a negar con la cabeza.

—No ha tenido mérito alguno, excelencia. Ha sido solo un reflejo ridículo. Salté al corral sin plan ni nada.

—Sí —convino Sebastian con expresión pensativa—, eso es lo que me ha gustado.

Cuando el señor Ravenel por fin se puso en pie, ya habían llevado la carreta. La combinación del dolor y la relajación después de la tensión lo había dejado demasiado cansado para discutir. Tras un par de comentarios airados, subió despacio a la carreta. Para delicia de Justin, lo invitó a acompañarlo. Se colocaron sobre montones de mantas dobladas, con Justin pegado a su costado sano. Cuando la carreta emprendió la marcha hacia la mansión, la gata negra se subió de un salto.

Phoebe regresó junto a su padre con una sonrisa torcida al ver la ilusionada cara de su hijo a lo lejos.

—Ahora Justin lo venera.

Su padre enarcó una ceja con gesto interrogante al oír su tono.

—¿Hay algún problema?

—No, pero... a un niño pequeño, el señor Ravenel debe de parecerle el padre perfecto. Su héroe personal. El pobre Edward Larson no tiene la menor oportunidad para competir.

Aunque la pose de su padre siguió siendo relajada, Phoebe percibió su súbito interés.

—No sabía que Larson era candidato a semejante papel.

—Edward y yo nos tenemos afecto —repuso Phoebe—. Y también se lo tiene a los niños. Los conoce desde que nacieron. La última vez que vino de visita a Heron's Point, dejó claro que estaba dispuesto a ocupar el lugar de Henry.

—Dispuesto a ocupar el lugar de Henry —repitió Sebastian

con cierto énfasis al tiempo que se le oscurecía el semblante—. ¿Así se ha declarado?

—No fue una proposición matrimonial, fue un preludio a una conversación más seria. Edward no es de los que se apresuran. Es un caballero muy cortés y exquisito.

—Ciertamente. Exquisitez no le falta. —De repente, la voz de su padre era tan corrosiva que podría disolver el granito.

—¿Por qué lo dices con ese tono? —le preguntó sorprendida—. ¿Qué tienes en contra de Edward?

—Me resulta imposible no preguntarme por qué mi briosa hija va a elegir, de nuevo, a un tibio Larson. ¿Tan poca sangre tienes en las venas que te conformas con un compañero tan desapasionado?

Phoebe se detuvo en seco mientras la furia la consumía entera.

—¡Henry no era tibio!

—No —convino su padre, que se paró para mirarla de frente—. Henry tenía una pasión, que eras tú. Ese el motivo por el que, al final, consentí al matrimonio, aunque sabía la carga de la que tendrías que ocuparte. Sin embargo, Edward Larson todavía no ha demostrado semejante profundidad de sentimientos.

—Ni va a hacerlo delante de ti —replicó ella con vehemencia—. Es reservado. Y nunca fue una carga cuidar de Henry.

—Querida niña —repuso su padre en voz baja—, la carga es a la que te enfrentas ahora.

12

Cuando Phoebe y su padre entraron en la mansión, los criados corrían por los pasillos con toallas y cubos de agua fría y caliente, mientras el ama de llaves le ordenaba a uno de ellos que subiera su botiquín al dormitorio del señor Ravenel.

—Voy a hablar con lord y lady Trenear —murmuró Sebastian, tras lo cual echó a andar hacia la escalinata.

Nana Bracegirdle se encontraba en el vestíbulo de entrada con Justin, que abrazaba a la gata negra contra el pecho. A esas alturas, el felino a medio domesticar debería de haberlo reducido a jirones, pero el animal parecía estar muy tranquilo entre sus brazos mientras contemplaba su nuevo y desconocido entorno con serena curiosidad.

—¡Nana! —exclamó Phoebe, que se acercó a ellos al punto—. ¿Te has enterado de lo que ha pasado?

La mujer asintió con la cabeza.

—El señorito Justin me lo ha dicho, y también me ha informado el carretero. La casa entera está patas arriba.

—¿Has visto al señor Ravenel cuando ha llegado?

—No, milady. Dicen que traía muy mala cara, pero que podía andar. Han mandado llamar al médico aunque él no quería.

Justin la miró con una mueca.

—El arañazo no paraba de sangrarle. Mamá, los pañuelos que le has prestado están todos manchados.

—Eso no importa —replicó ella—. Pobre señor Ravenel..., definitivamente va a necesitar puntos de sutura.

—¿Tendrá que quedarse en la cama? Llevaré a mi gata de visita.

Phoebe frunció el ceño con pesar.

—Justin, me temo que no podrás quedarte con ella.

—Ah, ya lo sé.

—Bien. Pues en ese caso...

—... Pero verás, mamá, es ella la que quiere quedarse conmigo.

—Estoy segura de que eso es cierto, cariño, pero...

—Quiere venirse a vivir a Essex con nosotros.

Phoebe sintió que se le caía el alma a los pies al ver la expresión esperanzada en la cara de su hijo.

—Pero su trabajo está aquí.

—Ahora quiere trabajar para nosotros —le informó su hijo—. Hay ratas en Essex. Ratas grandes y gordas.

—Justin, no es una gata doméstica. No querrá vivir con una familia. Si la obligamos a vivir con nosotros, se escapará.

Lo vio fruncir el ceño con una expresión muy propia de los Challon.

—No lo hará.

—Es hora de darse un baño y de dormir una siesta —intervino Nana.

Phoebe aprovechó el anuncio agradecida.

—Nana, tienes razón, como siempre. Si eres tan amable de llevar a Justin y a la gata a la habitación infantil...

—La gata no puede acompañarnos a la habitación infantil. —La expresión de la niñera era dulce como un bizcocho, pero su voz fue inflexible.

—¿Ni siquiera de forma temporal? —le preguntó Phoebe con un hilo de voz.

La niñera ni se dignó a responder semejante pregunta, se limitó a quitarle la gata de los brazos a Justin.

El niño la miró con expresión implorante.

—Mamá, por favor, no pierdas a mi gata. Quiero verla después de la siesta.

—La cuidaré mientras tú descansas —le prometió ella a regañadientes al tiempo que extendía los brazos para coger al sucio animal. La gata emitió un maullido de protesta y empezó a dar zarpazos, inquieta por la posibilidad de caerse—. Mecachis —susurró Phoebe entre dientes mientras forcejeaba con ese montón de hueso y pelo que no paraba de retorcerse.

Justin se volvió para mirarla con incertidumbre mientras se alejaba de la mano de la niñera.

—La tengo —le aseguró ella con voz alegre mientras la gata usaba las patas traseras para tratar de trepar por los pliegues del corpiño como si fuera una escalera. Atrapó al animal contra el hombro y lo inmovilizó con firmeza. Al cabo de un momento, la gata se tranquilizó, aunque no replegó las uñas, que seguían clavadas en su vestido.

Subió la escalinata con la gata, forcejeando para mantenerla quieta con una mano mientras se subía las faldas con la otra. Por fin llegó a su dormitorio.

Ernestine, que estaba cosiendo algunas prendas junto a la ventana, soltó la cesta de la costura y se acercó a ella de inmediato.

—¿Qué tenemos aquí?

—Una gata sin domesticar que vive en un granero —contestó Phoebe—. Justin la ha adquirido durante la visita a la granja de la propiedad.

—¡Me encantan los gatos! ¿Puedo cogerla?

—Puedes intentarlo. —Sin embargo, cuando Phoebe trató de apartar a la gata, el animal siseó y clavó aún más las uñas en su vestido. Cuanto más intentaba quitársela de encima, más renovaba el animal sus esfuerzos para impedirlo, entre gruñidos y siseos desesperados. A la postre, Phoebe se rindió y se sentó en el suelo, cerca de una de las ventanas—. Ernestine, ¿te importaría bajar a la cocina y buscar algo con lo que podamos tentarla? Un huevo cocido o una sardina...

—Ahora mismo, milady —replicó la doncella, que se apresuró a obedecerla.

Phoebe se quedó a solas en silencio con la gata, cuyos costados y lomo empezó a acariciar. Se le notaban todas las diminutas costillas.

—¿Te importaría guardar las uñas? —preguntó—. Tengo la impresión de ser un alfiletero. —Al cabo de un momento, la gata escondió las afiladas uñas y Phoebe suspiró aliviada—. Gracias. —Siguió acariciándole el suave pelo oscuro y le encontró un bultito debajo de una pata—. Como sea una garrapata, me pondré a chillar como una desquiciada.

Por suerte, una inspección concienzuda demostró que el bulto era de naturaleza pegajosa, parecida a la resina de pino. Tendría que usar las tijeras para quitárselo. Sintió que la gata se relajaba poco a poco y que empezaba a ronronear. Al cabo de un momento, trepó hasta el soleado alféizar de la ventana que Phoebe tenía detrás y se tumbó de costado. Tras examinar la habitación con gesto regio y aburrido, empezó a lamerse una pata.

Phoebe se puso de pie e intentó alisarse el vestido, si bien descubrió que la parte delantera estaba deshilachada sin remedio.

Ernestine regresó al cabo de poco rato con un plato de pollo cocido troceado y lo dejó cerca de la ventana. Aunque la gata echó las orejas hacia atrás y miró a la doncella con los ojos entrecerrados, le resultó difícil resistirse al pollo. Tras bajar al suelo de un salto, se acercó al plato y devoró el contenido con avidez.

—No parece tan arisca como el típico gato de granero sin domesticar —comentó Ernestine—. La mayoría no ronronea ni permite que se le coja en brazos.

—Esta parece a medio domesticar —convino Phoebe.

—Está intentando mejorar su estatus —dijo la doncella con una carcajada—. Una gata de granero con ínfulas de convertirse en una gata doméstica.

Phoebe frunció el ceño.

—Ojalá no lo hubieras dicho siquiera. Ahora, cuando la lleve de vuelta al granero, me sentiré culpable. Pero no podemos quedarnos con ella.

Al cabo de un rato y ataviada con un ligero vestido de sarga azul con el corpiño de seda blanca, Phoebe se dirigió al ala de la mansión donde residían los miembros de la familia Ravenel. Tras pedirle indicaciones a una criada que estaba barriendo una alfombra, echó a andar hacia un estrecho y largo pasillo. En el otro extremo vio a tres hombres que hablaban en el vano de la puerta de unos aposentos privados. Lord Trenear, su padre y un hombre con un maletín de médico.

Se le aceleró el pulso al ver al otro lado del vano de la puerta a West Ravenel, vestido con una bata de color verde oscuro y unos pantalones. El grupo siguió hablando tranquilamente durante un instante, tras el cual el señor Ravenel le tendió la mano al médico.

Mientras los hombres se alejaban, Phoebe entró en un saloncito para ocultarse. Esperó hasta que el grupo pasó por delante y oyó que sus voces se perdían en la distancia. Ya sin moros en la costa, echó a andar hacia los aposentos del señor Ravenel.

No era en absoluto apropiado que lo visitara a solas. Lo apropiado sería que le enviara una nota expresando lo preocupada que estaba, así como sus deseos de una pronta recuperación. Pero tenía que agradecerle en privado lo que había hecho. Además, necesitaba ver con sus propios ojos que se encontraba bien.

La puerta estaba entreabierta. Llamó con timidez en la jamba y oyó su voz ronca.

—Adelante.

Entró y se detuvo en seco, como una flecha que acabara de clavarse en la diana y que seguía vibrando unos instantes, al ver a West Ravenel medio desnudo. Se encontraba de espaldas a ella, descalzo delante de un antiguo lavamanos mientras se secaba el cuello y el torso con una toalla. La bata que llevaba antes estaba sobre una silla, de manera que solo llevaba unos pantalones de cinturilla peligrosamente baja.

Henry siempre le pareció más delgado sin la ropa, más vulnerable sin la protección de esa capa civilizada de prendas. Pero ese hombre, con sus músculos, su piel morena y esa energía que irradiaba, le pareció el doble de grande. La estancia se le antojó demasiado pequeña para contenerlo. Era de huesos grandes y complexión atlética. Vio cómo los músculos de su espalda se movían cuando se llevó una copa de agua a los labios para beber con avidez. Su mirada descendió sin que pudiera evitarlo hasta la parte baja de esa espalda, y de ahí, a las caderas. La cintura de los pantalones de color marrón claro, que se había desabrochado, se le había bajado tanto que revelaba la ausencia de ropa interior. ¿Cómo era posible que un caballero fuera sin calzones? Era lo más indecente que había visto en la vida. Sintió que el rumbo de sus pensamientos le escaldaba el interior de la cabeza.

—Dame una camisa limpia de ese montón que hay en la cómoda, si eres tan amable —dijo él con brusquedad—. Voy a necesitar ayuda para ponérmela. Estos malditos puntos me tiran demasiado.

Phoebe se acercó para obedecerlo mientras un millar de mariposas aleteaban en su interior. Le costó trabajo coger una camisa sin tirar las demás. Era de las que se sacaba y ponía por la cabeza, porque los botones no llegaban hasta abajo, y estaba confeccionada con un lino suave que olía a jabón y a aire libre. Dio un paso hacia delante con indecisión y se humedeció los labios mientras pensaba qué podía decir.

El señor Ravenel soltó la copa y se volvió con un suspiro exasperado.

—Por el amor de Dios, Sutton, si vas a tardar tanto... —Se interrumpió al verla y su expresión se tornó hermética.

El aire de la estancia pareció electrizarse, como si estuviera a punto de caer un rayo.

—Usted no es el ayuda de cámara —logró decir el señor Ravenel.

Phoebe le ofreció la camisa con torpeza. Para su vergüenza, no pudo evitar mirarlo sin disimulo, comérselo prácticamente con los ojos. Si la parte posterior de West Ravenel le había resultado fascinante, la parte delantera era hipnótica. Tenía mucho más vello que su marido en el pecho, y se estrechaba según bajaba por el torso como si fuera una uve hasta convertirse en un hilo a la altura del ombligo. También tenía vello en los brazos, que junto con los hombros eran tan musculosos que se preguntó por qué no se había limitado a reducir al toro usando la fuerza sin más.

Lo vio acercarse despacio para quitarle la camisa de las manos inmóviles. Tras arrugar la camisa con torpeza, metió las manos por las mangas y empezó a levantar la prenda para pasársela por la cabeza.

—Espere —dijo Phoebe con un hilo de voz—, yo lo ayudo.

—No hace falta que...

—Los botones siguen abrochados. —Se apresuró a desabrochar la corta hilera de botones mientras él aguardaba con las manos atrapadas por las mangas de la camisa.

El señor Ravenel tenía la cabeza agachada, de manera que sentía la calidez de su aliento cuando expulsaba el aire. El vello de su pecho no era liso, sino rizado. Ansiaba frotarse la nariz y los labios contra él. Olía a jabón, a piel masculina, a tierra limpia y a hierba del prado, y su aliento hacía que sintiera calor en sitios que llevaban años sin estar calientes.

Cuando por fin desabrochó todos los botones, el señor Ravenel levantó los brazos y dejó que la camisa le cayera por la cabeza, si bien dio un respingo porque la postura hizo que los puntos de la sutura del costado le tiraran. Ella extendió los brazos para ayudarlo a bajarse la prenda dándole un tirón. Sin querer, le rozó el oscuro vello del pecho con los nudillos y sintió un nudo en la boca del estómago. Todo su cuerpo cobró vida, desde la piel hasta la médula de los huesos.

—Disculpe mi intromisión —le dijo, alzando la mirada hacia sus ojos—. Quería saber cómo se encontraba.

Él la miró con un brillo jocoso en los ojos.

—Bien. Gracias.

Con el pelo alborotado estaba muy atractivo, parecía más cercano y, al mismo tiempo, menos civilizado. Phoebe acercó las manos con inseguridad hacia uno de los puños para abrocharle los botones, y él se quedó muy quieto. Había pasado muchísimo tiempo desde la última vez que le hizo eso a un hombre. Hasta ese momento, no había sido consciente de lo mucho que añoraba esa tarea tan íntima e insignificante.

—Señor Ravenel —dijo sin mirarlo—, lo que ha hecho por mi hijo... Le estoy tan agradecida que no sé ni qué decir.

—No hace falta que me lo agradezca. Es responsabilidad de un anfitrión impedir que un toro cornee a sus invitados.

—Ojalá pudiera hacer algo para recompensarlo. Ojalá... —Se puso colorada al pensar que su repentina aparición en los aposentos de un hombre, sumada a la declaración que acababa de hacer estando él medio desnudo, podía malinterpretarse.

Sin embargo, el señor Ravenel era todo un caballero. No hizo comentarios burlones ni jocosos mientras observaba cómo ella le abrochaba el otro puño.

—Lo que me gustaría es que usted aceptara mis disculpas —lo oyó decir en voz baja.

—No tiene motivos para disculparse.

—Me temo que sí. —Soltó el aire de forma controlada—. Pero antes tengo que darle una cosa.

Se alejó hacia un armario emplazado en un rincón de la estancia y rebuscó en su interior. Tras encontrar el objeto que buscaba —un librito—, se lo llevó.

Phoebe parpadeó, atónita, al leer el título en la ajada cubierta de tela, en letras doradas y negras. Las letras estaban desgastadas y descoloridas, pero el título aún podía leerse.

Tras abrir el libro con dedos temblorosos, descubrió las palabras que ella misma escribió con letra infantil hacía tantísimos años.

> Querido Henry, cuando te sientas solo, busca los besos que he dejado para ti en mis páginas preferidas.

Cegada por el repentino escozor de las lágrimas, cerró el libro. Sin mirarlo, sabía que había varias equis en los márgenes de las páginas de algunos capítulos, que simbolizaban sus besos.

El señor Ravenel dijo con voz ronca y baja:

—Lo escribió usted.

Incapaz de hablar, ella asintió con la cabeza. Una lágrima le cayó sobre una muñeca.

—Después de que estuviéramos hablando durante la cena —dijo él—, caí en la cuenta de que su Henry fue el muchacho al que yo conocí en el internado.

—Henry estaba seguro de que fue usted quien le quitó el libro —logró decir—. Pensaba que lo había destruido.

Él añadió con gran humildad:

—Lo siento mucho.

—Es increíble que lo haya guardado durante todos estos años. —Se sacó un pañuelo del corpiño y se lo llevó a los ojos mientras deseaba poder dejar de llorar—. Soy de lágrima fácil —confesó mortificada—. Siempre lo he sido. Lo detesto.

—¿Por qué?

—Porque es una muestra de debilidad.

—Es una muestra de fortaleza —la corrigió él—. Los débiles son los estoicos.

Phoebe se sonó la nariz y lo miró.

—¿De verdad lo cree?

—No, pero he pensado que tal vez se sentiría mejor al oírlo.

Se le escapó una carcajada temblorosa, y las lágrimas se detuvieron.

—Se sentó a mi lado durante la cena a sabiendas de lo cruel que fui con Henry y no dijo nada. ¿Por qué?

—Pensé que sería más considerado guardar silencio al respecto.

La expresión del señor Ravenel se relajó un poco.

—Phoebe —le dijo en voz baja. Pronunció el nombre como si fuera un apelativo cariñoso, lo que a ella le provocó una deliciosa tensión en las entrañas—, no merezco esa amabilidad. Nací siendo malo y fui empeorando con el paso del tiempo.

—Nadie nace siendo malo —le aseguró ella—. Hay razones que lo llevaron a hacer maldades. Si sus padres hubieran vivido, lo habrían querido y le habrían enseñado a distinguir el bien del mal...

—Preciosa..., no. —Esbozó una sonrisa amarga—. Mi padre casi siempre estaba tan borracho que se le olvidaba que tenía hijos. Mi madre estaba medio loca y era tan virtuosa como la gata del granero que hemos traído hoy. Como ninguno de nuestros parientes quería hacerse cargo de un par de mocosos sin dinero, Devon y yo acabamos en el internado. Pasábamos allí casi todas las fiestas. Me convertí en un bruto que les hacía la vida imposible a los demás. Odiaba a todo el mundo. Sobre todo a Henry, tan delgado, raro y tiquismiquis con la comida. Siempre leyendo. Le robé el libro de la caja que tenía debajo de la cama porque parecía ser su preferido. —Hizo una pausa incómoda y se pasó una mano por el pelo alborotado, aunque el gesto no logró adecentar las lustrosas capas—. No pensaba conservarlo. Quería avergonzarlo leyendo algunos párrafos en voz alta delante de él. Cuando vi la dedicatoria de la contraportada, el deseo de torturarlo aumentó. Hasta que leí la primera página.

—En la que Stephen Armstrong se está hundiendo en unas arenas movedizas —apostilló Phoebe con una trémula sonrisa.

—Exacto. Tenía que descubrir qué pasaba a continuación.

—Después de escapar de las arenas movedizas, tenía que salvar a su amor verdadero, Catriona, de los cocodrilos.

Una ronca carcajada.

—Marcó todas esas páginas con equis.

—Mi deseo secreto era que un héroe me rescatara algún día de los cocodrilos.

—Mi deseo secreto era ser un héroe. A pesar de tener mucho más en común con los cocodrilos. —La mirada del señor Ravenel se tornó vidriosa mientras rememoraba aquellos lejanos días—. No sabía que leer pudiera ser así —dijo al cabo de un rato—. Un paseo en una alfombra voladora. Dejé de meterme con Henry después de aquello. No podía humillarlo solo porque le gustara el libro. De hecho, en el fondo deseaba poder hablar con él de las aventuras de Stephen.

—Le habría encantado. ¿Por qué no lo hizo?

—Me avergonzaba haberlo robado. Y quería quedármelo un poco más. Nunca antes había tenido un libro. —Hizo otra pausa, perdido de nuevo en los recuerdos—. Me encantaba descubrir las marcas que había dejado en sus escenas preferidas. Cuarenta y siete besos en total. Fingía que eran para mí.

A Phoebe nunca se le había ocurrido que el libro pudiera significar para West Ravenel tanto como significó para Henry y para ella, tal vez incluso más. ¡Qué rara era la vida! Jamás habría imaginado que algún día podría sentir tanta compasión por él.

—Hubo momentos en los que el libro me ayudó a superar la desesperación —confesó el señor Ravenel—. Fue una de las mejores cosas de mi infancia. —Esbozó una sonrisa amarga—. Por supuesto, tenía que ser robado. Henry se marchó del internado para siempre poco después, antes de que me animara a devolvérselo. Siempre me he sentido mal por no haberlo hecho.

Phoebe no quería que siguiera sintiéndose mal. Ya no.

—Después de que perdiera su libro, le regalé el mío —dijo—. Así que pudo releer las aventuras de Stephen Armstrong siempre que quiso.

—Eso no disculpa lo que yo hice.

—Solo era un niño de nueve o diez años. Henry lo habría entendido hoy en día. Lo habría perdonado, tal como yo he hecho.

En vez de reaccionar con gratitud, el señor Ravenel pareció molestarse.

—No malgaste su perdón conmigo. Soy una causa perdida. Créame, en comparación con el resto de mis pecados, esto no es nada. Solo quiero que se quede el libro y que sepa que lo siento.

—Pero quiero que se lo quede —le aseguró ella con vehemencia—. Como regalo mío y de Henry.

—Por Dios, no.

—Por favor, acéptelo.

—No lo quiero.

—Sí que lo quiere.

—Phoebe... No... Que me aspen...

A esas alturas habían empezado a forcejear, empujando el libro a la vez en un intento porque el otro lo aceptara. Al final, el libro acabó en el suelo mientras Phoebe trastabillaba hacia atrás al perder el equilibrio. El señor Ravenel la agarró por los brazos de forma instintiva y la fuerza del gesto hizo que acabara pegada a su cuerpo.

Antes de que pudiera respirar siquiera, la besó en la boca.

13

Una vez, de niña, Phoebe se vio atrapada en medio de una tormenta de verano, y vio cómo una mariposa caía al suelo por las gotas de lluvia. La mariposa aleteó hasta caer, bombardeada desde todas las direcciones. La única opción que le quedó fue plegar las alas, resguardarse y esperar.

Ese hombre era la tormenta y el refugio, la sumía en una profunda y total oscuridad en la que había demasiadas sensaciones: una atracción apasionada, suave, firme, anhelante, carnal y delicada, todo eso a la vez. Se removió, inquieta, entre sus brazos, aunque no sabía si intentaba escapar o pegarse más a él.

Eso era lo que anhelaba, la dureza y el calor de un cuerpo contra el suyo, esa sensación conocida y desconocida a un mismo tiempo.

Eso era lo que temía, un hombre con una determinación y una fuerza que igualaban las suyas, un hombre capaz de desearla y poseerla por completo sin rastro de compasión.

La tormenta amainó con la misma rapidez con la que había llegado. Él apartó los labios con un ronco gruñido y aflojó los brazos. Phoebe se tambaleó, ya que se le habían aflojado las piernas, como si fueran abanicos de papel, y él extendió un brazo para ayudarla a mantener el equilibrio.

—Ha sido un accidente —dijo el señor Ravenel, que tuvo que hacerse oír por encima de su respiración agitada.

—Sí —convino ella aturdida—. Lo entiendo.

—El libro se estaba cayendo... Yo hice ademán de cogerlo y... sus labios estaban ahí.

—No hablemos más del tema. Nos desentenderemos del asunto.

El señor Ravenel se aferró a la idea.

—Nunca ha pasado.

—Sí... No, ha sido... olvidable..., eso. Me olvidaré de que ha sucedido.

Eso pareció aclararle las ideas de golpe. El señor Ravenel recuperó el aliento y se alejó de ella lo suficiente para mirarla con expresión dolida.

—¿Olvidable?

—No —se apresuró a decir Phoebe—, quería decir que no voy a pensar en ello.

Sin embargo, parecía más irritado con cada segundo que pasaba.

—Eso no contaba como un beso de verdad. Solo estaba calentando.

—Lo sé. Pero, de todas formas, ha sido muy agradable, así que no hay necesidad de...

—¿Agradable?

—Sí. —Phoebe se preguntó por qué parecía tan ofendido.

—Si solo voy a tener una oportunidad en esta vida de besarla —dijo él con seriedad—, que me aspen si va a ser un beso mal dado. Que uno tiene sus principios.

—No he dicho que estuviera mal dado —protestó—. ¡He dicho que ha sido agradable!

—Cualquier hombre preferiría que le disparasen en el trasero a que una mujer diga que sus besos son agradables.

—Oh, por favor, está haciendo una montaña de un grano de arena.

—Ahora tengo que repetirlo.

—¿Qué? —Se le escapó una risilla ahogada y retrocedió.

Él extendió los brazos y la pegó a su torso sin esforzarse.

—Si no lo hago, siempre creerá que eso es lo mejor que puedo hacer. Así que... de perdidos al río.

—Señor Ravenel...

—Prepárese.

Phoebe se quedó boquiabierta al oírlo. Debía de estar de broma. No podía hablar en serio..., ¿verdad?

Captó un brilló guasón en sus ojos cuando la miró a la cara. Sin embargo, después la rodeó con uno de los brazos. Ay, Dios, lo decía en serio. Iba a besarla de verdad. Una oleada de confusión y de emoción hizo que la cabeza le diera vueltas.

—Señor Ravenel, creo...

—West.

—West —repitió Phoebe al tiempo que lo miraba. Tuvo que carraspear para deshacerse del nudo nervioso que se le había formado en la garganta antes de continuar—: Es un error.

—No, el primer beso fue un error. Este lo va a corregir.

—No va a hacerlo —replicó ella, nerviosa—. Verá usted..., no pongo en duda sus habilidades amatorias, pongo en duda las mías. Hace más de dos años que no me besa nadie que mida más de un metro.

Su aliento le rozó la mejilla cuando soltó una carcajada.

—En ese caso, seguramente debería poner sus miras casi un metro más arriba de lo habitual. —Le ajustó el ángulo de la cara con suavidad—. Rodéeme con los brazos.

Por algún motivo inexplicable, la queda orden le provocó una oleada de interés y excitación. ¿De verdad iba a dejar que la...?

«Sí —insistió una impulsiva vocecilla interior—. Sí, no lo detengas, no pienses, deja que suceda.»

El silencio irreal solo se veía interrumpido por su jadeante respiración. Le colocó las manos en los costados antes de deslizarlas por su fuerte espalda. Él le puso una mano en la nuca para sujetarla y, a continuación, se apoderó de su boca con una ligera presión que no dejaba de cambiar, como si intentara averiguar el ángulo perfecto para que sus bocas encajaran. Sin saber cómo responder, se quedó quieta, con la cara alzada mientras él le acariciaba la garganta y la barbilla con la misma delicadeza que los rayos del sol. Nunca se habría imaginado que un hombre de su corpulencia pudiera tratarla con tanta ternura. Aumentó la presión de sus labios, invitándola a abrir la boca, y Phoebe sintió cómo le introducía la lengua. El leve lametón le resultó tan raro e inesperado que se tensó y se apartó sorprendida.

West la mantuvo pegada a él, y ella sintió la abrasión de su barba en la delicada piel. También sintió que se le tensaba la mejilla, como si estuviera sonriendo. Al darse cuenta de que su reacción le había hecho gracia, frunció el ceño, pero antes de poder hablar, él volvió a apoderarse de su boca. La exploró despacio, con pericia, y la intimidad del acto fue sorprendente, pero... no desagradable. Todo lo contrario. Mientras continuaba la dulce e inquieta exploración, el placer comenzó a resonar en su interior, como las cuerdas de un arpa que vibraban al tocarse ciertas notas. Titubeante, respondió, y su lengua salió al encuentro de la de West con timidez.

Le puso una mano en la nuca para mantener el equilibrio y descubrió su pelo, que se rizaba ligeramente al tocar la piel. Se percató de la sedosidad de los mechones oscuros cuando enterró los lánguidos dedos en ellos. El beso se tornó más apasionado en cuanto él le introdujo la lengua más a fondo mientras tomaba lo que deseaba, y Phoebe se dejó llevar, ahogada en una potente oleada de sensaciones.

Como mujer que había sido esposa, madre y, en ese momento, viuda, creía que no le quedaban cosas por aprender. Sin embargo, West Ravenel estaba transformando la mera noción de lo que era un beso. Besaba como un hombre que había vivido demasiado deprisa, había aprendido demasiado tarde y por fin había encontrado lo que deseaba. A ella solo le quedó moverse inquieta en respuesta, con el cuerpo ardiendo de deseo por un contacto más íntimo y profundo. West bajó una mano para pegarle las caderas más a él, y la sensación fue tan maravillosa que casi se desmayó. Gimió y se pegó todo lo que pudo a ese duro cuerpo masculino..., durísimo. Incluso con las capas de ropa que los separaban, se percató de lo excitado que estaba, de lo duro que estaba.

Temblando, Phoebe apartó la boca. El cuerpo no parecía responderle. Casi no era capaz de mantenerse en pie. No podía pensar. Apoyó la frente en su hombro mientras esperaba que el corazón dejara de latirle tan deprisa.

West masculló una maldición contra su pelo. Poco a poco, fue relajando los brazos, mientras le recorría la delgada espalda con una caricia distraída. Cuando por fin consiguió controlar la respiración, le dijo:

—No diga que ha sido agradable.

Phoebe esbozó una sonrisa torcida contra su hombro antes de replicar:

—No lo ha sido. —Había sido extraordinario. Una revelación. Levantó una mano y le cubrió una mejilla con dulzura—. Y no debe repetirse jamás.

West se quedó muy quieto mientras sopesaba esas palabras. Respondió con un simple gesto de la cabeza y volvió la cara para besarle la palma con urgencia.

Llevada por un impulso, Phoebe se puso de puntillas y le susurró al oído:

—No hay nada malo en usted, solo son malos sus besos. —Y, tras decir eso, salió corriendo de la estancia mientras todavía era capaz.

14

Evie, la duquesa de Kingston, había pasado una tarde maravillosa disfrutando de una merienda al aire libre con sus tres mejores amigas en la propiedad de lord Westcliff. Muchos años antes, las había conocido durante su primera temporada social en Londres, ya que las cuatro acababan siempre sentadas en un extremo de los salones de baile como floreros a los que nadie prestaba atención. Mientras entablaban amistad, se les ocurrió que en vez de competir por la atención de los caballeros lo mejor sería que se ayudasen mutuamente, de manera que entre ellas nació una amistad de por vida. En los últimos años era muy difícil que las cuatro pudieran reunirse, sobre todo porque Daisy pasaba largas temporadas en Estados Unidos con su marido, Matthew. Los viajes eran necesarios para ambos. Matthew era un empresario de renombre y Daisy se había convertido en una exitosa novelista que contaba con un editor en Nueva York y otro en Londres.

Después de pasar el día hablando, riendo, rememorando el pasado y haciendo planes para el futuro, Evie volvió a Eversby Priory muy animada y cargada de noticias que compartir con su marido..., incluido el hecho de que el protagonista de la novela que Daisy estaba escribiendo se inspiraba en parte en él.

—Evie, la idea se me ocurrió cuando empezamos a hablar de tu marido durante una cena hace unos meses —le había explicado su amiga mientras se limpiaba con un pañuelo la mancha que una fresa le había dejado en el corpiño—. Alguien comentó que Kingston seguía siendo el hombre más guapo de Inglaterra y lo injusto que era que no envejeciera. Lillian dijo que debía de ser un vampiro, y todo el mundo se echó a reír. Eso me recordó a aquella antigua novela, *El vampiro*, que publicaron hace unos cincuenta años. Y decidí escribir algo parecido, pero en versión romántica.

Lillian meneó la cabeza al oír la idea.

—Le dije a Daisy que nadie querría leer una historia donde el amante es un vampiro. Sangre.... Colmillos... —Hizo una mueca y se estremeció.

—Esclaviza a las mujeres con sus poderes carismáticos —protestó Daisy—. Y, además, es un duque rico y guapo..., como el marido de Evie.

Annabelle intervino en ese momento con un brillo alegre en sus ojos azules.

—Teniendo en cuenta ese detalle, se le pueden perdonar algunos defectillos.

Lillian la miró con escepticismo.

—Annabelle, ¿de verdad podrías perdonarle a tu marido que fuera por ahí chupándole la vida a la gente?

Tras meditar la cuestión un rato, Annabelle le preguntó a su vez a Daisy:

—¿A cuánto asciende su fortuna? —Se agachó mientras contenía una carcajada porque Lillian le arrojó una galleta.

Muerta de risa por las travesuras de sus amigas, Evie le preguntó a Daisy:

—¿Cómo se titula?

—*El abrazo mortal del duque*.

—Yo le sugerí otro. *El duque me quiere... morder* —dijo Lillian—. Pero Daisy dice que no es nada romántico.

Cuando Evie regresó a la propiedad de los Ravenel, descubrió que su hija mayor la estaba esperando, ansiosa por contarle los sucesos de la mañana.

—Salvo el señor Ravenel —le aseguró Phoebe—, nadie más ha salido herido. Justin se ha llevado un buen susto, pero está perfectamente.

—¿Y tu padre?

—Fresco como una lechuga durante todo el episodio, por supuesto. Ha pasado la tarde jugando al billar con otros caballeros, y después ha subido a vuestro dormitorio para descansar. Pero, mamá, mientras regresábamos juntos a la mansión, dijo algunas cosas muy desagradables sobre Edward Larson... ¡y sobre Henry!

—Ay, cariño. —Evie escuchó con atención el resumen que su hija le hizo sobre la conversación y la tranquilizó con la promesa de que hablaría con Sebastian e intentaría suavizar su visión de Edward Larson.

Acto seguido, se apresuró a subir en busca de su marido, si bien disimuló las prisas para que no pareciera que estaba corriendo. No tardó mucho en llegar a los aposentos que les habían asignado: un dormitorio espacioso y muy bien amueblado con un vestidor adyacente y una diminuta antesala transformada en cuarto de aseo.

Al entrar en el dormitorio, descubrió a su marido tumbado en una bañera grande con respaldo reclinado. Puesto que el cuarto de aseo era demasiado pequeño para contener una bañera, los criados les habían llevado una portátil y las criadas se encargaron de llenarla con cubos de agua caliente que subían con gran esfuerzo.

Sebastian estaba cómodamente reclinado, con una pierna apoyada en el extremo inferior de la bañera y una copa de brandi en una mano. El pelo que antaño fuera rubio dorado estaba plateado en las sienes y en los laterales de la cabeza. El ritual sagrado de nadar todas las mañanas lo ayudaba a mantenerse delgado y en forma, y su piel relucía como si viviera en un verano perpetuo. Bien podía ser Apolo holgazaneando en el Olimpo. Un dios del sol hedonista y dorado, carente de todo pudor.

Su voz perezosa se alzó entre las aromáticas volutas de vapor.

—¿Ya has llegado, preciosa? ¿Has disfrutado de tu día?

Evie sonrió mientras se acercaba a él.

—Sí. —Se arrodilló junto a la bañera para quedar a la misma altura que él—. Pe-pero por lo que he oído, no ha sido tan emocionante como el tuyo. —Tartamudeaba desde que era pequeña, aunque con los años cada vez se le notaba menos y ya solo se trababa en alguna que otra sílaba.

La mirada de Sebastian le acarició la cara mientras trazaba con el dedo índice las pecas que le salpicaban la parte superior del pecho.

—Te has enterado del incidente del corral.

—Y que saltaste la cerca siguiendo a Justin.

—No corrí peligro en ningún momento. Fue Ravenel quien tuvo que enfrentarse a un toro enfurecido mientras yo cogía al niño.

Evie cerró los ojos un instante al pensarlo y extendió un brazo para coger la copa que su marido tenía en la otra mano. Apuró lo poco que quedaba del licor y dejó la copa en el suelo.

—¿No has sufrido ninguna herida?

Dos dedos largos y mojados aferraron la parte superior de su corpiño y le dieron un tirón para acercarla más a la bañera. Los claros ojos azules de Sebastian relucían como la luz de las estrellas en el cielo invernal.

—Es posible que haya sufrido alguna torcedura que necesite de tus cuidados.

Evie sonrió.

—¿Qué tipo de cuidados?

—Necesito una moza que me asista mientras me baño. —Le agarró una mano y la introdujo en el agua—. Para que me frote en los lugares a los que no alcanzo.

Evie se resistió mientras reía entre dientes e intentaba liberar la mano.

—Ahí alcanzas perfectamente.

—Cariño —dijo él mientras le frotaba el cuello con la nariz—. Me casé contigo para no tener que hacerlo yo. Así que..., dime, ¿dónde crees que tengo la torcedura?

—Sebastian —replicó ella en un intento por parecer severa mientras él seguía manoseándole el corpiño con las manos mojadas—, vas a estropearme el vestido.

—A menos que te lo quites. —La miró con gesto esperanzado.

Evie esbozó una sonrisa torcida y se alejó para obedecerlo. Siempre le había gustado verla desvestirse, sobre todo cuando la ropa tenía cierres complicados. El vestido veraniego de muselina rosa llevaba un chaleco a juego que se abrochaba en la parte delantera con una larga hilera de botones de perlas..., exactamente el tipo de prenda que a él le gustaba ver cómo se quitaba.

—Háblame de la merienda al aire libre —le dijo Sebastian mientras se sumergía un poco más en la bañera y la miraba de forma penetrante.

—Ha sido preciosa. Nos llevaron en carretas a una colina verde. Los criados extendieron mantas en el suelo y colocaron las cestas y las cubetas con el hielo..., y luego nos dejaron solas para que comiéramos y habláramos a placer. —Estaba ocupada con los botones, algunos de los cuales resultaban difíciles de desabrochar—. Daisy nos ha hablado de su último viaje a Nueva York y... No te lo vas a creer... Está escribiendo una novela gótica cuyo protagonista está inspirando en ti. ¡Es un vampiro!

—Mmm... No sé si me gusta la idea de ser una criatura de una novela gótica. ¿Qué es lo que hace exactamente el personaje?

—Es un villano guapo y elegante que le muerde el cuello a su mujer todas las noches.

El ceño fruncido de Sebastian desapareció.

—Ah, eso me gusta.

—Pero nunca bebe tanta sangre como para matarla —siguió Evie.

—Entiendo. La tiene siempre a mano.

—Sí, pero la ama. Tal como tú lo has dicho parece un tonel con un grifo. El pobre no lo hace porque quiera, es que... ¿Has dicho algo?

—Te he preguntado si puedes desnudarte más deprisa.

Evie resopló con una mezcla de sorna y exasperación.

—No, no puedo. Hay demasiados bo-botones y son muy pequeños.

—Qué lástima. Porque dentro de treinta segundos voy a arrancarte de un tirón la ropa que te quede puesta.

Evie sabía muy bien que no debía tomarse la amenaza a la ligera..., ya lo había hecho antes, en más de una ocasión.

—Sebastian, no. Me gusta este vestido.

Un brillo malvado iluminó los ojos de su marido mientras observaba cómo incrementaba sus esfuerzos por desabotonar el chaleco.

—Ningún vestido es tan hermoso como tu piel desnuda. Todas esas pecas tan bonitas esparcidas por tu cuerpo como si fueran los diminutos besos de un ángel... Te quedan veinte segundos, por cierto.

—Ni siquiera tienes re-reloj —protestó ella.

—Estoy contando según los latidos de mi corazón. Es mejor que te apresures, amor mío.

Evie miró con nerviosismo los botones de perla que aún le quedaban por desabrochar de la larga hilera y tuvo la impresión de que se habían multiplicado. Con un suspiro derrotado, dejó los brazos quietos a ambos lados del cuerpo.

—Ya puedes rasgarlo —murmuró.

Oyó su sedosa risa y el chapoteo en el agua cuando Sebastian se puso en pie con el agua cayendo a chorros por los musculosos contornos de su cuerpo. Acto seguido, Evie jadeó al descubrirse atrapada en un húmedo abrazo mientras él le susurraba suavemente al oído con voz jocosa:

—Mi pobre y abnegada esposa. Permíteme ayudarte. Como ya sabes, se me da muy bien desabrochar botones...

Más tarde, mientras Evie yacía a su lado, relajada y aún disfrutando de las sensaciones provocadas por los rescoldos de la pasión, dijo con voz adormilada:

—Phoebe me ha hablado de la conversación que has mantenido con ella mientras volvíais a la mansión.

Sebastian tardó en replicar porque seguía con los labios y las manos ocupados con su cuerpo.

—¿Qué te ha dicho?

—No le gusta la opinión que tienes de Edward Larson.

—A mí me gustó menos descubrir que ha abordado el tema del matrimonio con ella. ¿Lo sabías?

—Me lo suponía, pero no estaba segura.

Sebastian se incorporó sobre un codo y la miró con el ceño fruncido.

—Dios no quiera que me vea otra vez en la tesitura de llamar «hijo» a otro Larson.

—Pero a Henry lo querías mucho —le recordó Evie, sorprendida por el comentario.

—Como si fuera mi hijo —le aseguró él—. Sin embargo, eso nunca me impidió ver que no era el hombre adecuado para Phoebe. No había equilibrio entre ellos. Para Henry, Phoebe era más una madre que una esposa. Si consentí el matrimonio, fue porque Phoebe es demasiado testaruda para haber considerado siquiera la idea de casarse con otro. Por motivos que todavía no alcanzo a entender, se le metió en la cabeza que o se casaba con Henry o no se casaba.

Evie se entretuvo jugando con el suave vello de su torso.

—Pese a los defectos que pudiera tener Henry, Phoebe sabía que era suyo y de nadie más. Solo por eso merecía la pena el sacrificio. Quería un hombre cuya capacidad de amar no tuviera parangón.

—¿Y acaso ha vuelto a encontrar dicha capacidad en ese mojigato rastrero de Larson?

—No creo. Pero en esta ocasión su motivación para casarse es otra.

—Sea cual sea su motivación, no permitiré que un invertebrado eduque a mis nietos.

—Sebastian —lo reprendió con suavidad, aunque esbozó una sonrisa por el comentario.

—Quiero verla con Weston Ravenel. Un joven fuerte, avispado y lleno de vigor masculino. Le hará mucho bien.

—Dejemos que sea Phoebe quien decida si lo quiere o no —sugirió Evie.

—Será mejor que se decida pronto o Westcliff lo atrapará para alguna de sus hijas.

Esa faceta de Sebastian, que rayaba en el autoritarismo, se desarrollaba de forma casi inevitable en hombres que poseían fortuna y poder. Evie siempre se había esforzado por suavizar dichas tendencias en su marido, recordándole de vez en cuando que, al fin y al cabo, solo era un simple mortal que debía respetar los deseos de los demás a la hora de tomar sus propias decisiones. Pero él contraatacaba con algún comentario del estilo de: «No cuando está claro que se equivocan». A lo que ella replicaba: «Aunque se equivoquen». Al final, él claudicaba después de hacer muchos comentarios mordaces sobre la idiotez de la gente que se atrevía a llevarle la contraria. El hecho de que casi siempre tuviera razón hacía que Evie se encontrara en una posición difícil, pero nunca se rendía.

—A mí también me gusta el señor Ravenel —murmuró—, pero no conocemos gran parte de su pasado.

—Ah, yo lo sé todo sobre él —le aseguró Sebastian con su característica arrogancia.

Conociendo a su marido, pensó Evie con renuencia, seguro que había leído más de un informe detallado sobre los miembros de la familia Ravenel.

—No está claro que exista una atracción entre ambos.

—No los has visto esta mañana.

—Sebastian, por favor, no interfieras.

—¿Yo? ¿Interferir? —Arqueó las cejas y pareció genuinamente indignado—. Evie, ¿en qué estás pensando?

Tras enterrar la cara en su pecho, le acarició el vello rubio con la nariz.

—En que estás interfiriendo.

—De vez en cuando, es posible que ajuste una situación para

obtener el final que más le convenga a mis hijos, pero eso no es interferir.

—¿Y cómo lo llamas, entonces?

—Ejercer de padre —contestó muy ufano, y la besó antes de que ella pudiera replicar.

15

La mañana posterior a la visita por la granja, una multitud de carruajes y caballos se agolpó en la entrada de Eversby Priory, ya que la mayoría de los invitados a la boda se marchaba por fin. Los Challon se quedarían durante tres días más para mejorar los lazos con los Ravenel.

—Querida —le dijo Merritt a Phoebe durante el desayuno—, ¿estás segura de que no quieres quedarte con nosotros en Stony Cross Park? El señor Sterling y yo vamos a pasar al menos una semana allí, y nos encantaría disfrutar de tu presencia y de la de los niños. Dime cómo puedo convencerte.

—Te lo agradezco, Merritt, pero aquí estamos muy bien y... necesito un poco de tranquilidad después de la boda y todas las veladas sociales.

Un brillo burlón apareció en los ojos de Merritt.

—Tal parece que mis poderes de persuasión no son rivales para cierto caballero de ojos azules.

—No —se apresuró a decir Phoebe—. No tiene nada que ver con él.

—Un poco de flirteo no te hará daño —repuso Merritt con voz razonable.

—Pero no puede conducir a nada.

—El flirteo no tiene que conducir a nada. Se puede disfrutar sin más. Tómatelo como una práctica para cuando empieces a relacionarte de nuevo con la sociedad.

Después de despedirse de amigos y conocidos, Phoebe decidió llevarse a los niños y a Nana Bracegirdle a dar un paseo matutino antes de que el calor apretara. Por el camino, podrían devolver la gata negra al granero por fin.

Aunque había querido encargarse de esa tarea el día anterior, el plan se estropeó cuando Justin y Ernestine sacaron a la gata para que «respondiera a la llamada de la naturaleza» en uno de los jardines formales. La criatura había desaparecido durante casi toda la tarde. Ella se sumó a la búsqueda, pero la fugitiva estaba desaparecida. Sin embargo, ya entrada la noche, mientras se cambiaba para la cena, oyó que alguien arañaba la puerta y vio un par de patas negras moverse por debajo de esta. De alguna manera, la gata se las había ingeniado para regresar a la casa.

Se apiadó del animal y pidió que subieran un plato con sobras de la cocina. La gata había comido como si estuviera famélica y acabó relamiendo el plato de porcelana. Después, se tumbó en la alfombra, ronroneando con tanto placer que fue incapaz de mandarla de vuelta. La gata había pasado la noche acurrucada en la cesta de la costura de Ernestine, y esa mañana había desayunado arenques ahumados.

—Creo que no quiere volver al granero —dijo Justin, que miró a su madre mientras esta llevaba a la gata contra el hombro. Nana paseaba a su lado, empujando el robusto cochecito de Stephen, cubierto por un parasol blanco de batista.

—El granero es su hogar —repuso Phoebe—, y se alegrará de volver con sus hermanos y sus hermanas.

—No parece muy contenta —protestó Justin.

—Pero lo está —le aseguró ella—. Es..., ¡ay! Oh, mecachis... —La gata se le había encaramado al hombro, clavándole las uñas a través de la muselina del vestido—. Nana, de verdad que me gustaría que me dejaras subirla al cochecito con Stephen. Hay sitio de sobra para ella junto a sus pies.

—La gata no puede ir con el niño —fue la contundente respuesta.

Por desgracia, el plan de Phoebe de devolver la gata al hogar que le correspondía se truncó poco después de llegar a su destino. Consiguió apartar las uñas de la gata de su vestido y dejarla en el suelo delante de la puerta del granero.

—Ahí hay un amiguito tuyo —le dijo al ver a un gato gris merodeando cerca de una caseta de aperos—. Vete, vamos... ¡Hopo! Ve a jugar.

El gato gris siseó con furia y se alejó. La gata negra se dio la vuelta e hizo ademán de seguir a Phoebe, con la cola levantada como si se estuviera tocando el sombrero a modo de esperanzado saludo.

—No —dijo Phoebe con firmeza—. Ni hablar. No puedes venir con nosotros.

Sin embargo, cuando intentaron alejarse, la gata negra los siguió.

Phoebe vio a un trabajador al que reconoció.

—Buenos días, Neddy.

El hombre se acercó y se tocó el ala de la gorra.

—Milady.

—Parece que hemos tomado prestado uno de los gatos del granero. Intentamos devolverla, pero no deja de seguirnos. Supongo que no tiene algún consejo para conseguir que un gato se quede donde lo dejas...

—Si pudiera conseguir que un gato hiciera eso, sería un perro.

—Tal vez podría sujetarla el tiempo necesario para que escapemos.

—Me gustaría, milady, pero me haría trizas los brazos.

Phoebe asintió con la cabeza, derrotada, y suspiró.

—Tiene razón, seguro. Seguiremos con el paseo. Con suerte, perderá el interés y volverá al granero.

Para disgusto de Phoebe, la gata se mantuvo junto a ellos y empezó a maullar de forma inconsolable cuando el granero desapareció de la vista. Siguieron por una antigua vía pecuaria, usada en otro tiempo para llevar al ganado de los pastos de verano a los de invierno. Las hayas daban sombra al camino, que estaba flanqueado por setos y cercas de tierra. A medida que se acercaban al arco de hierro forjado del puente peatonal que cruzaba un arroyo, los maullidos de la gata se volvieron lastimeros.

Phoebe se detuvo con un gemido.

—Adiós a un tranquilo paseo por la naturaleza. —Se agachó para coger a la gatita y dio un respingo cuando le clavó las uñas en el hombro. Exasperada, la llevó al cochecito. Antes de que Nana pudiera protestar, dijo—: Ya llevo yo a Stephen.

Nana la miró con expresión neutra.

—¿Quiere que empuje el cochecito con la gata, milady?

—Sí. De lo contrario, seré un colador para cuando volvamos a Eversby Priory.

A Justin se le iluminó la cara.

—¿Vamos a quedárnosla, mamá?

—Solo hasta que encontremos a otra persona que pueda llevarla de vuelta al granero. —Phoebe dejó a la gata sobre la sábana de seda del cochecito. Stephen balbuceó, emocionado, y le echó las manos a la peluda criatura, abriendo y cerrando las manitas como una hambrienta estrella de mar—. Ah, no, de eso nada. Ten cuidado con la gatita.

La gata agachó las orejas y miró al niño con expresión enfurruñada.

—¡Gatita! —exclamó Stephen, que se inclinó sobre los brazos de su madre para llegar hasta el animal—. ¡Gatita!

Phoebe lo sacó del cochecito y lo dejó en el suelo, sujetándolo por una regordeta manita.

—Vamos a andar junto al cochecito, cariño.

Ansioso, Stephen echó a andar con su paso torpe. Mientras Nana empujaba el cochecito por el camino, la gata negra se asomó por encima del borde, observando el paisaje con calma. Por algún motivo, ver a la gata sentada en su cochecito le hizo mucha gracia al niño, que estalló en carcajadas. Phoebe y Justin también se echaron a reír, e incluso Nana sonrió.

Antes de cruzar el puente, se acercaron a la orilla para ver el arroyo, que estaba bordeado de juncos, berros y lirios amarillos. El agua que corría sobre el lecho de guijarros era transparente, ya que había sido filtrada por las colinas de caliza de Hampshire.

—Mamá, quiero meter los pies en el agua —dijo Justin.

Phoebe miró a Nana con expresión interrogante.

—¿Nos detenemos unos minutos aquí?

La mujer, que nunca le hacía ascos a un descanso, asintió con la cabeza sin dudar.

—Estupendo —repuso Phoebe—. Justin, ¿necesitas ayuda con los zapatos y los calcetines?

—No, puedo solo.

Sin embargo, cuando el niño se agachó para desabrocharse los zapatos de cuero, un ruido inesperado le llamó la atención. Se detuvo y miró hacia el lugar del que procedía, un poco más abajo.

Phoebe frunció el ceño al ver a un hombre paseando por la orilla del río, silbando una tonada popular. Un sombrero ajado de ala ancha le ocultaba el rostro. Tenía una constitución atlética y delgada, y aunque andaba con paso seguro y relajado, también parecía pavonearse un poco. Le resultó curioso ver que parecía haberse dado un baño en el arroyo sin quitarse la camisa holgada y los pantalones de algodón, ya que la tela se pegaba a su musculoso cuerpo.

—Tal vez no debamos detenernos —susurró Phoebe, ya que el instinto le advertía que se fuera lo antes posible. Dos mujeres y dos niños eran presa fácil para un hombre de ese tamaño—. Ven, Justin.

Para su absoluta sorpresa, su hijo hizo caso omiso de la orden y corrió hacia el desconocido de aspecto desaliñado con un chillido alegre.

El hombre levantó la cabeza, y su ronca carcajada le provocó a Phoebe un escalofrío. Acababa de reconocerlo.

—Oh —exclamó mientras veía cómo West Ravenel le colocaba el ajado sombrero a Justin en la cabeza antes de cogerlo en brazos y llevarlo de vuelta con ella.

16

Phoebe llevaba sin verlo desde que lo visitara el día anterior en sus aposentos. Desde el inolvidable beso que supuestamente debía olvidar. Sin embargo, las sensaciones parecían habérsele colado bajo la piel y experimentaba una sutil pero constante estimulación que no sabía cómo evitar. Todavía sentía los labios un poco hinchados, y deseaba sentir el alivio que suponía la presión de sus besos y de sus caricias. Sabía que todo era un espejismo, pero la sensación se incrementó cuando lo vio acercarse.

Justin mantenía una animada conversación con él.

—... pero Mecachis no ha querido quedarse. Nos ha seguido desde el granero y ahora está en el cochecito de Stephen.

—¿Mecachis? ¿Por qué la habéis llamado así?

—Es lo que dice mamá cuando la gata le hace agujeros en los vestidos.

—Pobre mamá —replicó el señor Ravenel con sorna. Sin embargo, miró a Phoebe con expresión intensa y penetrante.

Ella se había prometido que la siguiente vez que se encontraran demostraría una actitud compuesta y agradable. Sofisticada. Sin embargo, el plan se fue al traste como la pelusa de un diente de león con un soplo de viento. Se sentía embargada por el placer y la emoción, demasiado aturdida para hablar.

El señor Ravenel saludó a Nana y sonrió al ver a la gata acostada en el cochecito. Dejó a Justin en el suelo y se acuclilló despacio delante de Stephen.

—Hola, Stephen —dijo con voz ronca y vibrante—. Eres un niño muy guapo. Has heredado los ojos de tu madre.

El rollizo Stephen se escondió detrás de las faldas de Phoebe y desde allí se asomó para mirar al simpático desconocido mientras se chupaba un dedo. Al cabo de un instante, sonrió y dejó a la vista una hilera de diminutos dientes muy blancos.

Phoebe se percató del moratón que comenzaba a aparecerle en un brazo.

—Señor Ravenel —dijo con deje preocupado—, ¿ha sufrido algún accidente? ¿Qué le ha pasado en el brazo?

Él se puso en pie, y el movimiento hizo que unos cuantos mechones húmedos y lustrosos le cubrieran la frente.

—Hoy toca bañar a las ovejas. Una de ellas me ha dado una patada en el brazo mientras intentaba darse la vuelta en el agua.

—Pero ¿y sus puntos? Sabrá Dios la suciedad que habrá absorbido la herida mientras estaba bañando a las ovejas.

Su preocupación debió de resultarle graciosa porque replicó:

—No me preocupaba en absoluto.

—¡Pues ya verá cómo le preocupa cuando se le infecte!

Justin estaba más interesado en el tema de las ovejas que en el de la higiene.

—¿Cómo se baña a una oveja?

—Creamos una charca temporal en el arroyo usando unas puertas viejas a modo de dique. Unos cuantos nos metemos en el agua, que nos llega a la cintura, mientras los demás nos van pasando las ovejas. Mi trabajo consiste en poner a las ovejas boca arriba y frotarle la lana de la barriga hasta que está limpia. A la mayoría le gusta, pero de vez en cuando hay alguna que forcejea para darse la vuelta.

—¿Cómo se pone a una oveja boca arriba? —quiso saber Justin.

—La agarras por la lana que tiene cerca de la oreja y con la otra mano la coges de la pata delantera contraria y... —Hizo una pausa mientras miraba al niño con gesto pensativo—. Sería más fácil demostrártelo. Vamos a fingir que eres una oveja. —Se abalanzó sobre el niño, que retrocedió dando un salto y un grito encantado.

—¡Soy una oveja a la que le gusta estar sucia! —gritó Justin al tiempo que echaba a correr—. ¡Y no puedes cogerme!

—Ah, ¿no? —El señor Ravenel saltó con agilidad y lo alcanzó al instante, atrapándolo y haciendo que el niño chillara y riera a carcajadas—. Ahora voy a enseñarte cómo se baña a una oveja.

—¡Espere! —exclamó Phoebe con sequedad y con el pulso acelerado por los nervios. Fue una reacción instintiva al ver que trataban a su hijo con semejante brusquedad—. Pillará un resfriado y...

Él se detuvo y se dio media vuelta para mirarla con Justin seguro entre sus brazos. Tras verlo arquear las cejas con gesto burlón, Phoebe comprendió que no tenía la menor intención de tirarlo al arroyo. Solo estaba jugando con él.

Una vez que dejó a su hijo en el suelo con un cuidado exagerado, se acercó a ella con los ojos un tanto entrecerrados.

—Bueno, en ese caso, tendré que hacer la demostración con usted.

Antes de que la mente de Phoebe asimilara sus palabras, se descubrió en volandas entre los brazos de West Ravenel. La sorpresa la dejó muda mientras él la estrechaba contra su duro pecho y le mojaba la delgada tela del corpiño con la camisa húmeda.

—¡Por Dios! ¡Huele usted a establo, déjeme en el suelo, so bruto! —exclamó entre incontrolables carcajadas, de una forma que no hacía desde que era pequeña. Le echó los brazos al cuello—. Como intente tirarme al agua —logró decir a modo de amenaza—, ¡usted vendrá conmigo!

—Merecerá la pena —replicó él con naturalidad mientras la llevaba hacia el arroyo.

Nadie, absolutamente nadie, se había atrevido a tratarla de

semejante manera en toda su vida de adulta. Lo empujó en vano, porque cualquier esfuerzo por liberarse cayó en saco roto. Sus brazos eran como bandas de acero.

—Jamás lo perdonaré —le aseguró Phoebe, pero arruinó el efecto porque se echó a reír de forma incontrolable—. ¡Lo digo en serio!

La ronca risa del señor Ravenel le acarició la oreja.

—Supongo que no es lo bastante grande para hacer una demostración sobre cómo bañar a una oveja adulta. Tiene el tamaño de un corderito. —Se detuvo y, por un instante, la estrechó entre sus brazos sin más.

Phoebe se quedó muy quieta, disfrutando de ese abrazo robado, mientras su mente conjuraba la imagen de ese cuerpo aprisionándola contra el suelo. Calor humano encima y la frescura de la tierra debajo. Sintió un escalofrío en la espalda.

—Tranquila —le dijo él con suavidad—. No voy a tirarla al agua. —La estrechó un poco más contra su cuerpo—. Pobre corderita, ¿la he asustado? —Su voz era tan ronca y tierna que casi le provocó otro escalofrío.

La bajó con mucho tiento al suelo, pero Phoebe descubrió que los brazos no querían apartarse de su cuello. Experimentaba una emoción extraña, como si estuviera escuchando el preludio hechizante de una canción que jamás se escribiría. Lo soltó despacio y retrocedió un paso.

Justin se chocó con ella por detrás y la abrazó entre carcajadas. Al cabo de un momento, Stephen también se pegó a ella y le aferró las faldas mientras la miraba con una sonrisa. A los niños les había encantado ver a alguien jugar con su madre con semejante naturalidad.

Phoebe intentó parecer indiferente mientras decía:

—Vamos a jugar aquí un rato. Si le apetece, puede acompañarnos.

Él le sostuvo la mirada.

—¿Le gustaría que lo hiciera?

Phoebe podría haber pensado que la pregunta era un intento

burlón de hacerla suplicar para que se quedara. Sin embargo, percibió cierta incertidumbre en su voz. Comprendió que no estaba seguro en lo que a ella se refería. No se dejaba llevar por suposiciones ni pretendía saber lo que deseaba. Ese descubrimiento le provocó una cálida emoción.

—Sí..., quédese.

Al cabo de poco rato, el señor Ravenel y Justin estaban con los pies metidos en el arroyo, cuyas aguas les llegaban a los tobillos, recogiendo guijarros interesantes. Phoebe, que se había quitado con gran disimulo los zapatos y las medias, estaba sentada en la orilla con Stephen en brazos, mientras el niño metía los pies en el agua y observaba a los pececillos nadar de un lado para otro. Nana había extendido una manta sobre el musgo y se había quedado dormida con la espalda apoyada en el tronco de un sauce cercano.

De repente, sintió que alguien le rozaba el costado y, al mirar, vio que la gata se había bajado del cochecito y se estaba frotando contra ella de forma afectuosa.

—¡Gatita! —exclamó Stephen, tratando de cogerla.

—Con cuidado —le advirtió ella al tiempo que acercaba una manita despacio para que acariciara al animal en el lomo con cuidado—. Oh, eso le gusta. ¿Sientes cómo ronronea?

—... Esas bandas blancas están hechas de tiza —decía el señor Ravenel a unos metros de distancia, con la espalda inclinada hacia delante para enseñarle a Justin el guijarro que tenía en la palma de la mano—. Están hechas con las conchas de unas criaturas tan diminutas que solo pueden verse a través de un microscopio.

—¿De dónde vinieron esas criaturas diminutas?

—Se formaron en el lecho del océano. Toda esta tierra estaba cubierta de agua.

—¡Esa historia me la sé! —exclamó Justin con alegría—. ¡El arca de Noé!

—Fue mucho tiempo antes de lo de Noé.

—¿Cuánto?

—Millones de años.

Justin se encogió de hombros y dijo con desinterés:

—No sé lo que es un millón. Solo sé contar hasta diez.

—Mmm... —El señor Ravenel parecía estar reflexionando sobre la mejor forma de explicárselo—. ¿Sabes lo que es un segundo?

—No.

—Uno. Dos. Tres. Cuatro. Cinco. —Con cada número que decía, chasqueaba los dedos—. Eso han sido cinco segundos. Si estuviera chasqueando los dedos de esa manera sin parar durante diez días seguidos, eso serían más o menos un millón de segundos.

Aunque Justin no alcanzó a entender la explicación en su totalidad, fue evidente que le gustó la parte de los chasquidos. Intentó imitar el sonido, pero sus dedos no cooperaban.

—Así —le dijo el señor Ravenel, colocándole los dedos índice y pulgar para que él pudiera iniciar el movimiento—. Inténtalo ahora.

Justin lo intentó de nuevo, pero no logró hacer sonido alguno.

—Sigue practicando —le aconsejó él—. Mientras tanto, salgamos del agua.

—Pero necesito más guijarros —protestó Justin.

El señor Ravenel sonrió.

—Tienes tantos en los bolsillos que el peso te va a bajar los pantalones. Ven, vamos a enseñárselos a tu madre.

La gata negra retrocedió unos metros y observó con recelo a Justin mientras este dejaba el contenido de sus bolsillos sobre un pañuelo que Phoebe había extendido en el suelo.

Ella examinó con cumplida admiración todos los guijarros y eligió uno con una línea blanca. Acto seguido, alzó la mirada y preguntó:

—Señor Ravenel, ¿cómo es que sabe tanto sobre la formación de la tiza?

—Por la mina de la propiedad. Antes de que empezáramos a

excavar, tuve que pedirles consejo a unos cuantos expertos en minería, entre los que se incluía un geólogo.

—¿Qué es un geólogo? —preguntó Justin.

La pregunta le arrancó una sonrisa.

—Un científico que estudia rocas y bebe demasiado.

Cuando Phoebe soltó el guijarro, Stephen lo cogió y trató de llevárselo a la boca.

—No, cariño —le dijo ella mientras se lo quitaba—, eso es malo. —El niño lloriqueó, irritado, y extendió el brazo para coger de nuevo el guijarro prohibido. Al cabo de un momento, empezó a llorar a pleno pulmón, con lo que despertó de la siesta a la niñera, que se frotó los ojos e hizo ademán de ponerse en pie—. No hace falta, Nana —le dijo Phoebe—. Justin, ¿me traes un juguete del cochecito?

El niño se aprestó a obedecerla y rebuscó en el lateral en busca de un caballito de cuero con las patas desgastadas por los dientes del niño. Stephen cogió el juguete, lo miró con desdén y lo tiró al suelo mientras seguía llorando.

Al instante, la gata se abalanzó sobre él, lo atrapó con los dientes y se lo llevó.

El señor Ravenel se acercó, se agachó para coger al niño por la cintura y lo levantó del regazo de Phoebe.

—¿A qué viene este alboroto? —le preguntó al tiempo que se lo colocaba contra el pecho.

Stephen estaba tan asombrado que dejó de llorar al instante y miró al hombre de joviales ojos azules.

—Pobrecito —le dijo él—. ¿Cómo se les ocurre darte un juguete cuando habías encontrado una piedra tan bonita para jugar? Es indignante... Sí, es... una atrocidad.

Para asombro de Phoebe, a Stephen se le pasó el berrinche mientras el desconocido seguía apaciguándolo. Su hijo le puso una mano en la mejilla y acarició la áspera textura de su piel. Al cabo de un instante, el señor Ravenel agachó la cabeza y le hizo una sonora pedorreta en la barriga, lo que hizo que el pequeño se retorciera de la risa. Acto seguido, lo lanzó hacia arriba, lo atrapó entre las manos y repitió el proceso varias veces entre los gritos encantados del niño.

—Señor Ravenel —dijo Phoebe—, preferiría que no arrojara a mi hijo al aire como si fuera una maleta vieja.

—Le gusta —replicó él, aunque suavizó los movimientos.

—También le gusta mordisquear las colillas de los puros —repuso ella.

—Todos tenemos malos hábitos —le dijo el señor Ravenel al niño con suavidad al tiempo que se lo colocaba de nuevo contra el pecho—. Justin, ven, tenemos que trabajar. —Se inclinó para coger un palo tan largo como su brazo.

Phoebe abrió los ojos de par en par.

—¿Para qué es eso?

—Vamos a limpiar la zona de cocodrilos —respondió él, que le ofreció el palo a Justin—. Si alguno se te acerca, golpéalo con esto.

Justin gritó, encantado, y lo siguió pisándole los talones.

Aunque Phoebe estuvo tentada de señalar que en Inglaterra no había cocodrilos, se limitó a reírse y a observar cómo los tres aventureros se alejaban. Meneó la cabeza y fue a sentarse al lado de Nana.

—Es un hombre de los pies a la cabeza —comentó la mujer.

—Demasiado —replicó Phoebe con sorna.

Los observaron alejarse. El señor Ravenel llevaba a Stephen sujeto con un brazo y Justin extendió una mano para tomarle la que tenía libre, algo que el hombre aceptó sin titubear.

—En los aposentos de la servidumbre solo tienen elogios para él —señaló Nana—. Un buen hombre y un buen patrón que debería tener casa propia. Apuesto y con la edad adecuada para tener hijos.

—Nana —dijo Phoebe, que la miró con sorna e incredulidad—. Está a medio domesticar.

—¡Bah, milady! No existe un hombre sobre la faz de la tierra que usted no sea capaz de manejar.

—No quiero un hombre al que pueda manejar. Me gustaría

encontrar uno que sea capaz de manejarse solo. —Extendió el brazo para coger una margarita silvestre del montón que crecía cerca de ella. Tras frotarla entre los dedos, aspiró el aroma dulzón que le recordaba al de las manzanas. Miró de reojo a la niñera y añadió en voz baja—: Además, no creo que se te haya olvidado lo que me pidió Henry.

—No, milady. Pero tampoco se me ha olvidado que se lo pidió antes de exhalar su último aliento. Habría sido usted capaz de prometerle cualquier cosa con tal de que se quedara tranquilo.

Phoebe se sentía incómoda hablando de Henry con la que fuera la niñera de su difunto marido, al que quiso desde el primer día de su vida hasta el último.

—Henry pensó detenidamente en mi futuro —dijo—. Vio lo ventajoso que sería un matrimonio con Edward, con su buena reputación y su caballerosidad, perfecto para darles un buen ejemplo a los niños mientras crecen.

—Un zapato bueno también hace rozaduras.

Phoebe siguió cogiendo margaritas para hacer un ramillete.

—Pensaba que aprobarías mi enlace con el primo de Henry. Edward se parece mucho a él.

—¿Usted cree, milady?

—Sí, y tú lo conoces desde que era pequeño. Se parece mucho a Henry, pero sin sus peculiaridades.

Pese a la relativa juventud de Edward, era un caballero chapado a la antigua, galante y de voz suave, un hombre que nunca se atrevería a dar un espectáculo. Phoebe jamás lo había visto perder la compostura. No tendría que preocuparse de que le fuera infiel, de que fuera frío con ella o de que se mostrara distante. Simplemente, eso no formaba parte de su carácter.

No le resultaba difícil imaginarse feliz al lado de Edward.

Lo difícil era imaginarse en la cama con él. Su mente era incapaz de conjurar esa imagen, salvo de forma desenfocada, como si estuviera viendo una representación de sombras chinescas.

Sin embargo, en lo referente a West Ravenel, el problema era justo el contrario. La idea de compartir cama con él le secaba la boca y le aceleraba el puso por la emoción.

Confundida por los derroteros de sus pensamientos, ató el ramillete con el tallo de una de las flores y se lo dio a Nana.

—Debería ir a ver qué están haciendo los niños y el señor Ravenel —dijo con despreocupación—. A estas alturas seguro que los ha invitado a jugar con cuchillos y cerillas de azufre.

Los encontró al lado del arroyo, jugando en la orilla, llenos de barro y desarreglados. Stephen estaba sentado en el regazo del señor Ravenel y tenía la camisa blanca muy sucia. Al parecer, estaban ocupados intentando levantar torres con guijarros planos. Justin había usado el palo para excavar un canal en la arena de la orilla y estaba llenándolo de agua que cogía del río con las manos.

Phoebe arqueó las cejas.

—Yo le quito una piedra a mi hijo —dijo—, ¿y usted le da un montón más?

—Chitón —replicó él sin mirarla siquiera, aunque esbozó una sonrisa torcida mientras añadía—: No interrumpa a un hombre cuando está trabajando.

Stephen cogió un guijarro plano con las dos manos y lo llevó hasta una torre, decidido pero con poca estabilidad en las manos. Lo colocó sobre los demás y lo sostuvo mientras el señor Ravenel hacía los ajustes necesarios para que no se cayera.

—Bien hecho —dijo al cabo de un instante.

Justin le dio otra piedra a Stephen y él la cogió con un gruñido entusiasmado. Tenía una expresión tan seria en la carita que resultaba cómica mientras trasladaba el guijarro a la parte superior de la torre. Phoebe lo observó con atención, asombrada por lo interesado y emocionado que estaba con el proyecto.

Desde la muerte del padre que no había llegado a conocerlo, había protegido y mimado a su benjamín en la medida de lo posible. Había llenado su mundo de objetos suaves y bonitos, y de comodidades sin fin. No se le había ocurrido que pudiera querer, o necesitar, jugar con piedras, palos y barro.

—Va a ser un constructor —anunció el señor Ravenel—. O un excavador.

—Qué suerte tiene —replicó Justin, sorprendiendo a Phoebe—. Ojalá yo pudiera tener un trabajo algún día.

—¿Por qué no vas a tenerlo? —le preguntó el señor Ravenel.

—Soy un vizconde. Y no me permitirán dejar de serlo aunque quiera.

—Un vizconde también puede tener trabajo.

Justin dejó de excavar en la arena para mirarlo, esperanzado.

—¿Puedo?

—A lo mejor si es una profesión honorable —terció Phoebe con suavidad—, como la de diplomático o la de juez.

El señor Ravenel la miró con gesto cínico.

—Su abuelo lleva años regentando un club de juego en Londres. Según tengo entendido, se encarga personalmente de su correcto funcionamiento diario. ¿Eso también está en su lista de profesiones honorables?

—¿Está usted criticando a mi padre? —quiso saber Phoebe, ofendida.

—Todo lo contrario. Si el duque se hubiera dejado limitar por las expectativas de la aristocracia, seguramente a estas alturas no tendría un chelín. —Hizo una pausa para equilibrar la torre de guijarros mientras Stephen colocaba otro más—. Me refiero a que dirige el club y, al mismo tiempo, ha conservado el ducado. Lo que significa que cuando Justin crezca podrá elegir la profesión que desee. Incluso una que sea «deshonrosa».

—Quiero ser geólogo —anunció Justin—. O domador de elefantes.

Phoebe miró a West Ravenel y le preguntó indignada:

—¿Y quién va a encargarse de Clare Manor?

—Tal vez lo haga Stephen, o usted. —Sonrió al ver la cara que ella había puesto—. Eso me recuerda una cosa. Mañana tengo que revisar los libros de cuentas de la propiedad. ¿Le gustaría echarles un vistazo?

Phoebe titubeó, dividida entre el deseo de reprenderlo por

meterle ideas absurdas a su hijo en la cabeza y el de aceptar la invitación. Sería muy útil aprender el sistema con el que gestionaban la explotación agraria y sabía que él se lo explicaría de manera que lo entendiera.

—¿Estaríamos solos? —preguntó con recelo.

—Me temo que sí. —El señor Ravenel bajó la voz como si estuviera hablando de algo escandaloso—. Los dos solos en el gabinete, repasando los libidinosos detalles de los ingresos y los gastos. Y luego ahondaríamos en otros detalles más obscenos como el inventario..., la tabla de rotación de cultivos...

Ese hombre no desaprovechaba la menor ocasión para burlarse de ella.

—Sí —replicó Phoebe, irritada—. Lo acompañaré. —Se sacó dos pañuelos del bolsillo—. Uno para las manos de Stephen —dijo al tiempo que se los ofrecía— y otro para las de Justin.

—Y para mí ¿qué? —preguntó él—. ¿No quiere que me limpie las manos?

Phoebe se sacó otro pañuelo del corpiño y se lo dio.

—Es usted como un mago —dijo el señor Ravenel.

Ella sonrió y regresó junto a la niñera, que estaba limpiando el interior del cochecito de Stephen.

—Es hora de volver a la mansión —anunció con energía—. No te enfades cuando veas a los niños. Están sucísimos, pero han disfrutado de lo lindo. ¿Has visto por casualidad dónde se ha escondido la gata?

—Está debajo del cochecito, milady.

Phoebe se acuclilló para mirar debajo del cochecito y vio un par de ojos ambarinos que relucían entre las sombras. La gata salió a rastras con el caballito en la boca y, una vez fuera, le dejó el juguete en el regazo.

El evidente orgullo con el que el animal le ofrecía el caballito le hizo gracia y también le resultó enternecedor. El juguete apenas si era reconocible. El cuero estaba desgarrado y había perdido gran parte del relleno.

—Gracias, querida. Eres muy amable. —Tras meterse el caballito en el bolsillo, cogió al animal en brazos. Por primera vez, la gata no le clavó las uñas mientras se acomodaba entre sus brazos—. Supongo que tendremos que quedarnos contigo hasta que regresemos a Hampshire. Pero sigues sin ser una gata doméstica y no podrás acompañaros a Essex. Mis planes están trazados... y nada podrá alterarlos.

17

«No hay nada malo en usted, solo son malos sus besos.»

Desde que Phoebe le susurró esas sorprendentes palabras al oído, West se encontraba en un estado de lo más peculiar. Feliz. Triste. Desequilibrado, inquieto, excitado, emocionado. Se despertaba por las noches infinidad de veces, con la sangre pidiéndole a gritos que llegara la mañana.

Le recordaba a aquellos días en los que bebía hasta perder el sentido y recuperaba la consciencia en una habitación oscura, alterado y mareado. Sin saber el día, la hora o el lugar donde se encontraba. Sin recordar nada, ni siquiera los placeres autocomplacientes que lo habían llevado allí.

Se encontraba en el gabinete de paredes forradas con paneles de roble, con montones de libros de cuentas y documentos delante. Era una de sus estancias preferidas, un espacio rectangular flanqueado por estanterías de libros. El suelo tenía una mullida alfombra, en el ambiente flotaba un agradable olor a lacre, a papel y a tinta. La luz del sol entraba por una gran ventana emplomada con una multitud de cristales antiguos, no más grandes que su mano.

Normalmente, era feliz cuando estaba en ese lugar. Le gustaba la contabilidad, porque lo ayudaba a comprender cómo iba la propiedad en todos los aspectos. Sin embargo, en ese momento su habitual interés por el mundo que lo rodeaba —las personas, la tierra, el ganado, la casa, el clima e incluso la comida— se había reducido a Phoebe.

Necesitaba estar junto a ella o muy lejos de ella. Cualquier situación intermedia era una tortura. Saber que se encontraba en la misma casa o en algún lugar de la propiedad, en algún lugar al que él podía acceder, hacía que todo el cuerpo le doliera por el ansia de salir en su busca.

Cuando la vio de forma tan inesperada el día anterior, lo asaltó una intensa sensación de felicidad, placentera en la superficie, pero dolorosa en el fondo. Estaba preciosa allí, junto al arroyo, como una flor silvestre, como los lirios de las orillas.

De todos los errores que había cometido en la vida, y bien sabía Dios que habían sido muchos, el peor fue besarla. Nunca se recuperaría de la experiencia. Todavía sentía su cabeza en las manos, así como la suavidad de esos labios contra los suyos. Dentro de veinte años, sus dedos seguirían recordando la forma exacta de su cabeza. Cada dulce beso que ella le había dado fue como una promesa, un titubeante salto de fe tras otro. Se obligó a ser cuidadoso, tierno, cuando se moría por aplastarla y devorarla. Tuvo la sensación de que su cuerpo había sido creado con el único propósito de complacerla; su boca existía para acariciarla; su miembro, para llenarla.

En cuanto a lo que Phoebe pudiera sentir o pensar, no se hacía ilusiones de que el deseo fuera algo recíproco. No del todo, al menos. Si algo se le daba bien, era medir el interés que una mujer tenía por él. Le gustaba y se sentía atraída, pero no se acercaba a lo que él sentía. Y menos mal. Phoebe ya tenía problemas de sobra, no necesitaba que él se sumara a la lista.

—Aquí tienes los últimos movimientos bancarios y de las inversiones —dijo su hermano. Devon entró en el gabinete con una carpeta de documentos que dejó en la mesa, delante de él, con un golpe seco—. De momento, el consejo de Winterborne ha dado sus frutos, sobre todo en lo referente a las acciones y participaciones del ferrocarril. —Apartó una silla y se sentó con las piernas estiradas por delante. Con la vista clavada en las brillantes puntas de sus zapatos, añadió—: La única mancha, como de costumbre, es la propiedad de Norfolk. Sigue perdiendo dinero.

Entre las diversas propiedades que Devon había heredado junto con el título se encontraba una casa con tierras en Norfolk. Por desgracia, los tres condes anteriores habían descuidado el mantenimiento de esa propiedad, al igual que habían hecho con el resto. La mayoría de los campos fértiles estaban cubiertos de matorrales, y la elegante casa señorial de estilo georgiano se había cerrado para después abandonarla.

—Solo quedan cinco familias de arrendatarios —siguió Devon—, y pagamos más en impuestos de lo que ganamos. Podríamos vender la propiedad, ya que no está ligada al título. O... podrías hacer algo con ella.

West lo miró sin comprender.

—¿Qué narices iba a hacer yo con ella?

—Podrías convertirla en tu hogar. La casa está en buenas condiciones, y la tierra es perfecta para la clase de agricultura experimental que te gustaría llevar a cabo algún día. Podrías atraer a nuevos arrendatarios para generar ingresos. Si la quieres, es tuya.

West esbozó una sonrisa. Nunca dejaría de estarle agradecido a su hermano por la generosidad que demostraba. Tal vez si Devon hubiera sido criado como un heredero privilegiado, se comportaría como un cretino arrogante. En cambio, era generoso con los elogios y los premios, y lo recompensaba enormemente por las contribuciones que hacía al buen funcionamiento de la propiedad.

—¿Quieres librarte de mí? —preguntó West a la ligera.

—Jamás. —La mirada de Devon era cálida y directa. Durante años, solo se habían tenido el uno al otro, y su vínculo era inquebrantable—. Pero se me ha pasado por la cabeza que te gustaría tener una vida propia algún día. La intimidad de tu casa. Una esposa e hijos.

—Aunque aprecio mucho el regalo de tu agujero de impuestos... —empezó West con sorna.

—Yo asumiré el pago de los impuestos hasta que empieces a tener beneficios. Aunque contrates a un administrador para que te ayude con el trabajo aquí, seguirás recibiendo un porcentaje de los beneficios brutos en vez de un sueldo por la administración. Por supuesto, seguiremos necesitando toda la ayuda que puedas prestarnos...

—Devon. No me debes nada de eso.

—Te debo la vida, en el sentido más literal. —Su hermano hizo una pausa y después prosiguió en voz baja—: Quiero que tu vida sea tan plena como la mía. Deberías tener familia propia.

West meneó la cabeza.

—Todavía queda mucho para que llegue el día que decida casarme.

—¿Qué me dices de lady Clare?

—Puede que tenga una aventura con ella dentro de cinco o diez años —respondió West—, después de que su siguiente marido empiece a aburrirla. De momento, sin embargo, no es lo bastante experimentada para mi gusto.

—Cada vez que entra en una habitación, todos oímos cómo te empieza a latir el corazón.

West sintió que le ardía la cara.

—Vete a la porra.

La expresión de Devon era una mezcla de preocupación con un poquito de exasperación. Era la misma expresión de hermano mayor que le dirigía siempre que le hacía la vida imposible a otro niño o lo pillaban copiando en el internado.

—West, siempre he estado de tu parte. No tienes nada que perder si me dices la verdad.

Tras colocar los brazos en la mesa, West apoyó la barbilla sobre ellos y miró, furioso, las estanterías.

—Creo que estoy enamorado de ella. O eso o tengo una enfermedad estomacal con síntomas añadidos de sudoración incontrolable. Pero no hay duda de algo: no se me ha perdido nada casándome y reproduciéndome. No sé cómo, pero tú has conseguido superar nuestra infancia. Eres un buen marido y, por algún milagro, un buen padre. No pienso tentar al destino siguiendo tus pasos.

—¿Qué te lo impide? ¿El hecho de que fuiste un libertino?

—Tú eras un libertino. Yo era un desastre absoluto. Dos años de vida medio decente no borran una vida entera.

—Eso ya no importa.

—Importará. Imagina a Justin dentro de unos años, encontrándose con un niño cuya familia arruiné porque tuve una aventura con su madre. O cuando alguien le hable de algún evento formal al que acudí tan borracho que ni me mantenía en pie. O el encantador detalle de que me echaron de Oxford porque le prendí fuego a mi habitación. ¿Y qué te parece esto? Imagina el momento en el que tenga que decirle que su padre me odió hasta el día de su muerte por haberle hecho la vida imposible en el internado.

—Si su madre te ha perdonado, ¿no crees que él será capaz de hacerlo?

—Al cuerno con el perdón. Eso no borra nada.

—Creo que no comprendes cómo funciona el perdón.

West levantó la cabeza y dijo con desesperación:

—Tenemos que dejar el tema. Phoebe llegará pronto para hablar de los libros de cuentas de la propiedad. —Se arrepentía muchísimo de haberla invitado. Fue un impulso estúpido.

Devon se puso en pie con un suspiro.

—Antes de irme, deja que te diga una cosa sobre las mujeres que me ha costado mucho entender.

—Dios, ¿es necesario?

—No solo importa lo que tú deseas. También es importante lo que desea ella. Tus intenciones no cuentan, porque a la mayoría de las mujeres no le gusta que tomemos decisiones por ellas.

Phoebe se acercó a la puerta del gabinete, que estaba entreabierta, y llamó con los nudillos en la jamba. Le recordó a cuando entró en la habitación del señor Ravenel y se lo encontró medio desnudo, y sintió un aguijonazo provocado por los nervios.

—Lady Clare. —El señor Ravenel apareció en el vano, compuesto y muy guapo con su traje oscuro y una corbata de rayas muy conservadora. Llevaba el pelo bien peinado hacia atrás y estaba recién afeitado. Nadie sospecharía lo que se ocultaba debajo de todas esas capas de hombre civilizado, pensó y se ruborizó porque sabía que tenía puntos justo por encima de la cadera izquierda, así como una magulladura que le había hecho la pezuña de una oveja en el antebrazo derecho y la marca del sol por debajo de la cintura, por no hablar del vello de su torso que la intrigaba cada vez que pensaba en él.

Después de recibirla en el gabinete, la invitó a sentarse a una mesa llena de libros.

—Qué novedad verlo vestido por completo —dijo ella a la ligera.

El señor Ravenel se volvió y se apoyó en la mesa, mirándola con una sonrisa.

—¿Vamos a empezar flirteando?

—No estaba flirteando.

—No nos engañemos, milady: su alusión a mi vestimenta y a mi previa falta de ella era, sin lugar a dudas, un flirteo.

Phoebe se echó a reír. Ese día la trataba de una forma distinta, con afabilidad templada por cierto distanciamiento. Fue un alivio; así las cosas serían mucho más sencillas.

—Ha sido un flirteo accidental —le aseguró.

—Podría sucederle a cualquiera —convino él, magnánimo.

Al ver la alta pila de libros de cuentas, hizo una mueca.

—Por el amor de Dios.

—Llevamos un libro de cuentas para cada área de la propiedad. La casa, las cosechas, la producción láctea y las gallinas, el ganado, los sueldos, el inventario y demás. —El señor Ravenel la miró con expresión interrogante—. ¿No lo hacen así en Clare Manor?

—Nunca he mirado los libros de cuentas de la propiedad

—admitió Phoebe—. Solo el de la casa, que el ama de llaves y yo supervisamos juntas. Edward Larson se ha ocupado del resto de los libros desde el agravamiento de la enfermedad de Henry.

—¿Por qué no tenía un administrador para que se encargara de la gestión?

—Era bastante mayor y quería retirarse. Fue un alivio que Edward se ofreciera a encargarse de todo. Henry confiaba en él plenamente.

—¿Eran primos?

—Sí, pero se consideraban más hermanos. A Henry no le gustaba relacionarse con personas ajenas a su familia o a la mía. Prefería que su mundo fuera reducido y seguro.

El señor Ravenel ladeó un poco la cabeza, y la luz se reflejó en su lustroso pelo tan oscuro como el chocolate.

—Y, por tanto, también lo era el suyo.

—No me importaba.

La miró con expresión pensativa.

—Por más que me guste el ritmo de la vida campestre, me volvería loco si no visitara de vez en cuando a mis amigos de Londres y pudiera disfrutar de los entretenimientos más sofisticados que se pueden encontrar en la ciudad.

—Hay cosas que echo de menos de Londres —reconoció ella—. Pero ahora estoy obligada a no ir a la ciudad, sobre todo durante la temporada social. Como viuda y madre de un vizconde menor de edad, seré el objetivo de todos los cazafortunas de Inglaterra.

—Si así logro que se sienta mejor, le prometo que nunca le propondré matrimonio.

—Gracias —repuso ella con una carcajada.

El señor Ravenel adoptó una expresión más seria y extrajo un ancho libro de cuentas de una pila antes de dejarlo delante de ella.

—¿Cuándo se muda a Essex?

—Dentro de dos semanas.

—Una vez que se acomode, pida los libros de cuentas generales. Uno de ellos tendrá los apuntes anuales de las ganancias y las pérdidas de la explotación agraria. Le conviene mirar los de los últimos cuatro o cinco años... ¿Por qué frunce el ceño? Es demasiado pronto para fruncir el ceño.

Phoebe cogió un lápiz y empezó a juguetear con él, golpeando la parte posterior contra el borde del libro de cuentas.

—Es por la idea de pedirle a Edward los libros de cuentas. Sé que se va a molestar. Se lo tomará como un indicio de que no confío en él.

—Esto no tiene nada que ver con la confianza. Él mismo debería animarla a involucrarse.

—La mayoría de los hombres no mostraría semejante actitud.

—Cualquier hombre con sentido común lo haría. Nadie protegerá con más ahínco los intereses de Justin y de Stephen que su madre.

—Gracias. Da la casualidad de que soy de la misma opinión. —Torció el gesto—. Por desgracia, Edward no lo aprobará, como tampoco lo hará la madre de Henry. De hecho, a nadie relacionado con Clare Manor le hará gracia. —Phoebe no se dio cuenta de que aferraba el lápiz con fuerza hasta que él se lo quitó de la mano con delicadeza.

—Sé lo intimidante que resulta tener que aprender todo esto —le dijo—. Pero no es nada en comparación con lo que ya ha pasado. —Le colocó una cálida mano encima de las suyas—. Tiene una voluntad férrea. Ha pasado meses infernales cuidando de un niño, de un marido moribundo y de una casa entera, con una paciencia infinita. Se saltó comidas y pasó noches en vela, pero nunca se olvidó de leerle a Justin un cuento antes de dormir y de arroparlo por las noches. Cuando se permitía llorar o perder el control, lo hacía en privado, durante unos minutos, y luego se lavaba la cara, recomponía su maltrecho corazón y salía con una expresión alegre en la cara y un montón de pañuelos en los bolsillos. Y todo eso lo hizo con el estómago revuelto la mitad del tiempo porque estaba esperando otro hijo. Nunca les falló a las personas que la necesitaban. No va a fallarles ahora.

Estupefacta por completo, Phoebe solo atinó a susurrar:

—¿Quién le ha contado todo eso?

—Nadie. —Las arruguitas que tenía en el rabillo de los ojos se hicieron más evidentes cuando sonrió—. Phoebe..., cualquiera que la conozca, aunque sea un poquito, sabe esas cosas de usted.

—«Guano peruano» —leyó Phoebe en voz alta de una lista de gastos—. ¿Se ha gastado cien libras en excrementos de murciélago importados?

El señor Ravenel, o West, que era como pensaba en él a esas alturas, sonrió.

—Si hubiera habido más, lo habría comprado.

Llevaban horas en el gabinete, pero el tiempo parecía haber pasado volando. West había contestado todas sus preguntas al detalle, sin paternalismos. Había abierto libros de cuentas, había desplegado mapas de la propiedad y de las granjas arrendadas en el suelo, y había sacado libros con títulos como *Química agraria y operaciones de drenaje del suelo cultivable* de las estanterías. En un principio pensaba que sería una sesión aburrida de sumar y restar columnas de números y de rellenar formularios. Sin embargo, había descubierto que la contabilidad de una propiedad consistía en mucho más que en números. Consistía en las personas, los animales, la comida, el tiempo, la ciencia, los mercados... Consistía en el futuro. Y el hombre que se lo estaba explicando se mostraba tan abierto y le apasionaba tanto el tema que incluso hacía que los métodos contables le parecieran interesantes.

La conversación se interrumpió cuando un criado les llevó una bandeja con un refrigerio de la cocina, consistente en unos sándwiches y vino frío.

—Gracias —dijo ella tras aceptar la copa de vino helado que West le ofrecía—. ¿Está permitido beber vino mientras se repasa la contabilidad?

—Le aseguro que no hay mejor forma de enfrentarse al inventario y al libro de tasación. —Levantó la copa para brindar—. Que Dios bendiga los campos.

—¿Es un brindis de agricultor?

—Es el brindis de los agricultores.

—Que Dios bendiga los campos —repitió Phoebe antes de beber un sorbo del refrescante vino. Una vez que el criado se marchó, cerrando la puerta al salir, se concentró de nuevo en la lista de fertilizantes que tenía delante—. ¿Por qué guano peruano? —preguntó—. ¿Los murciélagos británicos no producen lo suficiente?

—Sería de esperar. Sin embargo, el guano peruano es el que tiene más concentración de nitrógeno, que es lo que necesita el suelo arcilloso. —West pasó unas cuantas páginas y señaló una columna—. Mire estos campos de trigo.

—¿Qué significan todos esos números?

—Si calcula el total, esas cien libras en guano peruano nos ayudaron a aumentar la cosecha en novecientas fanegas de trigo.

Phoebe se quedó de piedra por la información.

—Quiero que todos los arrendatarios de Clare Manor tengan ese fertilizante.

West se echó a reír por su entusiasmo.

—El nitrógeno no es adecuado para todos los terrenos. Cada parcela tiene un suelo y unos problemas de drenaje distintos. Por eso un administrador se reúne con cada arrendatario al menos dos veces por año para hablar de su situación particular.

—Oh. —El entusiasmo de Phoebe se apagó enseguida, y decidió beber un sorbo de vino para disimular lo que sentía.

West la miró fijamente.

—¿Larson no se reúne con ellos regularmente?

Phoebe contestó con la vista clavada en la página que tenía delante.

—Los Larson creen que es mejor no relacionarse mucho con sus arrendatarios. Dicen que eso los anima a hacer demasiadas exigencias, y a pedir favores, y a relajarse con el pago de la renta.

Según Edward, las revueltas de arrendatarios como las que han tenido lugar en Irlanda hace poco podrían repetirse aquí. Algunos propietarios incluso han muerto a manos de sus arrendatarios.

—En todos y cada uno de esos casos —replicó West con voz seria—, el propietario era famoso por haber abusado y maltratado a sus arrendatarios. —Se quedó callado un momento—. De modo que... ¿Larson se comunica con los arrendatarios a través de un intermediario?

Phoebe asintió con la cabeza.

—Envía a un alguacil para recaudar la renta, y si no...

—¿Manda a un alguacil? —West ya no parecía tan calmado—. Por el amor de Dios, ¿por qué? Podría usar a un agente inmobiliario o... Por Dios, a cualquier otra persona. ¿De verdad es necesario usar a un agente de la ley para aterrorizar a los arrendatarios dos veces al año?

Tras apurar el vino, Phoebe dijo a la defensiva:

—Las cosas se hacen de un modo distinto en Essex.

—Da igual dónde esté, Phoebe, un puesto de administrador obliga a administrar cosas, maldición. ¿Larson es tan soberbio que es incapaz de mantener una conversación con un humilde agricultor? ¿Cree que la pobreza se contagia?

—No —contestó Phoebe con vehemencia—. Ay, he conseguido que le caiga mal Edward al darle una impresión errónea. Es un...

—No, ya me caía mal.

—Es un hombre encantador, siempre amable y tierno; pasó muchas horas junto a la cama de Henry, leyéndole y consolándolo, y también consolándome a mí. Me apoyé en Edward y aprendí a confiar en él incluso en los peores momentos...

—De hecho, lo odio.

—Y fue muy bueno con Justin, y Henry se dio cuenta de todo, que es por lo que me pidió que le prometiera que... —Se interrumpió de repente.

West la miró sin parpadear.

—¿Que le prometiera qué?

Phoebe soltó la copa de vino vacía.

—Nada.

—¿Cuál fue la promesa?

—No es nada.

—¡La madre que me parió! —masculló West, y ella sintió que la taladraba con la mirada—. Se me acaba de ocurrir una locura. Pero no puede ser verdad.

Phoebe pasó páginas del libro de cuentas sin ton ni son.

—Me estaba preguntando..., ¿a qué equivale una fanega?

—A cincuenta y cinco litros y medio. Dígame que no es verdad.

Ansiosa por escapar, Phoebe se apartó de la mesa y se acercó a las estanterías.

—¿Cómo voy a saber lo que está pensando?

La voz de West sonó como el restallido de un látigo lo que hizo que ella se sobresaltara.

—¡Dígame que Henry no la obligó a prometerle que se casaría con su dichoso primo!

—¿Le importaría bajar la voz? —susurró Phoebe con sequedad al tiempo que se volvía para mirarlo—. ¡Preferiría que no se enterase toda la casa!

—Por Dios, lo hizo. —Por algún extraño motivo, West estaba colorado—. Y se lo prometió. Por lo más sagrado, ¿cómo se le ocurrió prometérselo?

—Henry estaba preocupadísimo por Justin y por mí, y por el bebé que venía de camino. Quería saber que nos querrían y nos cuidarían. Quería que su propiedad y su casa estuvieran a salvo. Edward y yo encajamos.

—Ese hombre jamás dejará de ser un Henry de pacotilla a sus ojos.

—¡Edward es mucho más que un Henry de pacotilla! Qué presuntuoso es al... ¿Cómo se...?

—No hay ni un ápice de pasión entre ustedes. Si la hubiera, ya se habría acostado con usted a estas alturas.

Ella siseó al oírlo.

—He estado de luto, so..., so..., ¡so cretino!

West no pareció arrepentirse en lo más mínimo.

—Han pasado dos años. Si yo estuviera en el lugar de Larson, al menos la habría besado.

—He estado viviendo en casa de mis padres. No se ha presentado la oportunidad.

—El deseo busca la oportunidad.

—No soy una jovencita que sueña con un beso robado detrás de una hoja de palmera. Ahora tengo otras prioridades. Edward sería un buen padre para mis hijos, y... —Phoebe se volvió de nuevo hacia las estanterías y se dispuso a colocar bien una fila de libros antes de limpiarle el polvo al lomo de uno de los viejos ejemplares—. Las relaciones físicas no lo son todo.

—Por lo que más quiera, Phoebe, tampoco son algo a despreciar.

Ella lo miró de reojo y vio que tenía la cabeza apoyada en las manos.

—Las mujeres y los hombres tienen necesidades distintas.

—Me está matando —lo oyó decir con un hilo de voz.

Uno de los libros tenía la encuadernación rota. La acarició con un dedo, como si así pudiera sanarla.

—Los recuerdos bastan —continuó ella en voz baja.

Silencio.

—Casi todos esos sentimientos murieron con Henry —añadió.

Más silencio.

¿Se había marchado West? Desconcertada por la falta de réplica, se volvió para mirarlo y dio un respingo al encontrárselo justo detrás.

Antes de que pudiera hablar siquiera, West la estrechó entre sus brazos y se apoderó de su boca.

18

El beso fue increíble, con sabor a vino, y más apasionado a medida que pasaban los segundos. Phoebe sintió el roce de la lengua de West, como si tratara de degustarla al máximo antes de que ella lo detuviera. Sin embargo, la estrechó contra su pecho y ella no pudo evitar rendirse y apoyar la cabeza en su brazo. Esa era la verdad que su cuerpo no podía disimular: lo deseaba. Deseaba su pasión, sentir sus corazones latiendo al mismo tiempo.

Los húmedos besos de West se trasladaron de su boca al cuello. Al encontrar el punto donde el pulso le latía desbocado, lo besó y lo acarició con la lengua.

—No eres un objeto que poseer —le dijo con voz alterada—. No puedes pasar de un hombre a otro como si fueras un cuadro o un jarrón antiguo.

—Las cosas no son así —protestó ella con un hilo de voz.

—¿Te ha dicho que te desea?

—No en el sentido en el que tú te refieres. Es..., es un caballero...

—Yo te deseo con todo mi cuerpo. —West recorrió el contorno de sus labios con la boca antes de besarla con frenesí, de manera un poco brusca. La pegó por completo a él, y se vio obligada a ponerse de puntillas, rozando el suelo apenas con las puntas de los pies—. Solo puedo pensar en ti. Solo te veo a ti.

Eres el centro de una estrella y la fuerza de la gravedad me atrae irremediablemente hacia ti, y me importa un bledo acabar incinerado por completo. —Apoyó la frente sobre la suya, jadeando—. Eso es lo que él debería haberte dicho.

En algún rincón de la mente de Phoebe seguía habiendo pensamientos racionales, palabras sensatas, pero todos quedaron ahogados por la marea de sensaciones cuando su boca la reclamó de nuevo. La besó con la pasión arrolladora de un hombre viril, despacio y de forma implacable, devorándola como si él fuera el fuego y ella, el oxígeno. Se entregó a él, se aferró a él, se derritió contra él. Los brazos que la rodeaban eran tan poderosos que podrían aplastarla. El corazón le latía tan rápido que le daba vueltas la cabeza y le flaqueaban las rodillas.

West la instó a que se tumbara en el suelo, despacio y controlando en todo momento el movimiento. Tras arrodillarse sobre ella, atrapándola entre sus piernas, se quitó la chaqueta y la arrojó al suelo antes de deshacerse de la corbata de un tirón. Phoebe sabía que podría detenerlo con una sola palabra, pero se limitó a esperarlo, temblorosa por la emoción de lo que estaba por llegar, cosas a las que ni siquiera podía ponerles nombre. West extendió un brazo para levantarle las faldas un poco y dejar a la vista sus tobillos. Le quitó los zapatos de tacón bajo y le aferró los pies con delicadeza por los talones antes de... ¡Inclinarse para besárselos por encima de las medias de seda!

No atinó a hacer otra que mirarlo, atónita por la ternura y la reverencia del gesto.

Él le sostuvo la mirada. El color azul de sus ojos parecía sacado de un sueño. Se inclinó sobre ella y la invitó, con el peso de su cuerpo, a separar las piernas por debajo de las faldas del vestido. Acto seguido, le colocó un brazo debajo de la cabeza y la besó de nuevo en la boca. Se mostró atento, cuidadoso y entregado a su respuesta. Le acarició con las manos la poca piel que quedaba expuesta sin desvestirse: las muñecas, el cuello, la zona posterior de las orejas.

El delicado roce de esos labios les prendió fuego a sus terminaciones nerviosas y no pudo evitar retorcerse bajo él. Empezaba a entender mejor que nunca lo que era la tentación, su capacidad de echar por tierra toda una vida virtuosa en cuestión de minutos. Se le había aflojado el corpiño del vestido... West se lo había desabrochado sin que ella se diera cuenta. Llevaba un corsé con ballenas cortas y seda elástica, más flexible que los modelos normales rígidos, confeccionados con varillas de hierro y un tejido rígido de algodón. Tras desabrocharle la parte superior, liberó sus pechos de las copas. Sintió la húmeda caricia de su lengua sobre un pezón, ya endurecido. Acto seguido, West lo atrapó entre los labios y lo succionó con suavidad, haciendo que el placer la envolviera. Después se trasladó al otro pecho y procedió a darle el mismo tratamiento al sensible pezón, succionándolo y lamiéndolo.

Una de sus manos descendió para aferrarle la parte delantera de las faldas y subírselas, de manera que solo los separaban sus pantalones y la delgada tela de sus calzones. En ese momento, dejó más peso sobre ella, para que sintiera la dureza de su erección en la parte más sensible de su cuerpo, que en ese instante ardía de deseo. Siguió acariciándole los pechos con las manos, atrapándolos con la áspera palma mientras le acariciaba los pezones con los pulgares. Por más que intentara quedarse quieta, el placer la invadía por completo y la hacía retorcerse, palpitar, estremecerse..., si bien empezaba a concentrarse en un lugar concreto que ansiaba mucho más. Elevó las caderas y procedió a moverlas con un ritmo que se escapaba a su control. Más tarde podría avergonzarse por el recuerdo de su indecoroso comportamiento, pero de momento el deseo la subyugaba.

Se le escapó un gemido ronco cuando West se colocó a su lado, liberándola de su peso, e intentó que volviera a ponerse encima.

—Phoebe..., no —dijo él con la respiración entrecortada—. Estoy muy cerca de..., no puedo...

Lo interrumpió apoderándose de sus labios para darle un beso exigente. Él se rindió y volvió a aprisionarla con su cuerpo, entre el frufrú de las capas del vestido. El corpiño aflojado no le permitía mover los brazos con libertad, de manera que se sentía aprisionada. West le besó los pechos, lamió la parte inferior y acarició sus curvas. Extendió la mano hacia abajo y la tocó por encima de los calzones hasta dar con la abertura. Descubrió sus rizos y los acarició lentamente, expandiendo las sensaciones. Con mucha delicadeza, separó los pliegues y procedió a explorar su sedoso interior.

Ansiosa por experimentar más placer, porque sus caricias se hicieran más ardientes, elevó las caderas contra la palma de su mano, pero él siguió tocándola con delicadeza, explorándola muy despacio. Por Dios, West sabía lo que se hacía. Logró que respondiera poco a poco, la hizo esperar, aumentando la tensión y la expectación. Poco a poco, como si fuera de forma accidental, fue introduciendo un dedo hasta rozarle el clítoris. Todo su cuerpo se estremeció.

Un anhelo voraz la consumió al sentir que retiraba el dedo.

—Por favor... —le suplicó con la boca seca.

West la miró con el asomo de una sonrisa en los labios y una expresión ardiente en los ojos azules. Bajó la cabeza hacia un pecho y se llevó el pezón a la boca. Acto seguido, pasó varios minutos succionándolo y lamiéndolo mientras le recorría el cuerpo lentamente con la mano. Después de torturarla con desvíos y demoras, se detuvo por fin entre sus muslos y buscó la húmeda y vulnerable entrada a su cuerpo. Ella lo aferró por los hombros, le enterró la cara en el cuello y tensó las piernas entre jadeos. La penetró con un dedo, muy despacio, permitiendo que se acostumbrara a la invasión. Sintió que la tocaba por dentro, que la acariciaba en algún lugar que hizo que la tensión la invadiera por completo.

Poco a poco, retiró el dedo y comenzó a juguetear con los pliegues de sus labios menores, como si fueran pétalos de flores, antes de regresar al clítoris. La aspereza de ese dedo que se movía sobre su sexo le provocó una oleada de placer. La tensión fue creciendo en su interior, tan erótica e insoportable que habría hecho cualquier cosa con tal de aliviarla.

—Qué sensible eres —susurró él contra una de sus acaloradas mejillas—. Sería mejor para ti..., más delicado..., si usara la lengua. ¿Quieres?

Phoebe contuvo el aliento.

Él la miró con un brillo burlón en las profundidades de los ojos al ver su reacción.

—Oh... No creo que... —fue lo único que logró decir.

West le acarició los labios con los suyos.

—Mi lema es: «Nunca lo sabrás hasta que lo pruebes».

—Es el peor lema que he oído en la vida —replicó ella con un hilo de voz, lo que le arrancó a él una sonrisa.

—Bueno, hace que mi vida sea interesante. —Esos dedos tan hábiles y pícaros la acariciaron entre los muslos mientras susurraba—: Déjame besarte aquí. —Al verla titubear, añadió—: Sí. Di que sí.

—No, gracias —lo contradijo ella cada vez más alarmada, y él se rio.

Sintió una repentina presión y, de repente, comprendió que estaba tratando de penetrarla con dos dedos.

—Relájate. Eres tan suave, tan delicada... Phoebe... Voy a pasarme las siguientes diez mil noches soñando con tu preciosa boca, con tu divina figura y con todas esas pecas que te convierten en una obra de arte.

—No te burles de mí —le dijo casi sin aliento antes de morderse el labio mientas su cuerpo se rendía a la delicada invasión y sentía cómo movía los dedos en su interior a medida que la penetraban.

—¿Quieres una prueba de mi sinceridad? —De forma deliberada, presionó su erección contra su mulso—. ¿Lo sientes? Eso es lo que me sucede solo con pensar en ti.

Ese hombre era un desvergonzado. ¡Presumiendo de su miembro viril como si fuera algo de lo que estar orgulloso! Aunque... debía admitir... que parecía considerable. Se debatió contra la irresistible curiosidad unos instantes antes de permitirse acercar la mano. Mientras deslizaba la palma por la dura superficie, de un extremo a otro, parpadeó y murmuró:

—Por el amor de Dios. —Apartó la mano al instante, y él sonrió al verla ruborizarse.

—Bésame —susurró West—. Como si estuviéramos en la cama y tuviéramos toda la noche por delante. —La penetró aún más con los dedos—. Bésame como si estuviera dentro de ti.

Phoebe lo obedeció ciegamente, sintiendo el aleteo de un millar de mariposas en el estómago. Él la acarició y la torturó, penetrándola por entero y retirando después los dedos para juguetear con los rizos húmedos de su sexo o para acariciarle los pechos. Era sorprendente lo mucho que parecía conocer sobre su cuerpo, los lugares que eran demasiado sensibles para soportar las caricias directas, el ritmo que más la excitaba.

Nunca había experimentado sensaciones semejantes, que la recorrían por entero y que despertaban todos sus sentidos. Cada vez que llegaba al borde del orgasmo, él se detenía y la hacía esperar hasta que la pasión disminuía y empezaba de nuevo. A esas alturas se estremecía por la necesidad de llegar al clímax, pero él hizo caso omiso de sus súplicas y protestas, decidido a tomarse todo el tiempo que quisiera. La penetró con delicadeza con los dedos y le colocó la otra mano en la parte superior, acariciando los laterales del clítoris. Sus músculos internos se estremecían sin cesar, en una serie de espasmos que era incapaz de controlar.

El placer la recorrió como un toque de corneta y, en esa ocasión, West no se detuvo, la llevó directa al precipicio y la guio para dar el salto. Un brillo cegador apareció ante sus ojos y los espasmos sacudieron sus músculos sin control. West silenció su grito apoderándose de sus labios y la besó con el ardor que ella ansiaba, y durante todo el tiempo que ella quiso. Mientras tanto, siguió acariciándola y torturándola hasta que los espasmos se convirtieron en trémulos estremecimientos y los estremecimientos, en un simple temblor. Poco a poco, retiró los dedos de su cuerpo. Acto seguido, la abrazó y la estrechó contra él mientras Phoebe jadeaba en busca de aire y se recuperaba.

Sin querer analizar la maraña de pensamientos que le invadían la cabeza, se preguntó qué sucedería a continuación. Debido a la postura que tenían, percibía todavía la dureza de su erección. ¿Querría satisfacer también él su deseo? ¿Qué podía hacer por él y cómo podía hacerlo? Por Dios, la mente le funcionaba bien, pero estaba abotargada por el placer y tenía el cuerpo tan flojo como un saco de sal molida. Sentía una espantosa timidez por lo que acababan de hacer, pero también estaba agradecida y al borde de las lágrimas. Nunca se había sentido tan bien como en ese momento, protegida entre sus brazos, a salvo, calentita y satisfecha.

West se movió con delicadeza y empezó a colocarle la ropa, ajustando prendas y abrochando cierres con gran habilidad. Al parecer, lo único que ella podía hacer era quedarse quieta como si fuera una muñeca abandonada, temerosa del momento de regresar a la realidad.

Una vez que la ayudó a incorporarse hasta que estuvo sentada, le dijo con un deje sarcástico:

—¿Qué decías sobre esos sentimientos que ya no tenías...?

Ella lo miró sorprendida y se tensó, como si acabara de arrojarle un jarro de agua fría a la cara.

Lo chocante no fueron sus palabras, sino la expresión desapasionada con la que la miraba y la sonrisa arrogante y torcida que había aparecido en sus labios. El amante delicado había desaparecido, y en su lugar había un cínico desconocido.

La ternura y el vínculo que había sentido entre ellos habían sido un espejismo. Nada de lo que había dicho era cierto. Lo único que quería era demostrar que todavía albergaba necesidades físicas, y lo había conseguido de forma espectacular, humillándola en el proceso.

Su primer momento íntimo con un hombre que no era su marido y para él todo había sido un juego.

¡Qué ridícula se sentía!

—Espero que hayamos aprendido la lección —se burló él en voz baja, empeorándolo todo un poco más.

Sin saber cómo, Phoebe logró disimular el dolor y la furia tras una pétrea fachada.

—Desde luego —replicó con voz cortante, incapaz de mirarlo a la cara mientras se ponía en pie—. Aunque tal vez no sea la lección que usted tenía en mente —añadió de nuevo, tratándolo con una cortesía distante mientras se colocaba el corpiño en su sitio y se alisaba las faldas. Se alejó de un salto como una cervatilla asustada cuando él hizo ademán de acercarse para ayudarla—. No necesito más ayuda.

West se apartó al instante y esperó en silencio mientras ella acababa de colocarse la ropa.

—Phoebe... —dijo con un tono de voz más suave que el que había usado poco antes.

—Gracias, señor Ravenel —lo interrumpió ella, haciendo caso omiso de la debilidad que sentía en las piernas mientras se alejaba en dirección a la puerta. El momento de tutearse había pasado. En lo que ella se refería, no volverían a hacerlo jamás—. Ha sido una tarde muy instructiva. —Salió del gabinete y cerró la puerta con delicadeza, aunque lo que en realidad ansiaba era dar un buen portazo.

19

A simple vista, la cena de esa noche, la última reunión antes de que los Challon se marcharan a la mañana siguiente, fue un evento jovial y distendido. La boda y la visita habían sido un rotundo éxito, ya que habían estrechado los lazos entre ambas familias y habían allanado el camino para futuras interacciones.

Sin embargo, teniendo en cuenta el placer que le provocaba la velada a West, bien podría haberla pasado en una mazmorra medieval. El esfuerzo de parecer normal casi lo estaba matando. Admiraba en silencio a Phoebe, que parecía muy compuesta y sonriente. Su autocontrol era formidable. Se cuidó mucho de no evitarlo del todo, pero le prestó la atención justa para no levantar suspicacias. De vez en cuando, lo miraba con una sonrisa educada o se reía al oír algunos de sus comentarios ingeniosos, aunque sin mirarlo a los ojos en ningún momento.

«Es lo mejor», se había repetido West mil veces desde el tórrido encuentro en el gabinete. Había tomado la decisión correcta al hacer que lo odiase. Justo después de su orgasmo, mientras la estrechaba entre sus brazos y sentía su precioso cuerpo pegado con absoluta confianza contra él, estuvo a punto de confesar todo lo que pensaba de ella y todo lo que sentía. Incluso en ese momento, le aterraba pensar en lo que podría haber dicho. En cambio, la avergonzó a propósito y fingió que solo se había estado divirtiendo con ella.

Ya no habría expectativas, ni anhelos, ni esperanza para ninguno de los dos. Ella se casaría y tendría más hijos. Tendría la vida que se merecía.

Por desgracia, también la tendría él.

Después de una noche horrorosa que había pasado prácticamente en vela, West se despertó con una pesada losa en el estómago. Tenía la sensación de que alguien le había aparcado un motor de tracción en el pecho. Realizó sus rituales matutinos sin prisas, como todos los días. Estaba demasiado entumecido para sentir el calor de la toalla que usaba para suavizarse la barba antes de afeitarse. Al pasar junto a la cama deshecha, lo tentó la idea de meterse de nuevo en ella, vestido como estaba.

«Se acabó», se dijo con seriedad. Semejante muestra de tristeza y melancolía era muy poco masculina. Haría lo mismo de siempre, empezando por el desayuno. El aparador estaría lleno de chuletas a la parrilla, huevos, lonchas de beicon y jamón, rodajas de patatas aderezadas con hierbas y fritas en mantequilla, pudines de pan cada uno bañado con su propia salsa, un plato de rabanitos y encurtidos en hielo, frutas de la huerta cocidas con nata por encima...

Pensar en comida le revolvió el estómago.

Empezó a pasear de un lado para otro, se sentó, se levantó, dio más paseos y, por último, se detuvo delante de la ventana, donde apoyó la frente contra el frío cristal. Su habitación daba a los establos y a la cochera, donde ya estaban preparando los caballos y los carruajes para llevar a los Challon a la estación privada del ferrocarril que había en la propiedad.

No podía dejar que Phoebe se fuera así, odiándolo, pensando lo peor de él. No tenía claro cómo debían quedar las cosas entre ellos, pero sí sabía que no era así.

Pensó en lo que Pandora le había dicho la víspera de la boda, cuando le confesó que pensaba que no se merecía casarse con un hombre como St. Vincent. «No hay nada mejor que tener algo que uno no se merece», fue su respuesta.

Menudo imbécil arrogante. Por fin comprendía el terrible

riesgo y el dolor de desear a alguien que estaba muy lejos de su alcance.

Bajó al gabinete, donde los libros que le había mostrado a Phoebe el día anterior seguían apilados sobre la mesa. Buscó entre ellos y sacó el que quería. Se sentó a la mesa y cogió tinta y pluma.

Quince minutos más tarde, subió la escalera con el libro en la mano. No se detuvo hasta llegar a la puerta de la habitación de Phoebe. Se oían ruidos al otro lado, cajones que se abrían y se cerraban, la tapa de un baúl que golpeaba el suelo al abrirse. Oyó la voz apagada de Phoebe mientras hablaba con su doncella.

El corazón le latía con un ritmo tan alocado que parecía un pajarillo enjaulado. Llamó a la puerta con indecisión. Los sonidos del interior cesaron.

La puerta no tardó en abrirse, y la doncella lo miró con las cejas enarcadas.

—¿Sí, señor?

West carraspeó antes de decir con voz gruñona:

—Me gustaría hablar con lady Clare, un momento, si es posible. —Tras una pausa, añadió—: Tengo algo para ella.

—Un momento. —La puerta se cerró.

Pasó casi un minuto entero antes de que volvieran a abrir la puerta. En esa ocasión, fue Phoebe quien lo hizo. Llevaba un vestido de viaje y el pelo recogido con una complicada trenza en la coronilla. Parecía tensa y cansada, con la cara más blanca que el papel, salvo por el intenso rubor de las mejillas. La falta de color enfatizaba sus maravillosas facciones. La gente se enamoraría de esa increíble cara antes de darse cuenta siquiera de lo mucho que había que amar bajo la fachada.

—Señor Ravenel —lo saludó con frialdad, sin llegar a mirarlo a los ojos.

Sintiéndose como un idiota, West le ofreció el libro.

—Para ti.

Phoebe lo aceptó y miró el título.

—«*Guía moderna para terratenientes*» —leyó ella sin inflexión en la voz.

—Está repleto de información muy valiosa.

—Gracias, muy considerado por su parte —repuso ella, distante—. Si me disculpa, tengo que terminar de hacer el equipaje.

—Lo que sucedió ayer... —West hizo una pausa para tomar aliento. Era como si sus pulmones se hubieran reducido a la mitad—. Te engañé al decirte mis motivos. No lo hice para demostrar que seguías teniendo esas emociones. Quería demostrar que las tenías por mí. Fue un gesto egoísta y estúpido. No debería haberme tomado libertades contigo.

Phoebe frunció el ceño, salió al pasillo y cerró la puerta, tras lo cual miró a su alrededor para comprobar que estaban solos. En ese momento sí lo miró a los ojos con expresión fulminante.

—Eso no fue lo que me ofendió —repuso ella en voz baja y furiosa—. Fue cómo te comportaste después, tan ufano y...

—Lo sé.

—Y arrogante.

—Estaba celoso.

Phoebe parpadeó, ya que, al parecer, la había dejado de piedra.

—¿De Edward?

—Porque vas a casarte con él.

Phoebe frunció el ceño.

—No he tomado una decisión al respecto. Con todo a lo que tendré que enfrentarme cuando regrese a Clare Manor, el matrimonio no será lo primero que tenga en mente.

—Pero la promesa que le hiciste a Henry...

—No accedí a sacrificar mi sentido común —replicó ella con sequedad—. Le prometí que consideraría la idea porque era lo que Henry quería. Pero puede que nunca vuelva a casarme. O puede que me case con alguien que no sea Edward.

La idea de un desconocido cortejándola, haciéndole el amor, despertó en él el deseo de estampar el puño contra la pared.

—Ojalá que encuentres a alguien que te merezca —susurró—. Para mi desgracia, no tengo nada que ofrecerte, salvo una relación que te insultaría y te rebajaría.

—¿De verdad? Pues a mí me pareces un buen partido.

—No para ti —replicó sin pensar, pero se arrepintió al punto al verle la cara—. No quería decir...

—Lo entiendo. —Su voz habría podido cortar una manzana verde—. Solo me deseas como amante, no como esposa. ¿Es eso?

La conversación había tomado unos derroteros que no eran los que West esperaba.

—Ninguna de las dos cosas —se apresuró a decir—. Quiero decir que las dos... —Se estaba explicando fatal—. ¡Maldita sea! —Después de tragar saliva con fuerza, habló con una sinceridad desgarradora—. Phoebe, siempre has estado protegida de los hombres como yo. Nunca has tenido que enfrentarte a las consecuencias del sórdido pasado de otra persona. No podría hacerte algo así, ni a los niños. Necesitan un padre que puedan tener de ejemplo, no a alguien que los arrastre por el fango. En cuanto a mí..., no estoy hecho para el matrimonio. Y, de estarlo, nunca me casaría con una mujer que está tan por encima de mí en todos los sentidos. Soy consciente de lo mezquino que parece, pero incluso las mentes mezquinas conocen sus límites.

—No estoy por encima de ti —protestó ella.

—Eres demasiado perfecta para ser completamente humana. Perteneces a un orden superior...; no eres un ángel, pero casi. Ninguna mujer en mi vida, ni antes ni después de ti, me emocionará tanto como tú. No sé cómo llamarlo. Pero sí sé que debería venerarte un hombre que se haya ganado el derecho de hacerlo..., y que ese hombre no soy yo. —Hizo una pausa—. Me llevaré a la gata ahora.

—¿Qué?, ¿cómo? —preguntó Phoebe, que parecía un tanto aturdida.

—La gata. Métela en una cesta y la llevaré de vuelta al granero. A menos que quieras quedártela.

—No, yo... Gracias, no, pero...

—Ve a por ella. Esperaré.

Con expresión confundida, Phoebe entró en la habitación, aunque dejó la puerta entreabierta. Regresó enseguida con una enorme cesta de mimbre con tapa, de la que brotaban maullidos lastimeros.

West se la quitó de las manos.

—Cuando te vayas, no estaré presente para ver cómo se aleja el carruaje. No puedo. Si intento despedirme, seguro que digo algo que nos avergüence a los dos.

—Espera —dijo Phoebe con un hilo de voz—, tengo que preguntarte...

West no quería oír de qué se trataba. No soportaría oírlo. Se metió la cesta debajo del brazo, extendió el brazo libre y aferró a Phoebe de la nuca para besarla. Sintió cómo le temblaban los labios bajo los suyos. La deliciosa calidez de su respuesta se le coló bajo la piel, derritiendo la gélida desesperación. Por fin podía respirar de nuevo. Saboreó a placer su dulce y voluptuosa boca, mordisqueando esos sedosos labios, apoderándose de todo el sabor del que fue capaz. Quería pasar años y años besándola. En cambio, terminó con un empujón y la soltó.

—Olvidémonos también de este —dijo con voz algo ronca.

Y se marchó mientras era capaz de hacerlo, llevándose a la gata, que seguía protestando dentro de la cesta.

—No puedes irte —dijo Devon cuando West le comunicó que se iba al granero—. Los Challon se marchan pronto..., querrás despedirte de ellos.

—No, no quiero hacerlo —replicó de mala manera West, que todavía cargaba con la cesta donde estaba la furiosa gata—. Voy a quitarme de en medio hasta asegurarme de que se han ido.

Su hermano frunció el ceño.

—Creía que ibas a acompañarlos a la estación.

—Voy a acompañar a esta gata salvaje al granero.

—¿Qué le digo al duque si pregunta por tu ausencia?

—Solo hay tres motivos por los que me requieren en la propiedad —replicó West, malhumorado—: cuando algo se ha roto, se ha desbordado o se ha atascado en un lodazal. Usa cualquiera de esas excusas. Te garantizo que a los Challon les importará un comino que esté o no.

—¿Has discutido con lady Clare? ¿Por eso anoche pareció que estuviste sentado sobre un puercoespín durante toda la cena?

Le costó contener la sonrisa pese al mal humor.

—¿Eso parecía? Te aseguro que no fue tan cómodo.

Devon dejó de fruncir el ceño.

—No puedes huir de tus problemas.

—La verdad es que sí puedo —lo contradijo West mientras se alejaba con la cesta—. Mira, lo estoy haciendo ahora mismo.

—¿Has intentado sincerarte con ella sobre tus sentimientos? —oyó que decía Devon a su espalda.

—Madre del amor hermoso, ¿te has oído? —le preguntó sin darse la vuelta—. Kathleen me daría consejos más viriles.

Salió por la puerta trasera de la casa y no se detuvo hasta llegar a los edificios de la granja. La familiar escena, con sus ritmos, lo ayudó a recuperar la compostura y a mitigar el dolor en su mayor parte. Los siguientes días estarían llenos de trabajo físico extenuante, que con suerte lo agotaría lo suficiente para poder dormir por las noches.

Después de llegar al granero, dejó la cesta en el suelo con mucho cuidado, levantó la tapa y la volcó para que saliera la gata negra, que siseó y lo miró con cara de pocos amigos.

—Lo siento, Mecachis —se disculpó—. Los dos tenemos que volver al trabajo. Ve a cazar ratones.

La gata se alejó.

West se acercó a la herrería, donde Stub y varios hombres se afanaban arreglando un eje roto. Habían elevado la pesada carreta con una serie de poleas para llegar a las partes que se habían roto por debajo. Aunque no necesitaban su ayuda, ni tenía un buen motivo para quedarse a mirar, permaneció allí todo el tiempo que pudo. Cada pocos minutos consultaba el reloj de bolsillo, lo que al final hizo que Stub le preguntara de buen humor:

—¿No vamos lo bastante rápido para usted, señor Ravenel?

West esbozó una sonrisa torcida y meneó la cabeza mientras se guardaba el reloj.

—Quería asegurarme de que ciertos invitados se han ido antes de regresar.

Neddy lo miró con mucho interés.

—¿Qué pasa con la viuda pelirroja y el muchachillo? —se atrevió a preguntar—. ¿No quería despedirlos, señor?

—Lady Clare es una mujer única y excepcional —respondió West con voz triste—. Demasiado excepcional para mí, por desgracia. Con ella, iría la carreta delante del caballo, y no soy hombre que vaya detrás de una carreta.

Los hombres murmuraron su asentimiento. Sin embargo, Neddy repuso:

—Pues a mí me da igual si voy delante que detrás siempre que mi señora nos lleve derechos. —Todos se echaron a reír.

—A mí tampoco me importaría si la señora estuviera de buen ver —terció Stub—. Y la viuda Clare ha demostrado que es buena para criar: tendría un gatito sano de esa gata.

Aunque West sabía que el comentario no tenía la intención de ser irrespetuoso, miró a Stub con gesto elocuente a fin de indicarle que el tema estaba zanjado. Después de que quitaran el eje de la carreta, West regresó andando a Eversby Priory. La mañana era fresca y soleada. Un buen día para viajar.

Siguió el camino de gravilla que rodeaba la mansión para echar un vistazo a la avenida de entrada. No había carruajes, ni tampoco un enjambre de criados; los Challon se habían ido, no le cupo duda. Soltó un suspiro largo y entró por la puerta principal.

Pese a su considerable lista de tareas y deberes, se descubrió sin saber qué hacer. Se sentía como un árbol con el centro de gravedad descolocado, a punto de caer en cualquier dirección. La casa era un hervidero de actividad. Los criados limpiaban en silencio las habitaciones que se habían quedado vacías y quitaban las sábanas de las camas, mientras que otros se encargaban de recoger lo que quedaba en el aparador del comedor matinal, así como los platos y los cubiertos. West miró la cesta vacía que tenía en la mano. No estaba seguro de qué hacer con ella.

Fue a la habitación que había ocupado Phoebe y dejó la cesta cerca de la puerta. Habían hecho la cama a toda prisa; el lado en el que Phoebe había dormido no estaba liso del todo. Fue incapaz de resistirse y se acercó lo suficiente para acariciar la colcha mientras recordaba el delicado peso de su firme cuerpo, su aliento en la mejilla...

Un maullido lastimero interrumpió sus pensamientos.

—¿Qué diantres...? —masculló West mientras rodeaba la cama. Se quedó de piedra al ver a la gata negra, polvorienta e irritada—. ¿Cómo has llegado hasta aquí? —le preguntó—. ¡Acabo de dejarte en el granero!

Mecachis soltó otro maullido desconsolado y se puso a deambular por la habitación. Debía de haber regresado a la casa a la carrera nada más dejarla libre y se las había apañado para entrar. La gata se subió a la cama de un salto y se acurrucó en una esquina.

Al cabo de un momento, West se sentó en el colchón. Cogió uno de los cojines y buscó algún rastro de Phoebe. Al descubrir un leve olor a jabón y rosas, inspiró hondo. Cuando abrió los ojos, descubrió que la gata lo miraba fijamente, con una expresión acusadora y solemne en sus ojos dorados.

—No hay sitio para ti en su vida, lo mismo que me pasa a mí —le dijo con sequedad—. Ni siquiera hay sitio para ti en una casa.

La única reacción de Mecachis fue el movimiento de la punta de su raquítica cola como alguien que tamborileara, nervioso, con los dedos.

West se preguntó si volvería una y otra vez en busca de Phoebe. Era imposible no tenerle lástima al animalillo. Soltó un suspiro exasperado.

—Si consigo ayudarte a llegar hasta ella —dijo—, dudo mucho que se quede contigo. Sabrá Dios lo que será de ti. Es más, ¿de verdad quieres vivir en Essex? ¿Quiere alguien vivir allí?

El rabo siguió moviéndose.

West miró a la gata un buen rato.

—Puede que los alcancemos en la estación de Alton —pensó en voz alta—. Pero tienes que volver a meterte en esa cesta, que no te gusta nada. Y tenemos que ir a caballo, y eso seguro que te gustará menos todavía. —Una sonrisa involuntaria apareció en su cara mientras pensaba en lo mucho que se iba a enfadar Phoebe—. Me va a matar. Que me aspen si voy a arriesgar la vida por una gata de granero.

Sin embargo, la sonrisa no desapareció.

Tras haber tomado una decisión, West soltó el cojín y se levantó en busca de la cesta.

—Elige tu destino, gata. Como me arañes al meterte en la cesta, la aventura se acaba aquí. Si estás dispuesta a entrar..., ya veremos lo que se puede hacer.

—Uni, doli, treli, catoli... —canturreó Evie mientras jugaba con Stephen en el vagón privado de los Challon. Estaban sentados en uno de los divanes acolchados, con Sebastian en el rincón. El niño aplaudía con las manitas junto a su abuela, con la mirada clavada en su cara—. Quili, quileta...

Phoebe y Seraphina estaban sentadas en un diván justo enfrente, mientras que Ivo y Justin habían elegido una ventana desde la que observar la actividad del andén de la estación de Alton. Dado que la parada era corta, los Challon permanecieron en su vagón, que estaba decorado con paneles de arce americano, tapizado en terciopelo azul y con apliques bañados en oro. Para mantener una temperatura fresca en el interior, se habían colocado bandejas con hielo en el suelo, que estaban cubiertas por rejillas ornamentales.

La rima infantil terminó, y Evie empezó de nuevo con voz cantarina.

—Uni, doli, treli, catoli...

—Cariño —la interrumpió Sebastian—, llevamos contando desde que nos subimos al tren. Por mi cordura, te ruego que cambies de juego.

—Stephen, ¿quieres jugar al escondite? —le preguntó Evie a su nieto.

—No —fue la respuesta seria del niño.

—¿Quieres jugar a «piedra, papel, tijeras»?

—No.

La mirada traviesa de Evie se clavó en su marido antes de preguntarle al niño:

—¿Quieres jugar a los caballitos con el abuelo?

—¡Sí!

Sebastian esbozó una sonrisa torcida y extendió los brazos para coger al niño.

—Ya sabía que tenía que haberme quedado callado. —Se sentó a Stephen en la rodilla y empezó a trotar con él, mientras el niño chillaba encantado.

Phoebe volvió a mirar el libro que tenía en el regazo.

—¿Qué novela estás leyendo? —le preguntó Seraphina, que apartó la vista de un semanario de moda femenina—. ¿Es buena?

—No es una novela, ha sido un regalo del señor Ravenel.

Los ojos azules de Seraphina brillaron por el interés.

—¿Puedo verlo?

Phoebe le dio el libro a su hermana pequeña.

—¿*Guía moderna para terratenientes*? —preguntó Seraphina al tiempo que arrugaba la nariz.

—Está repleto de información que me hará falta cuando vuelva a Clare Manor.

Con cuidado, Seraphina abrió el libro y leyó las pulcras líneas escritas a mano.

Milady:

Cuando se encuentre en apuros, recuerde las palabras de nuestro amigo común Stephen Armstrong: «Siempre podrás salir de las arenas movedizas si no te dejas llevar por el pánico».

O pídame ayuda e iré a lanzarle una cuerda.

W. R.

Cada vez que Phoebe leía esas palabras, algo que había hecho al menos diez veces desde que salieron de Eversby Priory, se apoderaba de ella una sensación vertiginosa. Se había percatado de que West había marcado algunas partes del libro con equis, tal como ella marcó el libro de Henry hacía tanto tiempo. Un sutil flirteo esas equis, porque ella bien podría interpretarlas como besos, mientras que él podía seguir negándolo.

Qué hombre más irritante y complicado.

Ojalá esa mañana no hubiera ido a su habitación. Habría sido mucho más fácil abandonar Eversby Priory mientras seguía furiosa con él. En cambio, West había borrado de un plumazo todo el dolor y la furia que sentía con una sinceridad apabullante. Le había desnudado su alma. Prácticamente había dicho que la amaba.

La relación con él, si acaso podía llamarse así, había sucedido demasiado deprisa. No había habido tiempo para saborear nada, ni para pensar. Se habían comportado como si fueran adolescentes, llenos de pasión, impulsivos, sin sentido común. Jamás creyó que volvería a sentirse de esa forma, joven, esperanzada y deseada con fervor. West hacía que se sintiera como si tuviera cualidades ocultas a la espera de ser descubiertas.

—¿Le pedirás ayuda? —le preguntó Seraphina en voz baja, con la vista clavada en la dedicatoria.

Phoebe se aseguró de que sus padres seguían ocupados con Stephen antes de susurrar en respuesta:

—No lo creo.

—Está coladito por ti. —Seraphina le devolvió el libro—. Todo el mundo se ha dado cuenta. Y te gusta, ¿verdad?

—Sí. Pero hay muchas cosas que no sabes de él. Tiene un pasado escandaloso, y yo tengo que pensar en los niños. —Tituben, porque no le gustaba cómo habían sonado esas palabras, muy mojigatas y críticas. Suspiró y añadió con tristeza—: Ha dejado claro que el matrimonio es imposible.

Seraphina no daba crédito.

—Pero si todo el mundo quiere casarse contigo.

—Al parecer, no todo el mundo. —Phoebe abrió el libro y acarició las iniciales W. R. con la punta de un dedo—. Dice que no está hecho para la paternidad y..., en fin, el matrimonio no es adecuado para todos los hombres.

—Alguien con su aspecto debería estar obligado por ley a casarse —sentenció Seraphina.

Phoebe se echó a reír sin ganas.

—Parece un desperdicio, sí.

Un toquecito a la puerta lacada del carruaje los alertó de la presencia de un mozo y de un inspector de la estación al otro lado.

Sebastian alzó la vista y le devolvió el niño a Evie. Se acercó a hablar con los dos hombres. Al cabo de unos minutos, regresó al interior del vagón con una cesta que le ofreció a Phoebe, con expresión perpleja y jocosa.

—Acaban de dejar esto en la estación para ti.

—¿Ahora mismo? —preguntó Phoebe con una carcajada desconcertada—. ¡Vaya, si es la cesta de la costura de Ernestine! No me digas que los Ravenel se han tomado la molestia de enviar a alguien hasta Alton para devolverla.

—No está vacía —le advirtió su padre. La cesta se agitó y se bamboleó cuando su padre se la dejó en el regazo, momento en el que se oyó un maullido aterrador.

Sorprendida, Phoebe se apresuró a soltar el cierre de la tapa para levantarla.

La gata negra salió de un salto y trepó por su pecho hasta encaramársele al hombro con tanta ferocidad que nada habría podido soltarle las uñas.

—¡Mecachis! —exclamó Justin, que corrió hacia ella.

—¡Chis, chis! —chilló Stephen, emocionado.

Phoebe acarició a la asustada gata e intentó calmarla.

—Mecachis, ¿cómo...? ¿Por qué estás...? ¡Esto es cosa del señor Ravenel! Lo mato. Ay, pobrecilla mía.

Justin se puso a su lado y empezó a acariciar a la polvorienta e inconsolable gata.

—¿Vamos a quedárnosla, mamá?

—No creo que tengamos alternativa —contestó ella, distraída—. Ivo, ¿te importaría ir con Justin al vagón comedor en busca de comida y agua?

Los dos niños salieron corriendo.

—¿Por qué lo ha hecho? —se preguntó Phoebe—. Seguro que tampoco ha conseguido que se quede en el granero. Pero no está hecha para ser una mascota. Seguro que se escapa en cuanto lleguemos a casa.

Después de sentarse de nuevo junto a Evie, Sebastian dijo con sorna:

—Petirrojo, dudo mucho que esa criatura se vaya a separar de ti más de un paso.

Al ver que había una nota en la cesta de la costura, Phoebe la sacó y la desdobló. Reconoció la letra de West de inmediato.

> FELINA DESEMPLEADA BUSCA TRABAJO EN BUENA CASA
>
> A quien pueda interesarle:
>
> Por la presente, ofrezco mis servicios como ratonera experimentada y acompañante personal. Puedo proporcionar referencias de una familia de buena reputación si es necesario. Estoy dispuesta a aceptar comida y techo en vez de salario. A ser posible, con alojamiento en interior.
>
> Atentamente,
>
> MECACHIS, LA GATA

Phoebe levantó la vista de la nota y vio que sus padres la miraban con expresión interrogante.

—Una solicitud de empleo —explicó enfurruñada—. De la gata.

—¡Qué gracioso! —exclamó Seraphina, que leyó la nota por encima de su hombro.

—«Acompañante personal», ya, y yo soy ingeniero —masculló Phoebe—. Es un animal asilvestrado que ha vivido en edificios de la granja y que se ha alimentado de roedores.

—No lo tengo yo tan claro —repuso Seraphina con expresión pensativa—. Si de verdad fuera salvaje, ni se acercaría a las personas. Con tiempo y paciencia, tal vez se domestique.

Phoebe puso los ojos en blanco.

—Parece que vamos a descubrir si es posible.

Los niños volvieron del vagón comedor con un cuenco con agua y una bandeja con comida. Mecachis saltó al suelo el tiempo necesario para devorar un huevo duro, un canapé de anchoas y una cucharada de caviar negro de un platito plateado sobre hielo. Tras lamerse los bigotes y ronronear, saltó de nuevo al regazo de Phoebe, donde se acurrucó con un suspiro.

—Yo diría que se está adaptando bastante bien —comentó Seraphina con una sonrisa, antes de darle un suave codazo a su hermana—. Nunca se sabe quién puede dejar atrás un pasado escandaloso.

Dos campanadas y un largo silbido anunciaron la salida del tren. Cuando la locomotora empezó a alejarlos de la estación de Alton, Phoebe sintió una enorme tristeza en su interior. El silbido de un tren tenía algo melancólico, ya que las notas gemelas parecían formar un paréntesis vacío en el aire. Abrumada por un anhelo que, por una vez, no tenía nada que ver con Henry, apartó la cortina con su remate de flecos dorados para mirar el andén.

Vio una silueta alta y delgada, apoyada contra una columna, entre los pasajeros que se habían apeado y los mozos de la estación.

West.

Sus miradas se encontraron en la distancia mientras el vagón pasaba por delante. Phoebe dejó de respirar, estremecida por una miríada de escalofríos. No se trataba solo de deseo físico, aunque desde luego que era un factor importante. En cuestión de unos días, se había establecido un vínculo entre ellos. Un vínculo inconveniente y doloroso que ojalá no durase mucho. Lo miró sin parpadear, intentando no perderlo de vista durante el máximo tiempo posible.

Con una sonrisa torcida, West se tocó el ala del sombrero. Acto seguido, desapareció de su vista.

20

Essex
Tres meses después

Phoebe levantó la vista del escritorio cuando vio que entraba Edward Larson, tan alto y desgarbado, en el salón de Clare Manor.

—Buenos días —lo saludó con alegría—, no te esperaba.

En su enjuto rostro apareció una sonrisa cariñosa.

—Espero que sea una sorpresa agradable.

—No podía ser de otra manera.

Como siempre, Edward estaba vestido y peinado de forma impecable, la imagen perfecta del caballero rural. Llevaba el pelo castaño con la raya a un lado y ondulado de forma exquisita. Iba afeitado, pero no por decisión propia. En una ocasión intentó dejarse las patillas largas para ir a la moda, pero descubrió que el vello facial le crecía muy poco y de forma irregular, como el de un mozalbete, de manera que abandonó el intento.

—Me da la impresión de que el salón está distinto —comentó al tiempo que le echaba un vistazo a la estancia—. ¿Has cambiado algo?

—Las cortinas.

—¿Son nuevas? —preguntó él mientras observaba las cortinas beis de seda.

Phoebe soltó una carcajada.

—¿No recuerdas las de brocado marrón que han estado aquí durante los últimos treinta años?

Él se encogió de hombros con una mirada risueña.

—La verdad es que no. En cualquier caso, estas me gustan.

Las cortinas formaban parte del proyecto de redecoración que había emprendido Phoebe nada más regresar a Clare Manor. Se había horrorizado al descubrir que, después de más de dos años, toda la casa seguía pareciendo la residencia de un enfermo. Silenciosa y con olor a cerrado, con las gruesas cortinas corridas en todas las ventanas, y con las paredes y las alfombras polvorientas. Comparada con la luminosa y bien ventilada mansión de su familia en Sussex, el cambio le resultó espantoso. Si sus hijos debían vivir en esa casa, tendría que limpiarla y redecorarla.

Había encargado a Londres libros de muestras de papel, telas y pinturas, usando fondos de sus bienes parafernales. Había contratado a pintores locales para que pintaran las paredes de color beis, y a trabajadores que habían pulido el suelo y todos los acabados de madera de la mansión hasta dejarlos de su color natural. Las antiguas alfombras habían sido reemplazadas por otras tejidas a mano en Kidderminster, con fondos en color beis o verde salvia. Los sofás y las butacas de acabado capitoné habían sido tapizadas de nuevo con terciopelo verde o con *chintz* de estampado floral. Aunque distaba mucho de haber acabado, de momento estaba encantada con los resultados. El olor a humedad y a cerrado había sido reemplazado por el de la pintura fresca, la cera para la madera y el olor a nuevo. La casa había cobrado vida otra vez tras haber emergido de su largo periodo de luto.

—¿Llamo para que traigan el té? —preguntó Phoebe.

Edward negó con la cabeza mientras se inclinaba para besarla en la mejilla.

—Por mí no. Sintiéndolo mucho, no puedo demorarme. Solo he venido para discutir un asunto de negocios contigo.

—¿Has traído los libros de cuentas? —le preguntó ella esperanzada.

Él agachó la cabeza, como muestra de contrición.

Era evidente que no lo había hecho.

Ese gesto juvenil hizo bien poco para calmar la irritación de Phoebe, que la asaltó a modo de pinchazos por todo el cuerpo, como si estuviera rodeada por un enjambre de abejas.

Por motivos que no acababa de entender, Edward había decidido, sin consultarlo con nadie, llevarse del gabinete de Clare Manor todos los libros de cuentas, incluyendo los pertenecientes a la explotación agraria tanto de la propiedad como de los arrendatarios. Los había transferido a las oficinas privadas que compartía con su padre en el pueblo más cercano. Los Larson no solo gestionaban sus propiedades, también se encargaban de administrar las propiedades agrícolas de muchas familias adineradas del condado.

Cuando descubrió que los libros de cuentas habían desaparecido de Clare Manor, Edward se disculpó con ella por no habérselo consultado y le dijo que era más fácil para él llevarlos al día desde la oficina de su padre. Le había prometido que los devolvería a la mansión lo antes posible, pero cada vez que se lo recordaba, él siempre tenía una excusa conveniente a mano para explicar la demora.

—Edward, hace tres meses que te pedí que trajeras los libros —le reprochó Phoebe.

—Sabía que estarías ocupada con la redecoración.

Sin saber muy bien cómo, logró mantener la voz calmada a pesar de que la irritación iba en aumento.

—Soy capaz de hacer más de una cosa a la vez. Me gustaría que devolvieras los libros de cuentas lo antes posible. Vienes de visita al menos dos veces por semana, de lo cual nos alegramos mucho, de manera que podrías haberlos traído en cualquiera de dichas visitas.

—No es tan fácil como meterlos en una saca —señaló Edward—. Son grandes y pesados.

Phoebe frunció el ceño.

—Sin embargo, te las apañaste para sacarlos de la propiedad —repuso ella con un deje furioso en la voz—. ¿No puedes traerlos de vuelta usando el mismo método?

—Phoebe, querida —dijo él con un tono de voz diferente—, no me había dado cuenta de lo importante que es para ti. Pensé que..., en fin, tampoco es que vayas a usarlos.

—Quiero repasarlos. Quiero entender en qué estado se encuentra la propiedad, sobre todo en lo referente a los arrendatarios.

—La propiedad está bien —le aseguró Edward con vehemencia—. Las rentas están al día. No tienes motivos para preocuparte. —Hizo una pausa y torció el gesto—. Sé que los Ravenel te han alterado con sus ideas sobre la modernización, pero es mejor abordar el sistema de forma moderada. No nos interesa que te gastes todo el capital en un proyecto impetuoso. Mi padre recomienda aplicar las técnicas modernas de forma gradual, y eso es lo que yo hago.

—No estoy «alterada» —protestó Phoebe, que detestó la insinuación de que era una caprichosa o una cabeza de chorlito—. Quiero estar al tanto de los problemas y de las preocupaciones de mis arrendatarios, y discutir sobre las mejores opciones para ayudarlos.

En los labios de Edward apareció una sonrisa fugaz.

—Si le preguntas a cualquier arrendatario, te responderá con una lista enorme de necesidades y lamentos. Harán todo lo que puedan por sacarte hasta el último penique, sobre todo si les ofreces comprar maquinaria que haga el trabajo que les corresponde hacer a ellos.

—No creo que estén haciendo nada malo al desear que su trabajo sea menos arduo. Podrían ser más productivos realizando menos esfuerzos, y tal vez ganar un poco de tiempo libre con el cambio.

—¿Para qué necesitan tener tiempo libre? ¿Qué van a hacer? ¿Leer a Platón? ¿Asistir a clases de violín? Phoebe, estamos hablando de campesinos.

—No me preocupa la manera en la que decidan emplear su tiempo libre. La cuestión es si tienen derecho a él o no.

—Es evidente que tú opinas que sí. —Edward le sonrió con cariño—. Eso demuestra que tienes el corazón bondadoso y la compasión propios de una mujer, y me encanta descubrir esas cualidades en ti. En lo referente a los libros de cuentas..., si de esa manera te quedas tranquila, te los devolveré lo antes posible. Aunque no entenderás ni jota sin mi ayuda. Los asientos contables de Clare Manor tienen sus peculiaridades.

—En ese caso, vente una tarde y me explicas cómo llevar el registro de la contabilidad.

En cuanto lo dijo, recordó la tarde que había pasado con West... repasando libros y mapas, bebiendo vino, riéndose por sus comentarios ridículos sobre las vacas... y los ardientes minutos que había pasado en el suelo con él, enloquecida por la pasión y el placer. ¡Por Dios, cómo desearía poder olvidarlo todo! A esas alturas, el recuerdo de West debería haberse borrado de su mente, pero no era así.

Durante los tres últimos meses, Edward había hecho algunos avances y había convertido su amistad en un cortejo ligero y poco exigente. No había habido declaraciones de amor apasionadas, ni miradas abrasadoras, ni comentarios subidos de tono. Era demasiado caballeroso para eso.

La respuesta de Edward la devolvió al presente con brusquedad.

—Que sea un día entero —le prometió—. Sin embargo, no tendré tiempo para hacerlo hasta haber regresado de mi viaje. Ese es el tema de negocios que quería hablar contigo.

—¿Qué viaje? —quiso saber Phoebe, que le hizo un gesto para que se sentara a su lado, en el diván.

—Está relacionado con mi tía —contestó él—. Ayer por la mañana fue de visita a casa de mis padres.

—No lo sabía. —Meneó la cabeza, asombrada—. ¿Cómo es posible que vivamos en la misma casa y que no se haya dignado a mencionármelo?

La expresión de Edward se tornó triste.

—Entiendo que todavía existe cierta fricción entre vosotras por tu proyecto de redecoración.

Phoebe gimió y se apoyó en el rincón del diván al tiempo que ponía los ojos en blanco.

—Le dije que no podía convertir toda la casa en un altar en recuerdo de Henry. Todo estaba tan oscuro como un mortuorio. Llegamos al acuerdo de que no tocaría las estancias de la planta alta, me he mudado del dormitorio principal a uno más pequeño que está al final del pasillo, pero nada parece contentarla.

—Se acostumbrará con el tiempo —le aseguró Edward—. Mientras tanto, te alegrará saber que ha encontrado un balneario donde quiere pasar este año el invierno.

—¿Georgiana va a pasar el invierno fuera? —preguntó sin dar crédito—. ¿Después de haberse pasado dos años torturándome para que regresara a Clare Manor y que ella pudiera ver a sus nietos todos los días?

—¿Vas a mirarle los dientes a un caballo regalado?

—¡No! —exclamó al instante, arrancándole una carcajada a Edward—. ¿Cuándo se marcha el caballo regalado?

—Dentro de dos días.

—¿Tan pronto? ¡Por Dios!

—Hay un balneario nuevo en Bordighera, en la Riviera italiana, con villas amuebladas a precios razonables. Sin embargo, hay un problemilla. El encargado del balneario nos ha reservado dos villas para que elijamos, pero no nos puede asegurar que sigan vacías durante mucho tiempo a causa de la gran demanda. Mi tía me ha pedido que la acompañe y me encargue de alquilarle una para que pueda instalarse con tranquilidad. No sé cuánto tiempo estaré fuera. Calculo que unas dos semanas. Si Bordighera no nos parece el lugar adecuado, tendré que llevarla directamente a Cannes o a Niza, y buscar algún alojamiento allí.

—Es un poco pronto para buscar un lugar donde pasar el invierno cuando ni siquiera ha empezado el otoño, ¿no te parece?

—El caballo regalado —le recordó él.

—Tienes razón. —Phoebe suspiró y le sonrió—. Es muy amable por tu parte tomarte tantas molestias para complacerla.

—No es ninguna molestia. Henry me pidió que la cuidara, que os cuidara a las dos, y eso es lo que voy a hacer. —Se inclinó hacia delante para darle un beso fugaz y leve en los labios. Su boca tenía el agradable sabor de la canela—. ¿Qué te gustaría que te trajera de Italia? ¿Unas peinetas de coral para el pelo? ¿Un corte de piel para hacer unos guantes?

—Me conformo con que regreses sano y salvo.

—Lo haré. —Se acercó otra vez para volver a besarla, pero Phoebe se alejó hacia atrás un poco.

—Y asegúrate de devolver los libros de cuentas antes de marcharte.

—Eres una dama muy obstinada —susurró Edward con deje burlón, tras lo cual le robó otro beso—. Dicho sea de paso, y mientras me hablaba de sus planes, mi tía recalcó un tema importante: cuando se marche de la propiedad, mis frecuentes visitas pueden dar pie a desafortunados comentarios.

—No me preocupa darles pábulo a los rumores.

—Pero a mí sí —replicó Edward con una sonrisa—. Si no te preocupa tu reputación, piensa en la mía. —La tomó de la mano con suavidad—. Cuando vuelva, me gustaría anunciar nuestro compromiso. ¿Lo pensarás mientras estoy fuera?

La idea no le gustaba en lo más mínimo. Una vez que el compromiso se hiciera público, los presionarían para fijar la fecha de la boda lo antes posible.

—Edward —dijo con tiento—, deberías saber que no tengo prisa alguna por volver a casarme. Ahora que la niebla del dolor se ha disipado, tengo la intención de responsabilizarme de Clare Manor y de ayudar a que mis hijos aprendan lo que necesitan saber para el futuro.

—Yo puedo enseñarles todo lo que necesitan. En cuanto a la propiedad, ya eres la señora de la casa y no necesitas ser también el señor. —Sonrió al pensarlo—. El compromiso público puede esperar hasta que te encuentres preparada. He sido paciente hasta ahora, ¿verdad?

—Yo no te he pedido que esperes —señaló Phoebe, que frunció el ceño.

—No, ha sido decisión mía, y un privilegio también. Sin embargo, no me gusta pensar que te encuentras sin la protección de un hombre y que los niños no cuentan con la supervisión de un padre. Hay muchos aspectos en los que yo podría facilitarte la vida. Después de que nos casemos, te puedo ayudar a lidiar con mi tía, puedo ejercer de mediador entre vosotras. Me dijo que la tranquilizaría mucho contar con un hombre de nuevo en la casa, sobre todo si es un miembro de la familia en el que ella confía. —Se llevó su mano a los labios y le besó con suavidad los nudillos—. Te ofreceré compañía. Seguridad. Podríamos tener hijos, una hermana para Justin y Stephen, tal vez. O un niño que sea de los dos.

Phoebe le dio un apretón en la mano en señal de afecto antes de apartarla.

—Amigo mío —replicó con tiento—, mereces tener tu propia vida, no los restos de la que fuera la vida de Henry.

—Jamás se me ocurría calificaros a ti y a los niños de «restos». —Edward extendió un brazo y le acercó la cara a la suya—. Siempre te he tenido cariño, Phoebe. Pero ahora se ha convertido en algo más.

«No compares —se ordenó Phoebe mientras subía la escalera—. No lo hagas.»

Pero no pudo evitarlo.

Edward acababa de besarla varias veces, habían sido besos largos y lentos. Y, la verdad fuera dicha, le habían resultado agradables. Sus labios eran suaves y cálidos, y la habían acariciado con delicadeza. Su aliento le había resultado dulce al mezclarse con el propio. Pero no había experimentado nada parecido a la vertiginosa sensación que le provocaba la boca de West Ravenel cuando la besaba, ni a la urgencia arrolladora de su abrazo. Por más atractivo que le resultara Edward, jamás le provocaría un deseo trémulo, ni la reduciría a un estado de atolondramiento palpitante.

Era una comparación injusta. Edward era un perfecto caballero, de modales exquisitos y carácter reservado. West Ravenel, por el contrario, había sido educado con pocas restricciones, de manera que el resultado era que hablaba y actuaba con más libertad que los demás hombres de su posición. Era un hombre temperamental e impredecible: en parte héroe, en parte granuja.

Era un error que no podía permitirse cometer.

Invadida por la frustración y el anhelo, se dirigió al saloncito donde su suegra pasaba gran parte del día. La puerta estaba entreabierta. Tras llamar suavemente a la jamba y no recibir respuesta, entró.

Las paredes estaban empapeladas con un papel de un intenso color morado, y los muebles, tapizados con telas de color vino tinto y marrón. Las gruesas cortinas de brocado estaban corridas para impedir el paso de la luz del día, de manera que solo se alcanzaba a ver a Georgiana al lado de la ventana.

Su suegra estaba tomándose el té sentada a una mesa diminuta. Estaba tan quieta que bien podría ser la estatua de mármol en un mausoleo. El único movimiento que se alcanzaba a ver era el del vapor que se alzaba en volutas desde la taza de porcelana que tenía delante.

La figura de Georgiana había menguado muchísimo desde la muerte de Henry. El sufrimiento había hecho mella en su cara, como líneas escritas en un pergamino. Llevaba un vestido negro de sarga de seda, con unas voluminosas faldas pasadas de moda que la rodeaban de tal manera que se asemejaba a un pinzón en su nido.

—Georgiana —dijo Phoebe con suavidad, casi compungida—, ¿mi proyecto de redecoración es lo que te ha hecho huir de la casa? He mantenido mi promesa de no tocar las estancias de la planta alta.

—No debería haber consentido que hicieras el menor cambio. Ya no parece la casa en la que creció Henry.

—Lo siento, pero tal como te dije, no es bueno para Justin y Stephen crecer en penumbras. Necesitan luz, aire fresco y un entorno alegre. —«Como tú», añadió para sus adentros, mientras observaba con preocupación la palidez de la mujer.

—Deberían quedarse en la habitación infantil. Las estancias de la planta baja son para los adultos, no para que los niños jueguen.

—No puedo encerrarlos en la habitación infantil. Esta también es su casa.

—Antiguamente a los niños ni los veíamos ni los oíamos. Ahora parece que debemos verlos y oírlos a todas horas.

En opinión de Georgiana, los niños debían educarse de forma estricta y ser controlados dentro de unos límites establecidos. Para su frustración, jamás había sido capaz de controlar el espíritu irrefrenable de su hijo ni de seguir los intrincados vericuetos de su mente. Una de las primeras decisiones de Henry después de heredar la propiedad fue la de podar los setos de un jardín formal con forma de animales. Su madre se quejó de que resultaba indigno y de que era demasiado caro mantenerlo.

—Has convertido un jardín elegante en algo estrafalario —se quejó durante años.

—Es elegantemente estrafalario —replicaba siempre Henry con gran satisfacción.

Phoebe sabía que ver a Justin debía de despertar en su suegra recuerdos del pasado. Era más corpulento y más atlético que Henry, ya que no era tan delicado como él ni tan tímido. Pero había heredado el brillo travieso de sus ojos y su dulce sonrisa.

—Tus hijos son demasiado escandalosos —se quejó Georgiana con amargura—. Se pasan el día corriendo y gritando..., tanto ruido hace que me duelan los oídos. ¡Me duelen!

Consciente del motivo del sufrimiento de su suegra, Phoebe replicó con suavidad:

—Tal vez sea buena idea pasar el invierno en un clima agradable junto al mar. El sol y el aire fresco... creo que te sentarán bien. Edward me ha dicho que te marcharás pronto. ¿Puedo ayudarte en algo?

—Puedes empezar a pensar en el futuro de tus hijos. Ningún hombre será mejor padre para ellos que Edward. Sería lo mejor para todos que te casaras con él.

Phoebe parpadeó y se tensó.

—No estoy segura de que sea lo mejor para mí.

Georgiana agitó una mano, como si estuviera apartando un mosquito.

—No seas infantil, Phoebe. Has llegado a la etapa de la vida en la que hay más cosas que considerar además de tus propios sentimientos.

Tal vez fue algo bueno que su suegra la dejara un instante sin palabras. Mientras controlaba su temperamento con gran esfuerzo, se recordó que de los cinco hijos que había tenido Georgiana solo Henry sobrevivió a la infancia, y había muerto joven.

—No es necesario que me digas cómo debo preocuparme por el futuro de mis hijos —repuso Phoebe en voz baja—. Siempre los he antepuesto a todo y siempre lo haré. En cuanto a comportarme de forma infantil... Me temo que disto mucho de ser una niña. —Esbozó el asomo de una sonrisa—. Los niños son optimistas. Aventureros. Para ellos, el mundo carece de límites y las posibilidades son infinitas. Henry siempre fue un poco infantil en ese sentido. La vida nunca llegó a desencantarlo. Esa era una de las cosas que más me gustaban de él.

—Si lo quisiste, honrarás sus deseos. Henry quería que Edward se hiciera cargo de su familia y de su propiedad.

—Henry quería asegurarse de que nuestro futuro estaba en buenas manos. Pero ya lo está.

—Sí. En las de Edward.

—No. En las mías. Aprenderé todo lo que necesite saber para gestionar la propiedad. Si es necesario, contrataré a todo el personal que haga falta. Lograré que Clare Manor sea lo más próspera posible. No necesito un marido que lo haga en mi lugar. Si me caso de nuevo, será con un hombre que yo elija, cuando yo lo decida. No puedo prometer que vaya a ser Edward. He cambiado durante estos dos últimos años, pero de momento él no ve quien soy, solo ve quien fui. Y, por cierto, tampoco ve que el mundo ha cambiado. Obvia la realidad que no le gusta. ¿Cómo voy a confiarle nuestro futuro?

Georgiana la miró con gesto amargo.

—Edward no es quien obvia la realidad. ¿Cómo es posible que te imagines capaz de gestionar la propiedad?

—¿Por qué no iba a serlo?

—Las mujeres no somos capaces de ejercer liderazgo. Nuestra inteligencia no es menor que la de los hombres, pero está adaptada para el propósito de la maternidad. Somos lo bastante listas para hacer funcionar una máquina de coser, pero no la hemos inventado. Si les preguntas a mil personas si confían en ti o en Edward para gestionar la propiedad, ¿qué crees que responderán?

—No voy a pedirles opinión a mil personas —repuso Phoebe con voz serena—. Solo es necesaria la opinión de una persona y da la casualidad de que es la mía. —Echó a andar hacia la puerta, pero se detuvo porque no pudo resistirse a añadir—: Eso es ejercer el liderazgo.

Y con esas palabras dejó a su suegra en silencio, hirviendo de furia.

21

La mañana de la marcha de Georgiana, Phoebe se aseguró de que sus hijos se vestían con sus mejores galas para despedirse de ella a lo grande. Justin lucía unos pantalones cortos de sarga negra con una camisa de lino con cuello de marinero, y Stephen llevaba un blusón de lino con el mismo tipo de cuello. Los tres esperaron en el vestíbulo principal, mientras que Edward le daba órdenes a un par de criados para que cargaran los últimos baúles y bolsas en el carruaje que esperaba fuera.

—Abuela, esto es para que lo leas en el barco —le dijo Justin mientras le ofrecía su regalo. Era un libro de imágenes que él había dibujado y pintado. Phoebe había cosido las páginas y lo había ayudado a escribir correctamente las palabras que acompañaban las ilustraciones—. Stephen todavía no sabe pintar —continuó Justin—, pero le dibujé el contorno de la mano en una de las páginas. —Hizo una pausa antes de añadir solícito—: Está pegajosa por la mermelada de fresa que tenía en los dedos.

Georgiana aceptó el regalo y miró la carita ansiosa del niño durante un buen rato.

—Puedes darme un beso de despedida, niño —le dijo, y se inclinó para recibir el beso de Justin en la mejilla.

Aunque Phoebe intentó que Stephen se acercara a su abuela, el niño se resistió y se aferró a sus faldas. Lo cogió en brazos y se lo apoyó en una cadera.

—Espero que tengas un buen viaje y una buena estancia en el extranjero, madre.

Georgiana la miró con expresión socarrona.

—Intenta no pintar de rosa la casa en mi ausencia.

Al reconocer la broma como una ofrenda de paz, Phoebe sonrió.

—No lo haré.

Phoebe sintió la mano de Edward en el codo.

—Adiós, querida.

Se volvió hacia él y le ofreció ambas manos.

—Buen viaje, Edward.

Él se llevó las manos a los labios y le besó el dorso.

—No dudes en ponerte en contacto con mi familia si necesitas algo. Todos están deseando ayudarte. —Titubeó y la miró con expresión contrita—. Se me han olvidado otra vez los libros de cuentas.

—No te preocupes por eso —replicó Phoebe con tranquilidad—. Sabía que estabas muy ocupado con los preparativos del viaje. —No creyó necesario decirle que, en cuanto Georgiana y él se marcharan, pensaba ir en busca de los libros en persona.

Llevó a los niños al pórtico de entrada mientras Edward ayudaba a Georgiana a subir al carruaje. Su suegra quería la manta de viaje colocada de una manera muy concreta. Las cortinas de las ventanillas tenían que ajustarse de forma meticulosa. Pareció que pasaba una eternidad hasta que los alazanes que tiraban del carruaje se lo llevaron por fin y se oyó el crujido de la gravilla del camino bajo las ruedas recubiertas de hierro. Phoebe y Justin se despidieron agitando la mano, mientras que Stephen se limitó a mover los deditos. Por fin, el carruaje pasó junto a un bosquecillo y desapareció.

Rebosante de felicidad, Phoebe dejó a Stephen en el suelo y lo besó por toda la cara, lo que hizo que el pequeño se echara a reír.

Justin se pegó a ellos y recibió el mismo tratamiento, riendo mientras la nube de besos lo envolvía.

—¿Por qué estás tan contenta, mamá?

—Porque ahora somos libres para hacer lo que queramos, sin que nadie proteste ni nos diga que no podemos hacerlo. —Era un alivio enorme que tanto Georgiana como Edward se hubieran marchado. Más que alivio. Era una sensación maravillosa.

—¿Qué vamos a hacer? —preguntó Justin.

Phoebe miró las caritas expectantes de sus hijos y sonrió.

—¿Qué os parece que comamos hoy al aire libre?

—¡Sí, sí, vamos a comer fuera! —exclamó Justin.

—¡Mamá, libre! —chilló Stephen.

—Le diré a la cocinera que nos prepare una cesta bien grande. También nos llevaremos a Nana y a Ernestine. Ahora, arriba para que os quitéis esa ropa tan formal y os pongáis la de jugar. Tengo que hacer un recado en el pueblo, pero luego comeremos en el jardín de figuritas de papá.

Para su sorpresa, Justin arrugó la nariz y le preguntó:

—¿Tiene que ser ahí?

—No, pero... ¿no te gustan las figuras de los setos?

Justin meneó la cabeza.

—Nana dice que antes tenían forma de animales. Pero ahora parecen repollos.

—Ay, cariño. Supongo que han crecido más de la cuenta. Hablaré con el jardinero. —Se incorporó y los cogió de las manos—. Venga, venid los dos. Acaba de empezar un nuevo día.

Después de llevar a los niños a la habitación infantil, Phoebe pidió que le preparasen el carruaje y le dijo al mayordomo que necesitaba que dos criados la acompañasen a la ciudad, ya que regresaría con carga pesada.

El día era cálido y soleado, y a ambos lados del camino que conducía al pueblo se extendía un manto de crocos en flor. Sin embargo, Phoebe no se fijó en el paisaje mientras iba al despacho de los Larson. Su mente era un hervidero de pensamientos. Sería un alivio contar con toda la información que necesitaba para empezar a analizar en profundidad el estado de la explotación agraria de Clare Manor y de las tierras arrendadas. Aunque también temía lo que mostrasen los libros de cuentas.

Pese a las palabras tranquilizadoras de Edward, no creía que a los arrendatarios les fuera tan bien. Cada vez que salía a cabalgar en compañía de un lacayo para echar un vistazo a las tierras arrendadas, veía un sinfín de problemas con sus propios ojos. La mayoría de las granjas y de las estructuras de las tierras arrendadas necesitaban reparaciones con urgencia. Los estrechos caminos estatales sin terminar ni siquiera permitían el tránsito de las ruedas de la pesada maquinaria agrícola. Había visto pozas de agua estancada en campos mal drenados, y también cosechas muy pobres. Incluso durante la siega, una de las épocas más atareadas del año, una sensación derrotada y apática parecía envolver todo Clare Manor.

El carruaje pasó junto a pintorescos prados y también por callecitas flanqueadas por tiendas y casas con vigas de madera. Después de entrar en una plaza de edificios simétricos con fachadas de estuco y columnas estriadas, el carruaje se detuvo delante de la bonita puerta de latón de las oficinas de los Larson.

Una vez dentro, Phoebe solo tuvo que esperar un minuto antes de que el padre de Edward, Frederick, saliera a saludarla. Era un hombre alto y corpulento, con la cara cuadrada y el labio superior enmarcado por un poblado bigote canoso con las puntas bien enceradas. Frederick, un miembro bien establecido de la nobleza rural de Essex, era una criatura de costumbres asentadas a la que le gustaba un asado los domingos y fumar su pipa después de la cena, cazar el zorro en invierno y jugar al cróquet en verano. Debido a su insistencia, las tradiciones se mantenían en la casa de los Larson con un fervor religioso. Detestaba cualquier cosa que pareciera intelectual o foránea, y sobre todo detestaba los nuevos inventos que aceleraban el ritmo de la vida, como el telégrafo o el ferrocarril.

Phoebe siempre se había llevado bien con él, ya que estaba impresionado por el título de su padre y sus contactos. Dado que esperaba que se convirtiera en su nuera en el futuro, estaba segura de que no se atrevería a llevarle la contraria y no se negaría a entregarle los libros de cuentas.

—¡Tío Frederick! —lo saludó ella con voz cantarina—. Te he sorprendido, ¿a que sí?

—¡Mi querida sobrina! Una sorpresa de lo más maravillosa. —La acompañó a su despacho, con muebles de madera de castaño y estanterías, y la instó a sentarse en un sillón orejero tapizado con cuero.

Después de que Phoebe le explicara el motivo de su visita, Frederick pareció perplejo por su deseo de llevarse los libros de cuentas de vuelta a Clare Manor.

—Phoebe, la contabilidad de una propiedad es demasiado compleja para la mente femenina. Si intentaras leer uno de esos libros de cuentas, acabarías con un tremendo dolor de cabeza en poco tiempo.

—Llevo los libros de cuentas de la casa y no me dan dolor de cabeza —replicó ella.

—Ah, pero los gastos de la casa son cosa de ámbito femenino. La contabilidad empresarial es de ámbito masculino, fuera del hogar.

Phoebe tuvo que morderse la lengua para no preguntarle si las reglas matemáticas cambiaban cuando se salía por la puerta de casa. En cambio, dijo:

—Tío, los estantes vacíos del gabinete de Clare Manor son desoladores. Me parece lo correcto que los libros de cuentas se guarden allí, donde siempre han estado. —Hizo una delicada pausa—. Es detestable acabar con décadas, puede que siglos, de tradición.

Tal como esperaba, esas palabras tuvieron más efecto que cualquier otra cosa.

—La tradición es lo correcto —convino Frederick de todo corazón, aunque se lo pensó unos minutos—. Supongo que no hay nada de malo en que los libros de cuentas estén en su sitio habitual en las estanterías de Clare Manor.

Llevada por una súbita inspiración, Phoebe añadió:

—De esa manera, Edward también estaría obligado a visitarme más a menudo, ¿verdad?

—Ciertamente que lo haría —convino Frederick—. Mi hijo podría ocuparse de los libros de cuentas en Clare Manor y disfrutar de tu compañía al mismo tiempo. Dos pájaros de un tiro... Me pregunto por qué no se le ha ocurrido todavía. ¡Qué lentos son los hombres de hoy en día! Pues asunto zanjado. ¿Les digo a mis ayudantes que lleven los libros a tu carruaje?

—Mis criados pueden encargarse de hacerlo. Gracias, tío.

Ansiosa por marcharse, echó a andar hacia la puerta del despacho. Sin embargo, tal parecía que no podría escapar sin más conversación.

—¿Cómo están tus muchachitos? —preguntó Frederick.

—Muy bien. Tardarán un poco en acostumbrarse a la vida en Essex.

—Es de esperar. Me preocupa lo que pueda pasarles a dos niños que crecen sin una figura paterna en la casa. Nunca se alaba lo suficiente la figura de un padre.

—A mí también me preocupa —admitió Phoebe—. Sin embargo, todavía no estoy preparada para casarme de nuevo.

—Querida, hay momentos en la vida en los que hay que dejar de lado las emociones y ver la situación desde la razón.

—Mis motivos son absolutamente racionales.

—Como bien sabes —continuó Frederick—, mi Edward es un caballero de la cabeza a los pies. Único entre los de su clase. Sus cualidades son muy comentadas. Muchas jovencitas en edad casadera se han fijado en él... No creo que siga en el mercado eternamente.

—Yo tampoco lo creo.

—Sería una pena que te dieras cuenta demasiado tarde del tesoro que podrías tener con Edward. Como capitán del barco familiar, trazaría un rumbo seguro. No habría sorpresas con él. Ni discusiones ni ideas poco convencionales. Vivirías en un mar de serenidad.

«Sí, ese precisamente es el problema», pensó Phoebe.

Durante el trayecto de vuelta a Clare Manor, rebuscó en el enorme montón de libros que tenía en el asiento, a su lado, hasta dar con uno en el que se detallaban las ganancias y las pérdidas anuales de la propiedad. Después de colocárselo en el regazo, empezó a hojearlo muy despacio.

Para su consternación, los datos estaban consignados de modo muy distinto de los libros que West Ravenel le había mostrado. Frunció el ceño. ¿La palabra «carga» se usaba indistintamente a la par que «deuda» o significaban cosas distintas en ese sistema contable? ¿Con «capital» se refería solo a la propiedad o también incluía el efectivo? No sabía cómo Henry o Edward definían esos términos y, para empeorar las cosas, las páginas estaban llenas de acrónimos.

—Necesito una piedra de Rosetta para traducir todo esto —masculló. Un mal presentimiento se apoderó de ella al hojear otro libro, el que detallaba las cosechas. Por sorprendente que pareciera, algunos de los campos arrendados se habían anotado cuatro veces, y cada cifra era distinta.

Mientras el carruaje proseguía su marcha por el camino de grava, Phoebe pensó qué hacer. Podía pedirle al administrador de la propiedad, el señor Patch, que le contestara algunas preguntas, pero era bastante mayor y se encontraba enfermo, y una conversación de más de cinco minutos lo agotaría.

Siempre le quedaba la opción de esperar el regreso de Edward, pero no quería hacerlo, sobre todo porque él consideraba que no debía preocuparse por la contabilidad. Y después de haber ido en persona a recuperar los libros de cuentas, seguramente Edward se regodearía un poquito, y nadie podría culparlo.

Sería una excusa muy conveniente para pedirle ayuda a West.

Con un libro de cuentas en el regazo, se dejó caer contra el asiento del carruaje y sintió un anhelo tan intenso que casi no podía respirar.

No estaba segura de que West acudiera a su llamada, pero si lo hacía...

Qué raro sería tenerlo en Clare Manor: el choque de dos mundos, West Ravenel en la casa de Henry. Era escandaloso que un soltero se hospedara en la casa de una viuda joven, sin carabina a la vista. Edward se llevaría las manos a la cabeza cuando se enterara. A Georgiana le daría un patatús en el acto.

Al pensar en la última mañana con West, recordó que él le dijo algo así como que solo podía ofrecerle una relación que la insultaría y la rebajaría.

Los devaneos amorosos eran algo habitual entre las clases altas, que solían casarse por intereses familiares y contactos sociales, de modo que buscaban la satisfacción fuera del lecho conyugal. Ella nunca se había imaginado haciendo algo así o teniendo necesidades que podrían imponerse al riesgo de un escándalo. Sin embargo, ni West ni ella estaban casados, no quebrantarían voto alguno. Nadie saldría herido, ¿verdad?

Se quedó de piedra al darse cuenta de que lo estaba considerando en serio. Ay, Dios, se estaba convirtiendo en el tópico de la viuda sedienta de amor que buscaba un hombre con quien compartir su cama vacía. Un personaje de burla, ya que se suponía que las mujeres carecían de deseos físicos tan básicos, unos deseos que se consideraban mucho más naturales y entendibles en los hombres. A ella misma le gustaba creer que era así, hasta que West le demostró lo contrario.

Ojalá pudiera hablar con Merritt.

Intentó imaginarse cómo sería la conversación:

«—Merritt, estoy pensando en tener una aventura con West Ravenel. Sé que está mal, pero... ¿hasta qué punto está mal?

»—A mí no me mires —respondería Merritt, seguramente con una expresión risueña—. Como relativista moral, no tengo la menor cualificación para juzgar tus decisiones.

»—Vaya ayuda me prestas —replicaría ella—. Quiero que alguien me dé permiso.

»—Nadie puede hacerlo, querida, solo tú.

»—¿Y si resulta ser un error?

»—En ese caso, me da en la nariz que disfrutarás de lo lindo cometiéndolo.»

Después de que el carruaje se detuviera delante del pórtico de entrada, los criados llevaron los libros de cuentas al gabinete.

Colocaron los ejemplares en las estanterías vacías mientras ella se sentaba al viejo escritorio de roble. Alisó una hoja de papel sobre la superficie de cuero verde de la mesa, cogió una delgada pluma y le acopló el plumín.

—Milady —dijo uno de los criados—, los libros ya están colocados.

—Gracias, Oliver, ya puedes irte. Arnold, espera un momento, tengo otro encargo para ti.

El criado, que era más joven y siempre estaba dispuesto a demostrar su valía, sonrió al oírla.

—Sí, milady. —Esperó a una distancia respetuosa mientras ella escribía unas líneas.

Oficina de telégrafos
Sr. Weston Ravenel
Eversby Priory Hampshire

Hundida en arenas movedizas. Necesito cuerda. ¿Tendría tiempo para venir a Essex?

P. C.

Después de doblar el papel y meterlo en un sobre, Phoebe se volvió en el asiento.

—Llévalo a la oficina de telégrafos y asegúrate de que lo mandan antes de volverte. —Hizo ademán de ofrecérselo, luego titubeó, asaltada por un estremecimiento de miedo y anhelo.

—¿Milady? —preguntó Arnold en voz baja.

Phoebe meneó la cabeza con una sonrisa torcida y le ofreció el sobre con gesto firme.

—Llévatelo a toda prisa, por favor, antes de que cambie de idea.

22

—Mamá —dijo Justin a la mañana siguiente mientras desayunaban, tras detenerse un instante en el proceso de lamer la cobertura de azúcar de su bollito—, Nana me ha dicho que voy a tener una institutriz.

—Sí, cariño, he pensado que dentro de poco empezaré a buscar una. Por favor, cómete el bollito entero y no solo la cobertura.

—Me gusta comerme antes la cobertura. —Al ver su gesto de desaprobación, Justin añadió a modo de argumento razonable—: De todas formas, todo va a acabar a la vez en la barriga, mamá.

—Supongo, pero... —Dejó la frase en el aire al ver que Stephen había vaciado el cuenco de compota de manzana en la bandeja de la trona y estaba extendiéndola con la mano.

Satisfecho consigo mismo, el niño trataba de coger la compota con una mano que luego se llevaba a la boca.

—Manzana rica —dijo.

—Ay, por Dios. Stephen, espera... —Usó la servilleta que tenía en el regazo para limpiar el desastre y le dijo al criado que esperaba junto al aparador—: Arnold, ve a buscar a la ayudante de la niñera. Necesitamos refuerzos.

El muchacho se apresuró a obedecerla.

—Lo estabas haciendo fenomenal con la cuchara —dijo

Phoebe al tiempo que le sostenía una muñeca para limpiarle la mano, llena de compota—. Preferiría que siguieras con ese método.

—Ivo no ha tenido institutriz —señaló Justin.

—Eso fue porque la abuela tenía tiempo de sobra para enseñarle buenos modales y todas las demás cosas que enseñan las institutrices.

—Yo ya tengo buenos modales —protestó su hijo, indignado.

—Justin... —Phoebe guardó silencio porque, de repente, Stephen estampó la mano libre sobre la compota derramada en la bandeja, con lo que manchó todo lo que tenía alrededor—. ¡Por el amor de Dios!

—Tiene compota en el pelo —señaló Justin, que contemplaba a su hermano pequeño como si fuera un científico examinando un experimento fallido.

La ayudante de la niñera, una muchacha delgada y llena de energía llamada Verity, entró en tromba en la estancia con un montón de gasas de muselina en la mano.

—Señorito Stephen —lo regañó con suavidad—, ¿otra vez ha volcado el cuenco de la comida?

—Esta vez le ha tocado a la compota de manzana —dijo Phoebe.

El niño levantó el cuenco vacío con las manos pegajosas y brillantes.

—No hay —le dijo a Verity con alegría.

A la muchacha se le escapó una risilla mientras soltaba la bandeja de la trona. Al ver que Phoebe se acercaba para ayudarla, negó con la cabeza.

—Milady, si es tan amable, apártese... Puede acabar con el vestido manchado de compota.

Justin le dio unos tironcitos en una manga.

—Mamá, si es necesario que tenga una institutriz, quiero una que sea guapa.

Verity rio entre dientes de nuevo.

—Empiezan pronto, ¿verdad? —comentó por lo bajo.

—En mi familia sí —respondió Phoebe con tristeza.

Cuando Hodgson, el mayordomo, llegó con el periódico matinal en una bandeja de plata, no quedaba ni rastro de la compota de manzana. Era pronto, demasiado pronto, para recibir una respuesta de West; el telegrama se envió el día anterior por la mañana, caray. Sin embargo, a Phoebe se le aceleró el pulso mientras ojeaba la correspondencia.

Se había arrepentido de enviar el telegrama. Ojalá no hubiera sido tan impulsiva. Debería haberle escrito una carta mucho más digna. Haberle enviado un telegrama apresurado daba la errónea impresión de que estaba desesperada o, peor, de ser una egocéntrica. En realidad, solo quería que West llegara antes de que Edward regresase.

Cuanto más lo pensaba, más segura estaba de que no iría a Clare Manor. West debía de estar muy ocupado, sobre todo porque, según la *Guía moderna para terratenientes*, septiembre era el mes de la siega y del abonado de los campos para poder sembrar el trigo en invierno. Además, tanto Kathleen como Pandora le habían mencionado en sus cartas que West había estado al menos dos veces en Londres durante el verano en busca de compañía y diversión. Una de esas visitas había sido para ver cómo estaba Pandora, que había sufrido una operación quirúrgica en un hombro después de una herida. La operación la había llevado a cabo la única doctora licenciada en Inglaterra, una mujer carismática que gozaba de una excesiva simpatía por parte de los Ravenel. Pandora le había dicho en una carta:

> Mi hermana Helen está decidida a presentar a la doctora Gibson y al primo West, pero a mí no me parece que hagan buena pareja porque a la doctora Gibson le encanta la ciudad y odia las vacas.

Sin embargo, era posible que hubieran acabado presentándolos y que se hubieran sentido atraídos el uno por el otro. La doctora Gibson podía haber decidido que sería capaz de soportar la cercanía de algunas vacas si la recompensa era el cortejo por parte de un espécimen tan guapo como West Ravenel.

Obligó a su mente a regresar a las tareas del día. Primero tenía que ir a la librería local y encargar varios manuales de contabilidad. También le pediría al señor Patch que repasara el libro de cultivos con ella y, con suerte, no le importaría explicarle algunos detalles de este.

—Milady —dijo el criado, y Phoebe lo miró por encima del hombro.

—¿Sí, Arnold?

—Acaba de llegar un carruaje de alquiler de la estación. Hodgson está hablando con un hombre en la puerta. Parece un caballero.

Phoebe asimiló la información en completo silencio y se volvió para mirarlo. ¿Un carruaje de alquiler de la estación? No se le ocurría nadie que pudiera haber llegado de visita en tren, salvo...

—¿Es viejo o joven? —preguntó, sorprendida por lo compuesta que parecía.

Arnold se pensó seriamente la respuesta.

—Joven, pero maduro, milady.

—¿Alto o bajo?

—Grandullón. —Al ver que ella lo miraba fascinada, Arnold añadió—: Con barba.

—¿Con barba? —repitió Phoebe, perpleja—. Iré a ver quién es. —Se puso en pie, aunque tenía las piernas flojas, como si fuera una marioneta sujeta por hilos. Mientras se alisaba las faldas del vestido, confeccionado con popelina estampada de color verde claro, descubrió que tenía compota de manzana en el corpiño. Impaciente por salir, humedeció una servilleta con agua y se frotó las manchas. Con suerte, pasarían desapercibidas entre las florecillas blancas y amarillentas del estampado.

Cuando por fin llegó al vestíbulo de entrada, temblaba de la emoción. «Que sea él, que sea West...» Sin embargo, verlo la asustaba. ¿Y si la atracción ya no estaba presente y se limitaban a tratarse de forma educada e incómoda? ¿Y si solo había ido por su sentido del honor y no porque en realidad quisiera hacerlo? ¿Y si...?

El recién llegado se encontraba en el umbral con una maleta Gladstone en una mano, alto y atlético, y al parecer la mar de relajado. Tenía el sol detrás, de manera que su rostro quedaba en sombras, pero su silueta, con esos anchos hombros que casi ocupaban la totalidad del vano de la puerta, era inconfundible. Era el hombre más corpulento que había visto en la vida, y su aspecto no podía ser más viril con esa piel tostada por el sol y una espesa barba de varios días ocultándole el mentón.

A medida que se acercaba a él, los latidos del corazón le resonaban por todo el cuerpo.

West la desarmó con su mirada y con la lenta sonrisa que apareció en sus labios.

—Espero que la cuerda que me pedías no fuera literal —le dijo como si tal cosa, como si acabaran de verse poco antes.

—¡No esperaba que... vinieras de un día para otro! —Se detuvo con una trémula carcajada y cayó en la cuenta de que le faltaba el aliento—. Estaba esperando tu respuesta.

—Esta es mi respuesta —repuso él sin más al tiempo que dejaba la maleta en el suelo.

La invadió un júbilo tan grande que estuvo a punto de perder el equilibrio. Le tendió la mano y él se la rodeó con las suyas para darle un apretón cálido y vigoroso antes de llevársela a los labios.

Phoebe fue incapaz de moverse y de respirar por un instante. Su cercanía le resultaba demasiado abrumadora. Se sentía mareada, casi eufórica.

—¿Cómo estás? —le preguntó él en voz queda, reteniéndole la mano más de la cuenta.

—Los niños y yo estamos bien —logró decir—. Pero creo que la propiedad tiene problemas. Estoy segura. Y necesito ayuda para evaluar hasta qué punto.

—Lo solucionaremos —le aseguró él con serena convicción.

—¿No has traído más equipaje?

—Sí, hay un baúl en el carruaje.

La cosa mejoraba por momentos: había llevado equipaje suficiente para quedarse unos cuantos días. Intentando parecer compuesta, le dijo al mayordomo:

—Hodgson, hay que trasladar el baúl del señor Ravenel a la casa de invitados del jardín trasero. Dile a la señora Gurney que ventile las estancias y que las prepare.

—Sí, milady.

Mientras el mayordomo se alejaba para tirar del cordón de la campanilla, Phoebe se volvió hacia West.

—Me has pillado desprevenida —dijo a modo de disculpa.

—Puedo marcharme —se ofreció él— y volver después.

Phoebe lo miró con una sonrisa deslumbrante.

—No te vas a ningún lado. —Incapaz de resistirse, extendió un brazo para tocarle el mentón cubierto por la barba. Era espesa, pero suave, como una mezcla de terciopelo y lana—. ¿Por qué te has dejado barba?

—No lo he hecho a propósito —le aseguró él—. No he tenido tiempo para afeitarme durante las dos últimas semanas de siega. Hemos tenido que echar mano de todos los trabajadores de la propiedad para amontonar las balas de heno y cubrirlas sin perder el ritmo de la trilladora.

—Todo esto en dos semanas —comentó ella, que seguía admirando la tupida barba. El pobre Edward se habría indignado solo de verla.

West se encogió de hombros con pudor.

—Cada uno tenemos un talento especial. Algunos pueden cantar ópera o aprender idiomas extranjeros. A mí me sale pelo.

—Te da un aspecto arrebatador —dijo Phoebe—, pero también un poco canallesco.

La sonrisa que esbozó resaltó las arruguitas que tenía en el rabillo de los ojos.

—Si el héroe no aparece, tendrás que conformarte con el villano canalla de la historia.

—Si el canalla es el que aparece para ayudar, se convierte en el héroe de la historia.

West soltó una carcajada ronca, y el blanco de sus dientes contrastó muchísimo con la negrura de la barba.

—Sin importar cómo quieras llamarme, estoy a tu disposición.

Si bien seguía teniendo una complexión atlética y musculosa, estaba más delgado que antes. El traje confeccionado a medida le quedaba un poco ancho.

—El desayuno está servido en el aparador —le dijo en voz baja—. ¿Tienes hambre?

—Siempre.

—Debo advertirte de antemano que Justin ha lamido la cobertura de azúcar de todos los bollitos y que Stephen ha provocado un accidente con la compota de manzana.

—Me arriesgaré —replicó él al tiempo que cogía la maleta.

Phoebe lo guio hacia el comedor matinal, sin acabar de creerse que hubiera aparecido.

—¿Se han enfadado mucho conmigo en Eversby Priory por haberte robado? —quiso saber.

—Todos están llorando de gratitud. Estaban deseando librarse de mí. —Al ver su mirada de curiosidad, añadió—: Llevo un tiempo malhumorado. No, eso no es cierto. Llevo una temporada totalmente insoportable.

—¿Por qué?

—Demasiado tiempo en Hampshire, sin mujeres. La falta de tentación resulta desmoralizante.

Phoebe intentó disimular la alegría que eso le provocaba. En un intento por parecer lo más natural posible, comentó:

—Creía que lady Helen iba a presentarte a la joven doctora que ha operado a Pandora del hombro.

—¿A la doctora Gibson? Sí, es una mujer maravillosa. De hecho, ha estado de visita en Eversby Priory este verano.

La agradable sensación que experimentaba Phoebe la abandonó por otra desagradable.

—Dudo de que haya ido sin carabina.

—Garrett Gibson no necesita de carabinas —replicó él, que esbozó el asomo de una sonrisa como si acabara de recordar un detalle en concreto—. Con ella no se aplican las normas habituales. Llegó acompañada por un paciente, el señor Ethan Ransom, que estaba herido y necesitaba paz y tranquilidad para recuperarse.

La invadieron unos celos ponzoñosos. La doctora era una mujer competente y poco convencional. Justo el tipo de mujer que lograría llamar la atención de West.

—Has debido de encontrarla fascinante.

—Fascinaría a cualquiera.

Phoebe volvió la cara para disimular que había fruncido el ceño e intentó no parecer afectada mientras comentaba:

—Supongo que habéis trabado amistad durante la visita, ¿no?

—Más o menos. Ha estado muy ocupada cuidando al señor Ransom. Anoche hice una parada en Londres para verlo. Me ha pedido que sea su padrino de boda.

—Su..., ¡oh! ¿Van a casarse? —Aunque se sentía mortificada, no pudo disimular el alivio.

Oyó la risa queda de West mientras la aferraba por un codo y la obligaba a detenerse. Dejó caer la maleta al suelo, lo que hizo que el contenido se agitara en su interior.

—¿Celosa? —le preguntó en voz baja al tiempo que la llevaba hacia una hornacina situada en un lateral del pasillo.

—Un poco —admitió ella.

—¿Qué hay de Edward Larson? ¿Ya hay compromiso firme?

—No.

—¿No? —repitió él con sarcasmo—. Creía que a estas alturas lo tendrías ya atado, asado y trinchado —dijo.

Phoebe frunció el ceño, disgustada por la desagradable analogía que había hecho del noviazgo y el matrimonio.

—No voy a casarme con Edward. Siempre será un buen amigo, pero... no lo quiero de esa manera.

La expresión de West se tornó hermética.

—¿Se lo has dicho?

—Todavía no. Estará en Italia durante al menos quince días.

La información no pareció hacerle mucha gracia, para consternación de Phoebe.

—No he venido para aprovecharme de ti —le aseguró—. Lo único que quiero es ayudarte en la medida que me sea posible a gestionar la propiedad.

Las palabras fueron una gélida puñalada en el pecho. ¿Lo decía en serio? ¿Eso era lo único que quería? Tal vez no correspondiera a sus sentimientos, lo que confirmaría sus peores temores. Aunque le costaba muchísimo, se obligó a preguntarle:

—Aquella mañana... ¿Hay algo de lo que me dijiste que siga siendo cierto?

—¿Que si hay algo...? —repitió West despacio mientras meneaba la cabeza como si estuviera atónito. La pregunta parecía haber acabado con su paciencia. Se alejó de ella refunfuñando algo, se dio media vuelta y volvió a su lado con las mejillas coloradas y el ceño fruncido—. Me torturas a todas horas —le dijo con brusquedad—. No puedo evitar buscarte allí adonde voy. Cuando estuve en Londres, intenté buscar una mujer que me ayudara a olvidarte, aunque fuera por una noche. Pero ninguna tiene tus ojos. Ninguna me interesa como tú. Te he maldecido mil veces por lo que me has hecho. Prefiero estar a solas fantaseando con tu recuerdo antes que abrazar a otra mujer que sea de carne y hueso.

—No hace falta que fantasees —protestó ella de forma impulsiva—. Que no quieras estar conmigo para siempre no significa que no podamos...

—¡No! —exclamó West, que empezó a respirar más rápido pese a sus esfuerzos por controlarse. Levantó una mano para silenciarla al ver que ella abría la boca, y el temblor que vio en sus dedos la electrizó—. Si por casualidad estás pensando en acostarte conmigo, te advierto que la experiencia te resultaría mediocre. Me abalanzaría sobre ti como un conejo enloquecido y todo habría acabado medio minuto después. Antes era un amante consumado, pero ahora soy un libertino consumido que solo encuentra placer en la comida del desayuno. Que, por cierto...

Phoebe extendió los brazos, se puso de puntillas para pegarse a él y lo interrumpió con un beso en la boca. West dio un respingo, como si lo hubiera escaldado, y se quedó inmóvil, como si fuera un hombre soportando una tortura. Decidida, le rodeó el cuello con los brazos y lo besó con toda la pasión que fue capaz de demostrar, lamiéndole los labios que él mantenía tensos. Su sabor y su tacto eran increíbles. De repente, West respondió emitiendo un gruñido justo antes de separar los labios y empezar a besarla, aumentando las sensaciones con su exigente arrebato de pasión. La obligó a separar los labios y le invadió la boca con la lengua, tal como ella recordaba. Le gustó tanto que creyó estar al borde del desmayo. Se oyó gemir, y él respondió lamiéndola y mordisqueándola con suavidad, tras lo cual el beso se tornó insaciable y ardiente, ya que no solo la tocaba con la boca, sino que también lo hacía con el aliento, las manos, el cuerpo y el alma.

Fuera como fuese la experiencia de acostarse con ese hombre, sería cualquier cosa menos mediocre.

Estaba tan perdida en la explosiva sensualidad del momento, que solo podría haber regresado a la realidad de golpe si oía algo concreto: la voz de su hijo.

—¿Mamá?

Phoebe se apartó con un jadeo y miró en la dirección de la que procedía la voz, parpadeando confundida.

Justin estaba en el pasillo, cerca de la puerta del comedor matinal, con los ojos de par en par e incómodo al ver a su madre en los brazos de un desconocido.

—No pasa nada, cariño —dijo ella mientras intentaba recuperar la compostura y se separaba de West. Le temblaban las piernas, pero él la agarró con un reflejo instintivo y la ayudó a mantenerse derecha—. Es el señor Ravenel —siguió—. Es que está un poco diferente porque se ha dejado barba.

Le sorprendió ver la sonrisa deslumbrante que esbozaba su hijo.

Justin echó a correr, y West se agachó por instinto para cogerlo y levantarlo en brazos.

—¡Mira qué grande estás! —exclamó al tiempo que lo estrechaba contra su pecho—. ¡Por Dios, si pesas más que una carga de ladrillos!

—Porque ya tengo todos estos años —presumió Justin mientras extendía los cinco dedos de una mano.

—¿Cinco? ¿Cuándo ha sido tu cumpleaños?

—¡La semana pasada!

—Fue el mes pasado —lo corrigió Phoebe.

—Comimos tarta de ciruela con cobertura —dijo Justin, entusiasmado—, y mamá me dejó que comiera un trozo para desayunar al día siguiente.

—Siento habérmelo perdido. Por suerte, os he traído regalos a Stephen y a ti —replicó West, y Justin gritó de alegría—. Llegué a Londres ayer por la noche —siguió—, después de que cerraran los grandes almacenes Winterborne's, pero el señor Winterborne los abrió para mí, así que tuve todo el departamento de juguetes para mí solo. Una vez que encontré lo que quería, el señor Winterborne los envolvió personalmente.

Justin puso los ojos como platos por la impresión. En su mente, un hombre capaz de conseguir que abrieran una tienda solo para él poseía poderes mágicos.

—¿Dónde está mi regalo?

—En esa maleta que he dejado en el suelo. Luego lo abriremos, cuanto tengamos tiempo para jugar.

Justin lo miró fijamente y empezó a acariciarle la barba con las dos manos.

—No me gusta la barba —anunció—. Con ella pareces un oso enfadado.

—¡Justin...! —lo regañó Phoebe, pero West se echó a reír.

—He sido un oso enfadado todo el verano.

—Tienes que afeitarte —le ordenó Justin, que le colocó las manos a ambos lados de la boca mientras West sonreía.

—¡Justin! —exclamó Phoebe de nuevo.

El niño se corrigió con una sonrisa.

—Aféitate, por favor.

—Lo haré —le prometió él—. Si tu madre me da una navaja.

—Mamá, ¿lo harás? —le preguntó Justin.

—Antes de eso —contestó ella—, vamos a dejar que el señor Ravenel se instale en la casa de invitados. Más tarde decidirá si quiere mantener la barba o no. A mí me gusta.

—Pero pincha y es áspera —se quejó Justin.

West sonrió e inclinó la cabeza para frotarle al niño el cuello con la barba, haciendo que gritara y se retorciera.

—Vamos a ver a tu hermano.

Sin embargo, antes de entrar en el comedor matinal, la miró con una intensidad abrasadora. Su expresión no dejaba lugar a dudas. El beso impulsivo que habían compartido había sido un error que no se repetiría.

Ella lo miró con expresión recatada, sin ofrecer el menor indicio de sus verdaderos pensamientos.

«Si no me prometes la eternidad, West Ravenel..., me conformaré con lo que me des.»

23

Con los nervios a flor de piel y tenso, West acompañó a Phoebe en una visita por la casa después del desayuno. La majestuosidad de la mansión, con el pórtico de entrada, las blancas columnas clásicas y las hileras de ventanas por todas partes no podía ser más distinta del desorden jacobino de Eversby Priory. Era tan elegante como un templo griego y se alzaba sobre una loma con vistas a los prados y los jardines. Era muy habitual que se tuviera la impresión de que una mano gigantesca había colocado una casa allí donde se alzaba, sin ton ni son, pero Clare Manor se fundía con el paisaje como si hubiera brotado del suelo.

El interior era espacioso y estaba muy bien iluminado, con altos techos abovedados de escayola blanca y escalinatas de caracol. Una enorme colección de estatuas de mármol le confería a la casa el aspecto de un museo, pero muchas de las habitaciones se habían suavizado con gruesas alfombras con flecos, grupos de sofás y sillones tapizados, y palmeras plantadas en macetas de barro vidriado.

West habló poco mientras pasaban de una estancia a otra. Lo sentía todo demasiado y le costaba ocultarlo tras la máscara de una persona normal y razonable. Parecía que su corazón por fin latía de nuevo tras meses de hibernación, haciendo que la sangre corriera otra vez por sus venas de tal manera que le dolía todo el cuerpo.

Por fin tenía claro que jamás encontraría una sustituta para Phoebe. Ninguna otra mujer se le acercaría. Siempre sería ella. Ese hecho iba más allá del desastre..., era la perdición.

Tampoco le hacía mucha gracia el cariño que les tenía a sus hijos, los dos de ojos brillantes y tan inocentes que rompían el corazón mientras lo acompañaban durante el desayuno. Se había sentido como un impostor al participar en tan tierna escena, porque no hacía tanto tiempo era un libertino que otros hombres no querían cerca de su familia.

Recordó la conversación que tuvo con Ethan Ransom en Londres la noche anterior, cuando se reunieron para cenar en una taberna de la zona oeste de la ciudad. Entablaron una buena amistad durante la recuperación de Ransom en Eversby Priory. A simple vista, sus orígenes no podían ser más distintos: West nació en una familia aristocrática, mientras que Ransom era el hijo de un carcelero irlandés. Sin embargo, se parecían en muchos aspectos, ya que los dos eran muy cínicos y, en el fondo, unos sentimentales, muy conscientes del aspecto más crudo de su propia naturaleza.

Dado que Ransom había decidido renunciar a su soledad para casarse con la doctora Garrett Gibson, West estaba celoso y desconcertado por la seguridad que demostraba.

—¿No te importa tener que acostarte con una sola mujer durante el resto de la vida? —le preguntó a Ransom mientras hablaban y disfrutaban de unas jarras llenas de una mezcla de cerveza rubia y negra a partes iguales.

—Ni por asomo —contestó Ransom con su fuerte acento irlandés—. Es la alegría de mi alma. Además, sé que no debo traicionar a una mujer que tiene una colección particular de escalpelos.

West sonrió al escuchar el comentario, pero se puso serio al pensar en otra cosa.

—¿Querrá tener hijos?

—Sí.

—¿Y tú?

—La simple idea hace que me entren sudores fríos —admitió Ransom sin rodeos antes de encogerse de hombros—. Pero Garrett me salvó la vida. Puede hacer conmigo lo que se le antoje. Si decide ponerme un aro en la nariz, me quedaré quieto como un corderito mientras lo hace.

—En primer lugar, señoritingo de ciudad, nadie le pone un aro a un cordero. En segundo lugar... —West se calló y se bebió media jarra antes de continuar con voz gruñona—: Tu padre te daba palizas... con la hebilla, el cinturón y los puños, como el mío me las daba a mí.

—Ajá —convino Ransom—. Decía que así me enderezaba. Pero ¿qué tiene eso que ver?

—Seguramente le harás lo mismo a tus hijos.

Ransom entrecerró los ojos, pero dijo con voz calmada:

—No, no lo haré.

—¿Quién te lo va a impedir? ¿Tu mujer?

—Yo mismo me lo voy a impedir —contestó Ransom, cuyo acento se hizo más marcado. Frunció el ceño al ver la expresión de West—. ¿No me crees?

—No creo que sea fácil.

—Pues es bastante fácil si lo que deseo es que me quieran.

—Lo harán de todas formas —le aseguró West con seriedad—. Es algo que todos los hombres violentos saben: da igual las atrocidades que cometan, sus hijos seguirán queriéndolos.

Ransom lo miró con expresión pensativa mientras apuraba su jarra.

—A veces, cuando mi padre me ponía un ojo morado o me partía el labio, mi madre me decía: «No es culpa suya. Es muy hombre, demasiado fuerte, le cuesta controlarse». Pero me he dado cuenta de que mi madre se equivocaba de parte a parte: el problema nunca fue que mi padre fuera demasiado fuerte, sino que era débil. Solo un hombre débil se rebaja a usar la fuerza bruta. —Hizo una pausa para indicarle a una de las mozas de la taberna que les sirviera otra ronda—. Puede que seas de mecha corta, Ravenel, pero no eres un bruto. Yo tampoco lo soy. Por eso sé que mis hijos estarán a salvo si los crío yo. Ahora, en cuanto a tu viuda pelirroja..., ¿qué vas a hacer con ella?

West frunció el ceño.

—No tengo ni la más remota idea.

—Ya puedes casarte con ella. Es imposible huir de las mujeres.

—No voy a sacrificarme en el altar matrimonial solo porque tú lo hayas hecho —replicó West—. Nuestra amistad no me importa tanto.

Ransom se limitó a sonreír y a echarse hacia atrás en la silla cuando la moza de la taberna se acercó con una jarra espumeante.

—Acepta mi consejo, pedazo de alcornoque. Sé feliz mientras vivas..., porque vas a pasar mucho tiempo muerto.

West volvió al presente cuando Phoebe lo condujo a un espacioso salón recibidor con las paredes forradas de seda y el techo dorado. Sobre la chimenea de mármol colgaba un gran retrato, casi de cuerpo entero, de un joven.

Fascinado, West se acercó más al cuadro.

—Henry —dijo, aunque con un ligero deje interrogante.

Phoebe asintió con la cabeza al tiempo que se colocaba a su lado.

El joven llevaba un traje holgado, y las sombras le daban volumen a la ropa en algunas partes. Posaba junto a una mesa de biblioteca, con una elegancia algo tímida y una mano sobre un montón de libros. Un muchacho apuesto y vulnerable que provocaba compasión, de ojos oscuros y facciones marcadas, con la cara tan blanca como la porcelana. Aunque el pintor había resaltado sus rasgos faciales, la chaqueta y los pantalones estaban algo difuminados en los bordes, como si se fundieran con el fondo oscuro. Como si el sujeto del retrato hubiera empezado a desaparecer incluso mientras lo pintaban.

Con la vista clavada en el retrato, Phoebe dijo:

—La gente suele idealizar a los muertos. Pero quiero que los niños comprendan que su padre era un hombre maravilloso de carne y hueso, con sus defectos, no un santo inalcanzable. De lo contrario, nunca llegarán a conocerlo de verdad.

—¿Qué defectos?

Phoebe apretó los labios mientras sopesaba la pregunta a fondo.

—Era esquivo. Estaba en el mundo, pero no formaba parte de él. En parte por su enfermedad, pero también porque detestaba las cosas desagradables. Evitaba todo lo que fuera desagradable o molesto. —Se volvió para mirarlo—. Henry estaba tan decidido a considerarme un ser perfecto que se llevaba un golpe terrible cuando me mostraba egoísta, enfadada o descuidada. No querría... —Phoebe se calló.

—¿El qué? —la instó West después de un largo silencio.

—No querría tener que vivir con semejantes expectativas de nuevo. Preferiría que, en vez de venerarme, me aceptaran por todo lo que soy, tanto lo bueno como lo malo.

Una oleada de ternura asaltó a West mientras la miraba. Ansiaba decirle que la aceptaba por completo, que la deseaba, que le encantaba su fuerza y su fragilidad.

—Nunca te he considerado perfecta —le dijo sin más, y ella se echó a reír—. De todas maneras —siguió él con voz más amable—, sería muy difícil no venerarte. Me temo que no te comportas lo bastante mal como para que mis sentimientos se atemperen.

Un brillo travieso apareció en los ojos grises de Phoebe.

—Si es un desafío, lo acepto.

—No es un desafío —se apresuró a asegurarle, pero ella no pareció oírlo mientras lo conducía al exterior.

Salieron a un pasillo de cristal y piedra que conectaba la zona central de la casa con una de las alas. El sol se filtraba por las cristaleras, caldeando el pasillo con una temperatura agradable.

—Se puede acceder a la casa de invitados a través del ala este —dijo Phoebe— o a través del jardín de invierno.

—¿El jardín de invierno?

Ella sonrió por su interés.

—Es mi sitio preferido de toda la casa. Ven, te lo enseñaré.

El jardín de invierno resultó ser un invernadero de cristal, de dos plantas de altura y de al menos treinta y cinco metros de largo. En su interior crecían frondosos árboles ornamentales, helechos y palmeras, y se habían creado formaciones rocosas artificiales y un arroyuelo con carpas doradas. La opinión de West sobre la casa mejoró todavía más al echar un vistazo por el jardín de invierno. Eversby Priory contaba con un invernadero, pero no era ni la mitad de grande o magnífico que ese.

Un ruidito extraño le llamó la atención. De hecho, era una sucesión de ruiditos, como unos globos que soltaran el aire despacio. Presa de la curiosidad, bajó la vista y se encontró con tres gatitos blancos y negros que jugaban junto a sus pies.

Phoebe se rio al verle la cara.

—También es la estancia preferida de los gatos.

Una sonrisa interrogante apareció en sus labios al ver a la delgada gata negra que se frotaba contra las faldas de Phoebe.

—Madre del amor hermoso. ¿Es Mecachis?

Phoebe se agachó para acariciar el suave pelo de la gata.

—Sí. Le encanta venir aquí para aterrorizar a las carpas. Hemos tenido que tapar el arroyo con una tela metálica hasta que los cachorros crezcan.

—Cuando te la di... —empezó West.

—Me la endosaste —lo corrigió.

—Cuando te la endosé —convino él arrepentido—, ¿ya estaba...?

—Sí —contestó Phoebe con expresión severa—. Era una gata de Troya.

West intentó parecer contrito.

—No tenía ni idea.

A Phoebe le temblaron los labios por la risa.

—Te perdono. Ha resultado ser una acompañante maravillosa. Y los niños están encantados de poder jugar con los gatitos.

Después de zafarse de las uñas de uno de los gatitos, que intentaba subírsele por los pantalones, West lo dejó en el suelo con mucho tiento.

—¿Seguimos hasta la casa de invitados? —sugirió Phoebe.

A sabiendas de que era incapaz de responder de sus actos en lo que a ella se refería si había un dormitorio cerca, West contestó:

—Vamos a quedarnos aquí un rato.

Obediente, Phoebe se sentó en uno de los escalones de piedra que formaban parte del puente que cruzaba el arroyo de las carpas. Se colocó las faldas de manera que no se le arrugaran mientras estaba sentada y entrelazó las manos en el regazo.

West se sentó también, pero en un escalón inferior para que sus caras quedaran a la misma altura.

—¿Me vas a contar qué ha pasado con Edward Larson? —le preguntó en voz baja.

El alivio inundó la cara de Phoebe, como si estuviera ansiosa por soltar ese lastre.

—Antes... —dijo ella—, ¿me prometes que no vas a insultarlo de ninguna de las maneras?

West puso los ojos en blanco.

—Phoebe, no tengo tanto control. —Sin embargo, cuando ella lo miró con reproche, West suspiró y se dio por vencido—: Lo prometo.

Aunque Phoebe se esforzó para mantener la compostura mientras explicaba sus contratiempos con Edward Larson, la tensión era evidente en su voz queda.

—Se niega a hablarme de los temas de la propiedad. Lo he intentado infinidad de veces, pero no quiere discutir de la información, de los planes ni de las ideas para mejorarla. Dice que es demasiado difícil para que yo lo entienda, que no quiere cargarme con esa responsabilidad, y también dice que todo está muy bien. Pero cuanto más me dice que no me preocupe, más me preocupo y me frustro. He empezado a despertarme por las noches con un mal presentimiento y con el corazón acelerado.

West le cogió una mano y le calentó los dedos. Quería matar a Edward Larson por haberle provocado un solo segundo de ansiedad innecesaria.

—Ahora me cuesta confiar en él —continuó Phoebe—. Sobre todo después de lo que hizo con los libros de cuentas.

West la miró con expresión penetrante.

—¿Qué hizo con los libros?

Mientras le explicaba que se había llevado los libros de cuentas de la propiedad sin permiso y que había dejado que pasaran tres meses sin devolvérselos, empezó a ponerse muy nerviosa.

—Pero siempre se olvidaba de devolverlos —siguió sin detenerse siquiera a tomar aire— porque estaba muy ocupado con el trabajo, y luego decía que eran muy pesados, y por fin, después de marcharse aquel día por la mañana, fui a las oficinas en el pueblo para recuperarlos en persona, y sé que no le va a gustar nada cuando se entere, aunque yo tenía todo el derecho del mundo a hacerlo.

West le acarició el dorso de la mano muy despacio, dejando que sus dedos recorrieran el contorno de sus delgados dedos.

—Cuando el instinto intenta decirte algo, no le das la espalda.

—Pero mi instinto debe de equivocarse. Edward sería incapaz de hacer algo que fuera en contra de mis intereses. Lo conozco desde siempre. Henry nos presentó cuando éramos niños...

—Phoebe. No nos andemos por las ramas. El retraso de Larson a la hora de devolver los libros de cuentas no se debió a que estaba muy ocupado, a que era incapaz de levantarlos o a que intentara aligerar la carga que llevas a cuestas. El hecho es que no quiere que los veas. Hay un motivo para eso, y seguramente no sea agradable.

—Tal vez la granja no vaya tan bien como me ha estado diciendo.

—Tal vez. Pero podría ser algo distinto. Todos los hombres tienen sus pecados secretos.

Phoebe no parecía muy convencida.

—¿Esperas encontrar pecados secretos en los libros de cuentas de una explotación agraria?

—Espero encontrar discrepancias en las cifras. El pecado nunca es gratis: o hay un coste adelantado o una anotación de deuda para pagar más adelante. Puede que haya metido la mano donde no debía para pagar una deuda.

—Pero no es esa clase de hombre.

—Yo no emitiría juicios sobre el tipo de hombre que es hasta haber descubierto la verdad. Si encontramos algún problema, puedes preguntarle por él. A veces la gente hace algo mal por un buen motivo. Se merece la oportunidad de explicarse.

Phoebe lo miró con cierta sorpresa.

—Es una postura muy magnánima.

West esbozó una sonrisa torcida.

—Sé lo que su amistad significa para ti —masculló—. Y es primo de Henry. Nunca intentaría ponerte en su contra.

Se quedó inmóvil, sorprendido, cuando Phoebe se inclinó hacia él hasta apoyarle esa preciosa cabeza en el hombro.

—Gracias —susurró ella.

El gesto, tan confiado y natural, fue lo mejor que había sentido en la vida. Poco a poco, volvió la cabeza hasta que pudo tocar con los labios esa melena de color rojo fuego. Llevaba toda la vida anhelando ese momento en secreto. Alguien que acudiera a él en busca de consuelo.

—¿Cuánto tiempo te quedarás? —oyó que le preguntaba.

—¿Cuánto tiempo quieres que me quede?

Phoebe soltó una risilla.

—Al menos hasta que solucione mis problemas.

«Tú no eres quien tiene problemas», pensó West, que cerró los ojos con desesperación.

—¿Qué dice la vaca? —le preguntó West a Stephen esa noche, mientras estaban sentados en la alfombra del salón, rodeados de animales de madera.

—Muuu —contestó el niño sin titubear al tiempo que le quitaba la vaquita de las manos y la examinaba.

West le enseñó otro animal.

—¿Qué dice la oveja?

Stephen extendió la mano para cogerla.

—Bee.

Phoebe sonrió mientras los observaba desde la butaca emplazada junto a la chimenea donde estaba sentada, con un bastidor en el regazo. Después de la cena, West le había dado a Stephen un pequeño establo de juguete con el techo extraíble y una colección de animales tallados en madera y pintados. Incluso había una carreta en miniatura para que el caballo tirase de ella. Cerca de ellos, Justin jugaba con el regalo que le había hecho West. Era un tablero de Tivoli, un juego de mesa en el que se introducían bolas por la parte superior, que luego bajaban a través de un conjunto de resortes y conductos determinados antes de caer en los agujeros dispuestos en la parte inferior, cada uno con un número distinto.

Mucho antes de la cena, le había enseñado a West la casa de invitados, una construcción muy sencilla de ladrillo rojo con ventanas de guillotina y un frontón blanco sobre la puerta. Él se cambió de ropa tras el viaje y regresó a la casa principal para echarle un primer vistazo a los libros de cuentas.

—Ahora entiendo un poco el problema —dijo West mientras leía las páginas que tenía delante—. Usan un sistema de contabilidad de doble entrada.

—¿Eso es malo? —preguntó ella con temor.

—No, es mejor que el sistema de entrada única que usamos en Eversby Priory. Sin embargo, como en este tema estoy un poco pez, voy a necesitar un par de días para familiarizarme con el sistema. Básicamente, cada entrada en un libro necesita una entrada opuesta en otro, y luego se pueden buscar errores a través de una fórmula. —West se rio de sí mismo—. Y pensar en todas las clases de historia griega y de filosofía alemana que di, cuando necesitaba una de iniciación a la contabilidad...

Se pasó toda la tarde en el gabinete y la despachó cuando intentó ayudarlo, aduciendo que su presencia lo distraía demasiado como para concentrarse.

Más tarde, cenaron los dos solos, sentados ambos cerca del extremo de la larga mesa de nogal del comedor, a la titilante luz de las velas. Al principio, la conversación fue bastante precipitada, en parte por los nervios. No era una situación normal para ninguno de los dos cenar en la intimidad como si fueran marido y mujer. Phoebe tuvo la sensación de que era como probar algo nuevo para ver si encajaba. Intercambiaron noticias y anécdotas, debatieron cuestiones tontas y después otras más serias..., y después del vino y del postre por fin se relajaron y bajaron la guardia. Sí, encajaban, los dos encajaban. Era una sensación distinta, pero muy agradable. Una nueva clase de felicidad.

Sabía que West era incapaz de ver más allá de su miedo de ser indigno, de hacerla infeliz algún día. Sin embargo, tanta preocupación era justo lo que la llevaba a confiar en él. Tenía una cosa muy clara: si lo deseaba, tendría que ser ella quien diera el primer paso.

West estaba tirado en el suelo, entre sus dos hijos, con un mechón de pelo oscuro sobre la frente.

—¿Qué dice el gallo? —le preguntó a Stephen al tiempo que sostenía en alto una figurita.

El niño se la quitó y contestó:

—¡Grrr!

West parpadeó, sorprendido, y se echó a reír, al igual que Justin.

—Vaya, qué gallo más feroz.

Encantado por la reacción de West, Stephen sostuvo el pollo en alto.

—Grrr —gruñó de nuevo y, en esa ocasión, West y Justin estallaron en carcajadas.

West extendió una mano hacia la cabeza rubia del niño, lo acercó a él y le besó los suaves rizos.

De haberle quedado alguna duda, ese gesto las habría aniquilado todas.

«Oh, sí..., deseo a este hombre», se dijo.

24

A la mañana siguiente, Ernestine le llevó a Phoebe el té temprano y la ayudó a incorporarse en la cama y a ahuecar los cuadrantes para que apoyara la cabeza.

—Milady, Hodgson me ha pedido que le diga algo que atañe al señor Ravenel.

—¿Sí? —replicó Phoebe, que bostezó mientras se acomodaba contra los cuadrantes.

—Como el señor Ravenel ha llegado sin ayuda de cámara, el ayudante del señor Hodgson estaría encantado de ofrecerle sus servicios en dicha capacidad cuando sea necesario. Además, milady..., la criada que acaba de limpiar la chimenea de la casa de invitados dice que el señor Ravenel ha pedido una navaja y jabón para afeitarse. Hodgson dice que sería un honor prestarle su navaja al caballero.

—Dile a Hodgson que es muy amable por su parte. Pero creo que voy a ofrecerle al señor Ravenel la navaja de mi difunto marido.

Ernestine abrió los ojos de par en par.

—¿La navaja de lord Clare?

—Sí, de hecho, creo que voy a llevársela en persona.

—Milady, ¿se refiere a que se la llevará esta mañana? ¿Ahora?

Phoebe titubeó. Miró hacia la ventana y vio que en el exterior la luz del sol comenzaba a abrirse paso entre la oscuridad como si fuera una capa de nata flotando en el té.

—Es mi responsabilidad como anfitriona ocuparme de los invitados, ¿no es así?

—Sería un gesto de hospitalidad, sí —convino Ernestine, aunque no parecía muy convencida.

Phoebe comenzó a juguetear con un mechón de pelo mientras reflexionaba al respecto y bebía un buen sorbo de té caliente para insuflarse valor.

—Si sale por la puerta del jardín de invierno a esta hora —le dijo Ernestine—, nadie la verá. Las criadas no empiezan a limpiar el ala este hasta bien entrada la mañana. Le diré a Hodgson que no envíe a nadie a la casa de invitados.

—Gracias. Sí.

—Y, milady, si quiere, le diré a Nana que prefiere que los niños desayunen esta mañana en la habitación infantil y que bajen luego a la hora del té.

Phoebe sonrió.

—Ernestine, te agradezco que tu primer instinto no sea evitar que haga algo escandaloso, sino ayudarme a que nadie se entere de que lo hago.

La doncella la miró con dulzura.

—Milady, solo va a disfrutar del aire matinal. Que yo sepa, no es escandaloso salir a pasear.

Cuando Phoebe salió del jardín de invierno y enfiló el sendero que conducía a la casa de invitados, el sol empezaba a derramar su luz dorada sobre las hojas y las ramas de los setos, y su brillo rosado se reflejaba en los cristales de la hilera de ventanas. Llevaba una cesta con tapa en un brazo y caminaba todo lo rápido que podía sin dar la impresión de que tenía prisa.

Una vez que llegó a la puerta de la casa de invitados, llamó un par de veces y entró.

—Buenos días —dijo con suavidad, y cerró la puerta a su espalda.

Había redecorado la casa de invitados al mismo tiempo que redecoraba la mansión. La primera estancia de la casa, un salón de paredes pintadas en un tono verde salvia, con molduras de escayola blancas y toques dorados, estaba perfumado por el ramo de flores emplazado en la consola de madera de satín situada junto a la puerta.

Sin romper el silencio reinante en la casita, West salió de uno de los dormitorios con la cabeza ladeada, perplejo al verla en el salón. Parecía muy alto en el interior de la casa de techos bajos y muy masculino con la camisa remangada y sin remeter por los pantalones, de manera que quedaban a la vista sus brazos, cubiertos de vello. El corazón empezó a latirle con fuerza al pensar en lo que deseaba y en lo que temía que no fuera a suceder. La idea de pasarse el resto de la vida sin haber consumado su relación con West Ravenel empezaba a parecerle una tragedia.

—He traído los útiles necesarios para que te afeites —le dijo ella, señalando la cesta.

West siguió donde estaba, mirándola de arriba abajo con expresión ardiente. Llevaba una prenda de estar en casa que parecía un vestido, pero que en realidad era una bata, ya que no requería el uso de un corsé y se abrochaba con unos cuantos botones. El escote de pico estaba rematado por una tira de encaje blanco de Bruselas.

—Gracias —replicó él—. Esperaba que me los trajera alguien del servicio. Perdóname por haberte molestado.

—No me ha molestado en absoluto. Quería..., quería saber si has dormido bien.

West esbozó el asomo de una sonrisa y pareció sopesar la pregunta.

—No he dormido mal.

—¿Te resulta demasiado blando el colchón? —le preguntó preocupada—. ¿Demasiado duro? ¿Tienes suficientes cuadrantes o...?

—El dormitorio es un lujo en todos los aspectos. He tenido algunos sueños que me han alterado, nada más.

Phoebe se acercó un poco a él con la cesta en la mano.

—He traído la navaja de Henry —le soltó sin más—. Me alegraría que la usaras.

Él la miró con los labios separados, un tanto horrorizado al parecer.

—Gracias, pero no podría...

—Quiero que lo hagas —insistió. Por Dios, la situación había acabado siendo la mar de incómoda—. Es una navaja suiza, hecha del mejor acero. Está más afilada que una hoja de Damasco. Con esa barba que tienes, vas a necesitarla.

West soltó un resoplido que parecía una carcajada y se llevó una mano al mentón, áspero como una lija.

—¿Cómo es que sabes tanto sobre barbas masculinas?

—Afeité a Henry muchas veces —contestó ella con naturalidad—, sobre todo en la última etapa. Era la única persona que permitía que lo tocara.

La luz del sol le iluminaba la mitad superior del rostro y le arrancaba unos destellos increíbles a esos ojos azules.

—Fuiste una buena esposa —comentó él con suavidad.

—Fui una esposa eficiente —lo corrigió con una sonrisa tímida, y añadió a modo de confesión—: Me encantan los sonidos del afeitado.

—¿Qué sonidos?

—El de la brocha cuando uno extiende la espuma y el de la navaja cuando pasa sobre el vello. Me provocan escalofríos en la nuca.

West soltó una carcajada.

—Nunca me ha pasado.

—Pero entiendes lo que quiero decir, ¿verdad?

—Supongo que sí.

—¿No hay algún sonido que te resulte tan agradable que despierte todas tus terminaciones nerviosas?

Se produjo un largo silencio antes de que contestara:

—No.

—Sí que lo hay —protestó Phoebe con una carcajada—. Pero no quieres decírmelo.

—No necesitas saberlo.

—Algún día lo descubriré —le aseguró, y él meneó la cabeza

sin dejar de sonreírle. Se acercó con la cesta—. West..., ¿alguna vez te ha afeitado una mujer?

La sonrisa se borró poco a poco de sus labios, mientras la miraba hechizado.

—No.

Lo vio tensarse a medida que se acercaba a él.

—Arriésgate y déjame afeitarte.

West tuvo que carraspear antes de contestar con voz ronca:

—No es una buena idea.

—Sí, déjame afeitarte. —Al ver que él no hablaba, le preguntó en voz baja—: ¿No confías en mí? —A esas alturas estaba muy cerca de él, pero era incapaz de interpretar su expresión. Lo que sí sentía era la respuesta visceral a su cercanía, ese cuerpo tan poderoso irradiaba placer como si fuera una hoguera irradiando calor—. ¿Tienes miedo? —se atrevió a bromear.

West fue incapaz de resistirse a semejante desafío. Apretó los dientes, retrocedió un paso y la miró con una mezcla de resentimiento y deseo.

Y al instante... hizo un levísimo gesto con la cabeza para que lo siguiera hacia el interior del dormitorio.

25

—¿Cómo puedo estar seguro de que los escalofríos que te provocan los sonidos de la brocha y de la navaja no van a hacer que me mates de un corte? —preguntó West, que estaba sentado en un sillón orejero junto al lavamanos del dormitorio.

—Los sonidos no me provocan espasmos ni mucho menos —protestó Phoebe mientras echaba agua caliente en la palangana blanca de cerámica—. Simplemente los encuentro muy satisfactorios.

—Yo me sentiría satisfecho si me viera sin todo este pelo —repuso él, que se rascó el mentón—. Está empezando a picarme.

—Menos mal que no has pensado dejártela. —Phoebe se alejó para poner el agua a calentar en la estufa instalada en la chimenea—. Ahora se llevan las barbas largas y lacias, como las del señor Darwin o el señor Rossetti. Pero sospecho que la tuya sería rizada.

—Como la lana de una oveja merecedora de un premio —convino él con sarcasmo.

Phoebe introdujo una toalla en el agua caliente, la escurrió y la dobló, tras lo cual se la colocó con cuidado a West en la mitad inferior de la cara. Él se acomodó en el sillón y echó la cabeza hacia atrás.

Seguía sorprendida por el hecho de que hubiera accedido a que lo afeitara. Sin duda, el ritual masculino debía de ser la mar de inquietante si no lo llevaba a cabo un profesional. Cuando empezó a afeitar a Henry, él estaba demasiado débil para hacerlo solo y ya le había confiado incontables tareas necesarias en el cuidado de un enfermo inválido. Sin embargo, esa situación era distinta.

Sacó una tira de cuero de la cesta y la ató con destreza al asa superior del lavamanos.

—Le pedí a mi padre que me enseñara a hacer esto —confesó— para poder atender a Henry. Lo primero que aprendí fue a afilar la navaja como Dios manda. —Tras coger la estrecha navaja, desplegó la hoja y empezó a afilarla con toques rápidos y ligeros—. ¿Quién te afeita en Eversby Priory? ¿El ayuda de cámara de lord Trenear?

West se apartó la toalla caliente de la boca para contestar:

—¿Sutton? No, bastante se queja porque tiene que cortarme el pelo cada tres semanas. Me he afeitado solo desde que cumplí catorce años, y me enseñó mi hermano.

—Pero habrás ido a algún barbero en Londres.

—No.

Phoebe soltó la navaja y se volvió para mirarlo.

—¿Nunca has dejado que te afeite otra persona? —le preguntó con un hilo de voz—. ¿Nunca?

West negó con la cabeza.

—Es... inusual para un caballero de tu posición —logró decir ella.

Lo vio encogerse de hombros con una expresión distante en los ojos.

—Supongo... que, cuando era solo un muchacho, las manos de un adulto tenían una connotación negativa para mí. Siempre me provocaban dolor. Mi padre me pegaba, y también lo hicieron mis tíos, el director del internado, los profesores... —Hizo una pausa y adoptó una expresión sarcástica—. Después de aquello, dejar que un hombre me pusiera una navaja en el cuello nunca me ha parecido un momento para relajarme.

Que estuviera dispuesto a ponerse en una posición vulnerable por ella cuando no lo había hecho con nadie la dejó atónita. Era una muestra de confianza enorme. Enfrentó su mirada y vio el miedo en sus ojos. Sin embargo, siguió sentado, sometiéndose voluntariamente a su merced. Extendió las manos con tiento para retirarle la toalla de la cara.

—Es encomiable tu forma de vivir la vida siendo fiel a tu lema —comentó mientras esbozaba el asomo de una sonrisa—. Pero retiro el desafío.

West frunció el ceño.

—Quiero que lo hagas —dijo a la postre.

—¿Estás intentando demostrarme algo o más bien quieres demostrártelo a ti mismo? —le preguntó en voz queda.

—Las dos cosas.

La expresión de West era serena, pero se aferraba a los brazos del sillón orejero como si fuera un hombre a punto de ser torturado en una mazmorra medieval.

Phoebe lo observó con atención mientras pensaba de qué forma podía aligerar la situación. Lo que había empezado como un juego jovial por su parte se había convertido en algo muy serio. De manera que pensó que lo justo sería que ella también se colocara en una posición vulnerable.

Una vez que decidió arrojar la precaución por la ventana, se desabrochó los tres botones que cerraban la bata por la parte delantera y se desató la cinta que la ajustaba a la cintura. La prenda se abrió y le cayó por los hombros, provocándole un escalofrío. Se le puso la piel de gallina. Tras quitársela, se la colocó en un brazo y se acercó a la cama para dejarla sobre ella.

En ese momento oyó la voz estrangulada de West.

—Phoebe, ¿qué estás haciendo?

Se quitó los zapatos con un par de puntapiés y regresó a su lado con las medias puestas. Con la respiración alterada y colorada de la cabeza a los pies, contestó:

—Distrayéndote de alguna manera.

—No hace falta que... ¡Por Dios! —West la devoró con la mirada. Solo llevaba una camisola blanca de lino y los calzones, cuya tela era tan fina que se transparentaba—. Esto no va a acabar bien —predijo con voz sensual.

Phoebe sonrió al darse cuenta de que ya no se aferraba a los brazos del sillón, sino que estaba tamborileando con los dedos por el nerviosismo. Tras sacar el resto de los objetos de la cesta, se echó unas cuantas gotas de aceite de un frasco en la mano. Se frotó las palmas y se acercó a él. West inspiró hondo mientras se colocaba entre sus muslos separados.

—Echa la cabeza hacia atrás —murmuró ella.

Le hizo caso, sin dejar de mirarla con recelo con los ojos entrecerrados.

—¿Qué es eso?

—Aceite de almendras. Protege la piel y suaviza la barba. —Le masajeó con delicadeza los tensos músculos de la cara, del mentón y del cuello con movimientos lentos y circulares.

West cerró los ojos y empezó a relajarse. Respiraba de forma acompasada y profunda.

—Esta parte no está tan mal —dijo a regañadientes.

Tan cerca como estaba, Phoebe distinguía hasta los detalles más pequeños de su rostro: las pestañas finas y negras como la tinta. El brillo receloso de su mirada. La textura de su piel, más áspera que la suya, pero suave al mismo tiempo, tal como debía ser la piel de un hombre.

—Eres demasiado guapo para llevar barba —le informó—. Tal vez te lo consienta algún día, cuando tengas que disimular que te cuelga la papada, pero de momento tiene que desaparecer.

—De momento —repitió West con los ojos todavía cerrados—, no tengo nada que me cuelgue.

Phoebe miró hacia abajo de forma instintiva. Dado que gozaba de una posición privilegiada entre sus muslos, le veía perfectamente el regazo... allí donde se apreciaba el contorno de una magnífica erección por debajo de los pantalones. Se le secó la boca y se debatió entre el nerviosismo y una rabiosa curiosidad.

—Eso parece incómodo —dijo.

—Puedo soportarlo.

—Incómodo para mí.

Sintió que tensaba los músculos de las mejillas debajo de sus manos en un vano intento por contener la sonrisa.

—Si te pone nerviosa, no te preocupes. Desaparecerá en cuanto cojas la dichosa navaja. —Hizo una pausa antes de añadir con voz ronca—: Pero... no lo será. Incómodo, me refiero. Si vamos a..., me aseguraré de que estés preparada. Jamás te haré daño.

Phoebe le colocó los dedos en torno al mentón. Qué sorprendente era la vida. En otra época jamás habría considerado a ese hombre como una pareja potencial. Y, en ese momento, le sería imposible pensar en otro hombre. No pudo contenerse y lo besó, porque era algo tan necesario como respirar. Le rozó los labios con suavidad con los suyos mientras susurraba:

—Yo tampoco te haré daño nunca, West Ravenel.

Tras usar la barra de jabón para hacer espuma en una taza de porcelana, la extendió por encima de la barba con una brocha de pelo de tejón. West siguió con la cabeza apoyada en el respaldo tapizado del sillón mientras ella se movía a su alrededor.

Sin embargo, se tensó cuando la oyó desplegar la hoja de la navaja y usó la mano libre para moverle la cabeza hacia un lado.

—Soy yo —le dijo con suavidad—. No te preocupes. —Tensó la piel de su mejilla con el pulgar, aferró la navaja con seguridad y se la pasó hacia abajo en un ángulo perfecto de treinta grados. Tras unas cuantas pasadas más, con su satisfactorio sonido, limpió la hoja en el paño que se había colocado en el brazo contrario. No se dio cuenta de que West estaba conteniendo el aliento hasta que lo oyó soltarlo de golpe.

Hizo una pausa y lo miró, con la cara directamente sobre la suya.

—¿Me detengo?

Él esbozó una sonrisa torcida.

—No si te está provocando escalofríos.

—Muchos —le aseguró, y siguió afeitándolo, tensando la piel de la cara para pasar la navaja y dejarla suave. Cuando llegó el momento de trasladarse al cuello, le volvió la cara hacia ella y lo instó a levantar la barbilla para exponer la garganta. Al ver que se aferraba de nuevo a los brazos del sillón, dijo—: Te doy permiso para mirarme el escote.

Él soltó los brazos del sillón y acompasó la respiración.

Comenzó a afeitarle el cuello con pasadas cortas y precisas, dejando a la vista una piel que brillaba como el cobre. Puso especial cuidado en el ángulo del mentón, allí donde no había nada blando debajo de la piel.

—Qué mentón más bonito —murmuró mientras admiraba el contorno—. No lo había admirado antes como se merece.

West esperó a que retirara la hoja de la navaja de su piel para replicar:

—Yo estaba pensando lo mismo de tus pechos.

Phoebe sonrió.

—Sinvergüenza —le dijo en voz baja mientras se trasladaba al otro lado. Una vez que tuvo todo el cuello suave, acercó la cara a la suya, se mordió el labio inferior y le dijo—. Muérdete el labio así.

Él la obedeció sin protestar, y Phoebe lo afeitó por debajo del labio con delicadeza. Mientras trabajaba en la piel que le rodeaba los labios, usando la mínima presión posible, sintió que West se había rendido por completo. Tenía las extremidades relajadas y la respiración tranquila. Tal vez estuviera mal, pero estaba disfrutando enormemente de la situación, del hecho de tener bajo control ese cuerpo tan grande y fuerte. No pasó por alto que había mantenido la erección durante todo el afeitado. El deseo no había menguado en absoluto, y eso también le gustó. De vez en cuando, se detenía para mirarlo a los ojos y asegurarse de que no estaba incómodo, y la mirada serena y casi soñolienta que veía en ellos la tranquilizaba. Mientras examinaba su rostro en busca de alguna zona que necesitara apurar, descubrió un trocito de piel todavía áspera cerca del mentón y otro en la mejilla izquierda. Tras cubrirlos con espuma, le pasó la cuchilla a contrapelo para conseguir un acabado perfecto.

Acto seguido, usó otra toalla caliente para limpiar todos los restos de espuma y le dio un ligero masaje con agua de rosas usando la yema de los dedos.

—Listo —dijo con voz alegre al tiempo que se apartaba para mirarlo con satisfacción. Ese rostro recién afeitado era tan apuesto que el corazón le dio un vuelco—. Y ni un solo corte.

West se frotó el suave mentón y se puso de pie para mirarse en el espejo del lavamanos.

—Me has dejado mejor que si me hubiera afeitado yo. —Se volvió para mirarla con expresión pensativa.

Phoebe arqueó las cejas, un gesto interrogante ya que sentía curiosidad por saber lo que pensaba.

West se acercó a ella con dos zancadas, la estrechó entre los brazos y la besó en la boca con frenesí. Semejante demostración masculina de agradecimiento y alivio le arrancó una sonrisa, pero le fue imposible mantenerla por la pasión del beso. Las manos de West le recorrieron el cuerpo, acariciándola y explorándola, pegándola a sus caderas de tal manera que sintió el palpitante deseo de su erección entre ellos. Después, la besó en el cuello, y ella sintió la suavidad de sus labios y de sus mejillas contra la piel. Echó la cabeza hacia atrás para que la besara en la garganta y le lamiera el hueco de la base.

—Gracias —susurró West sin apartar los labios de la piel que había humedecido con la lengua.

—Gracias a ti por confiar en mí.

—Pondría mi vida en tus manos. —Levantó los brazos y ella sintió un leve tirón en las peinetas que sujetaban su recogido. Al instante, los espesos mechones cayeron por su propio peso y el moño se deshizo. El pelo le cayó suelto hasta las caderas. West retrocedió un paso, tiró las peinetas al suelo y extendió las manos para acariciar la lustrosa melena pelirroja. Tras llevarse unos cuantos mechones a la cara, se los pasó por las mejillas y por los labios, y los besó. Tenía una expresión seria, casi severa, mientras la miraba con una concentración absoluta—. ¿Cómo es posible que seas tan hermosa? —No esperó a que le respondiera; la levantó en brazos con una facilidad que la hizo jadear.

La dejó sobre la cama, todavía deshecha después de que se hubiera levantado y bañada en parte por la luz del sol que entraba por las ventanas. Acto seguido, se acostó a su lado y se apoyó en un codo mientras le acariciaba con un dedo la piel del escote que quedaba a la vista y seguía el recorrido de dicho dedo con la mirada. Una vez que llegó al borde de la tela, tiró con suavidad para dejar a la vista un rosado pezón. Trazó un círculo con el pulgar en torno a él, lo que le provocó un doloroso anhelo que la llevó a arquear la espalda y a estremecerse. Inclinó la cabeza y acarició la sensible piel con los labios una y otra vez, torturándola con suavidad. Después, se lo llevó a la boca y lo succionó con delicadeza mientras lo lamía. Lo sujetó entre los dientes y lo mordió, despertándole un deseo abrasador en las entrañas.

Cuando levantó la cabeza y contempló el endurecido pezón, cuyo color se había oscurecido, le preguntó:

—¿Qué voy a hacer contigo?

Phoebe se puso tan colorada que sintió como le ardía la cara, de forma que se vio obligada a enterrar la cabeza en su cuello antes de contestar a duras penas:

—Se me ocurren algunas cosas.

Sintió el aliento de West en el pelo después de que resoplara al escuchar su respuesta y el peso de su cuerpo al inclinarse sobre ella, tras lo cual empezó a besarle la acalorada piel.

—Dime.

—Aquel día en Eversby Priory..., cuando estábamos en el gabinete y tú... —Se movió, nerviosa e incapaz de encontrar las palabras adecuadas para describir lo que él le había hecho.

—¿Cuando te acaricié encima de un montón de libros de cuentas? —recordó él mientras recorría su espalda con una mano—. ¿Quieres que vuelva a hacerlo, amor mío?

—Sí —respondió ella con timidez—, pero... te ofreciste a usar la lengua.

Su queda carcajada le hizo cosquillas en la oreja.

—Te acuerdas de aquello, ¿verdad?

—He pensado al respecto después —confesó, sorprendida

por estar admitiendo algo tan desvergonzado—, y..., y he deseado haber dicho que sí.

West sonrió y la pegó más a él mientras le acariciaba con los labios el pelo que le rodeaba la oreja.

—Cariño —susurró—, me encantaría hacértelo, sin lugar a dudas. ¿Es lo único que quieres?

—No, yo... —Se apartó un poco para mirarlo con seriedad—. Quiero que me hagas el amor. Por favor. —Sus rostros estaban tan cerca que tuvo la impresión de estar flotando en un profundo océano azul.

Él le acarició el contorno de la cara con la yema de los dedos.

—No tenemos futuro. Es algo que ambos debemos reconocer.

Phoebe asintió con un solitario gesto de la cabeza.

—Pero serás mío mientras estés en Clare Manor.

West contestó en voz baja:

—Ya lo soy, amor mío.

Acto seguido, se incorporó hasta sentarse en el colchón y comenzó a desnudarla con deliberada lentitud, desatando las estrechas cintas de seda de la camisola y pasándole la prenda por la cabeza. Sin embargo, cuando ella intentó levantarle la camisa, le apartó las manos con delicadeza.

—Yo también quiero desnudarte —protestó.

—Luego. —West le desabrochó los calzones con ribete de encaje y se los bajó por las caderas.

—¿Por qué no puedo hacerlo ahora?

Lo oyó soltar una carcajada temblorosa.

—Porque el más leve contacto entre cualquier parte de tu cuerpo y el mío acabará con todo en un explosivo segundo. —Había entrecerrado los ojos mientras miraba su delgado cuerpo desnudo, deteniéndose en los rizos rojos de su entrepierna—. Te deseo demasiado, amor mío. Tanto como la tierra seca desea la lluvia. En otra época de mi vida tal vez habría podido ejercer cierto autocontrol al verte así. Aunque lo dudo. Nunca he visto nada tan precioso como tú. —Le temblaron las manos mientras le quitaba las ligas y las medias, y las arrojaba al suelo.

Tras cogerle un pie, se lo llevó a los labios y le besó el arco, lo que hizo que ella diera un respingo involuntario—. Sin embargo —añadió mientras jugaba con sus dedos—, si hago algo que no te guste, solo tienes que decírmelo y me detendré. Siempre tendré ese control. ¿Lo entiendes?

Ella asintió con la cabeza mientras movía la mano a hurtadillas para cubrirse los rizos del pubis.

El pudoroso gesto debió de hacerle gracia, porque le preguntó:

—¿Qué ha pasado con la mujer que acaba de afeitarme en ropa interior?

—No puedo quedarme aquí acostada y expuesta como si fuera una estrella de mar —protestó ella, que empezó a forcejear para librarse de él—. ¡No estoy acostumbrada a estas cosas!

West se abalanzó sobre ella al punto, le atrapó los brazos y la inmovilizó sobre el colchón para dejarle una lluvia de besos en el torso, mientras ella trataba de zafarse.

—Eres la criatura más divina y deliciosa... —Descendió con los labios hasta su abdomen y siguió hasta el ombligo, pero Phoebe descubrió que el roce húmedo y cálido de su lengua no le hacía cosquillas como esperaba..., más bien le provocaba una sensación, como si algo se le derritiera por dentro—. Deliciosa —repitió con un tono de voz distinto, grave y vibrante. Siguió el borde del ombligo con la lengua antes de acariciarlo en profundidad de nuevo. Después, sopló contra la humedad, lo que hizo que sus abdominales se contrajeran y se estremecieran.

Hechizada, Phoebe se limitó a quedarse tumbada debajo de él mientras West se acomodaba entre sus muslos y se los separaba aún más. De repente, cayó en la cuenta de lo mucho que habían cambiado sus papeles desde el afeitado. En ese momento era él quien tenía el control de la situación y ella la que se rendía. Clavó la mirada en el techo, cuya blancura casi la deslumbró. Nunca había hecho nada semejante a plena luz del día, de manera que se sentía terriblemente expuesta y vulnerable. Y, sin embargo, eso la excitaba todavía más. West siguió jugueteando con su ombligo, besándola y mordisqueándola, mientras deslizaba los dedos sobre los suaves rizos de su sexo.

Al cabo de un rato, trasladó los labios a la cara interna de los muslos, tras lo cual la acarició con la nariz y con los labios, momento en el que ella se arrepintió de haberle pedido que le hiciera eso. Era demasiado. Demasiado íntimo.

Antes de que pudiera pedirle que parara, oyó el gemido ronco que brotó de la garganta de West, un sonido que le había escuchado cuando disfrutaba especialmente de algo, de una copa de buen vino, de algo dulce o suculento. Al instante, sintió que un dedo la acariciaba en la zona más privada de su cuerpo y que procedía a explorarla hasta dar con la húmeda y suave entrada. El dedo se introdujo durante un instante embriagador en la humedad y después se apartó porque levantó la mano para acariciarle un pezón y humedecérselo con su propio flujo como si estuviera untándole perfume.

El gesto le resultó tan chocante que empezó a forcejear para liberarse, pero él la invitó de nuevo a tumbarse colocándole las manos en las caderas. El aliento de West se extendió sobre su vello púbico al reírse, al tiempo que le daba un húmedo lametón. Una vez que estuvo quieta, le trasladó las manos al trasero, y la instó a levantar las caderas y la colocó en un ángulo que la dejaba aún más expuesta.

Cerró los ojos y se concentró por completo en las sinuosas caricias de su lengua mientras le exploraba los labios mayores, siguiendo las curvas a cada lado, tras lo cual procedió a recorrer los labios menores. Sintió que le pasaba la lengua por la entrada de su cuerpo y que se demoraba un instante. Gimió, alterada, al notar que la penetraba con la punta. Era algo inimaginable. Inconfesable.

Sentía una ardiente tensión en las entrañas. Otro lametón lento, una caricia circular, un lánguido roce. Empezó a sudar y a tensarse, y tuvo que morderse el labio para no suplicar. Su cuerpo ya no parecía pertenecerle, sino que parecía un instrumento creado para el placer. Un doloroso deseo se apoderó de su clítoris, privado de toda caricia, y se retorció por el ansia de que la acariciara justo allí. El simple roce de un dedo, o la más leve fricción de sus labios, lograría que se estremeciera por el éxtasis. Se oía emitir sonidos que no había hecho en la vida, gemidos y sollozos que brotaban de las profundidades de sus pulmones.

Llegada a un punto insoportable, bajó una mano para tocarse ella misma los húmedos rizos. Sin embargo, él le atrapó la muñeca y le apartó la mano con agilidad, al tiempo que lo sentía reírse sobre su trémulo sexo. Comprendió que estaba esperando que ella hiciera justo eso. Sabía muy bien lo desesperada que estaba. Frustrada más allá de lo que creía posible, susurró:

—Estás tardando mucho.

—¿Ahora eres tú la experta? —se burló West mientras jugueteaba con sus rizos.

—No..., no quiero esperar.

—Pero yo quiero que esperes. —Con mucha suavidad, dejó a la vista el clítoris y sopló sobre él.

—¡Oh, por favor! West, no puedo..., por favor, por favor...

Esa lengua, tan húmeda y habilidosa, se trasladó allí donde más la deseaba y empezó a trazar círculos y a lamerla con un ritmo enloquecedor. Al mismo tiempo, la penetró con un dedo, ofreciéndole a sus músculos internos algo que aprisionar. El deseo la consumió, y la sensación se extendió por todo su cuerpo. Se dejó llevar por las caricias de West, sintió lo que él quería que sintiera, y se entregó por completo.

Después tuvo la impresión de que se había desmayado. Se sentía demasiado débil para moverse y la cabeza le daba vueltas por las sensaciones. Tenía la cara mojada por el sudor, o tal vez hasta hubiera llorado, y sintió que él se la limpiaba con delicadeza usando el pico de la sábana. Se encontró acurrucada contra él, sintiendo el vello de su torso mientras la consolaba con quedos murmullos. Le acarició el pelo y la espalda, trazando círculos y espirales al azar, y la abrazó hasta que los temblores pasaron.

West abandonó la cama un instante y ella rodó sobre el colchón hasta tumbarse boca abajo para desperezarse y suspirar. Nunca se había sentido tan satisfecha, tan saciada.

Cuando volvió, estaba totalmente desnudo. Phoebe estaba a punto de darse media vuelta, pero él se colocó a horcajadas sobre sus caderas y presionó con suavidad su espalda para que siguiera como estaba. Se quedó muy quieta, disfrutando de las texturas de su piel, de la aspereza del vello de sus muslos, del sedoso roce de su miembro erecto, que le parecía tan grande como un atizador. Oyó que le quitaba un tapón de cristal a un frasco. Acto seguido, captó el olor del aceite de almendras cuando esas manos grandes y cálidas se deslizaron por su espalda y empezaron a frotarla y a masajearla.

Presionó los músculos de sus hombros y desde allí descendió por ambos lados de la columna vertebral, liberando la tensión y provocándole placenteras oleadas que se extendían por todo el cuerpo. Soltó un quedo gemido. Nadie le había hecho eso antes. Nunca había imaginado que podía resultar tan agradable. Mientras West deslizaba las manos hasta los hombros, sintió que su miembro le rozaba las nalgas y la base de la espalda. Resultaba evidente que él también encontraba placentero el masaje y que no hacía el menor intento por ocultarlo. Le masajeó la zona lumbar y las curvas de los glúteos, aumentando la presión de las manos hasta que sintió que todos sus músculos se relajaban.

Una mano se coló entre sus muslos y, tras colocar la palma sobre su sexo, extendió los dedos a ambos lados del clítoris. Las caricias, indirectas y exquisitas por su suavidad, la dejaron sin aliento. Después se trasladó a la entrada de su cuerpo, cuyo borde trazó con los dedos antes de penetrarla despacio pero sin pausa con uno..., no, con dos.

Por instinto, su cuerpo se tensó tratando de evitar la invasión, pero West fue muy delicado y movió los dedos con una lenta cadencia, como los juncos que se agitaban despacio con la corriente. Separó un poco los muslos y pronto se sintió invadida por el deseo de levantar las caderas para sentirlo más adentro. Al hacerlo, algo en su interior pareció liberarse del todo para aceptarlo sin el menor asomo de tensión. Lo oyó pronunciar su nombre con un susurro desgarrado, perdido en el placer del momento y sin dejar de mover los dedos con tal habilidad que tuvo la impresión de que era capaz de hacerlos cambiar de forma. Mantuvo la acalorada cara pegada a la sábana para disfrutar de su frescura y se retorció, jadeando y arqueando las caderas todo lo posible.

Cuando West retiró los dedos, el vacío líquido de su interior le resultó extraño. Sin embargo, sintió su peso al cabo de un instante sobre la espalda. El roce del vello del pecho cuando se inclinó para besarle y lamerle los hombros y la parte posterior del cuello. Su pecho se expandió cuando tomó una bocanada de aire al mismo tiempo que sentía su miembro en la entrada de su cuerpo. Era duro y grande. Trató de penetrarla, pero pese a su buena disposición, Phoebe descubrió que su cuerpo se resistía.

—Espera —susurró al sentir una punzada de dolor.

West se detuvo al instante, firmemente plantado en la entrada, pero sin haber llegado a penetrarla. Phoebe jadeaba por el esfuerzo de intentar presionar hacia atrás, pero titubeó porque empezó a dolerle más.

—No puedo. Lo siento mucho, es inútil, yo...

—Cariño —la interrumpió él, que tuvo la desfachatez de sonreírle mientras le hablaba al oído—, antes de admitir la derrota, vamos a probar de otra manera.

Se apartó de ella y la invitó a salir de la cama. Después de coger el frasco de aceite, la llevó hasta el sillón orejero.

Phoebe meneó la cabeza, desconcertada.

—No pretenderás que... ¿En un sillón?

Él se sentó y se dio unas palmadas en una rodilla.

Ella lo miró sin dar crédito.

—No tienes ni pizca de vergüenza —le soltó entre risillas—, ahí sentado con una erección y tan tranquilo...

—Al contrario, estoy muy preocupado por ella. Y, ya que tú eres la culpable, deberías responsabilizarte y hacer algo.

—Haré todo lo que pueda —replicó ella con inseguridad mientras miraba su miembro erecto—. Aunque la responsabilidad es mayor de lo que me gustaría.

—Agradece que no tengas que vivir con ella —repuso West mientras tiraba de ella para que se sentara a horcajadas sobre su regazo. Encantado al parecer con su ruborizado desconcierto, West abrió otra vez el frasco que contenía el aceite de almendras, le echó unas gotas en una mano y dejó el frasco en el suelo, al lado del sillón—. ¿Te importa?

—¿Quieres..., quieres que te unte el aceite? —preguntó ella, toda azorada por el hecho de estar desnuda y sentada en el regazo de un hombre en semejante postura.

—Por favor.

Se frotó las manos con inseguridad y extendió los brazos para extenderle el aceite por la cara.

West atrapó sus delgadas muñecas con un brillo guasón en esos ojos azules.

—Ahí no, cariño. —Despacio, le bajó las manos hasta su miembro viril, que se erguía bien firme entre ellos.

—¡Oh! —mortificada y entre risillas, Phoebe lo acarició de arriba abajo, cubriendo la sedosa superficie con una capa de aceite. Su miembro viril era largo y bien formado. Estaba muy duro, pero palpitaba como si tuviera vida propia. Oyó que se le alteraba la respiración mientras lo acariciaba de la base a la punta, tras lo cual bajó de nuevo los dedos para acariciarle los testículos—. No hay nada feo en ti —murmuró al tiempo que lo acariciaba con las dos manos.

—Gracias. Yo les tengo cariño. Sin embargo, no estoy de acuerdo contigo. Los cuerpos femeninos son una obra de arte y de elegancia. Los cuerpos masculinos son estrictamente funcionales.

—Los cuerpos femeninos también llevan a cabo funciones muy importantes.

—Sí, pero siempre son hermosas. —Sus dedos recorrieron la forma de una estría que se extendía por su abdomen con un brillo plateado a la luz del día—. ¿Cómo fue? —le preguntó en voz baja.

—¿Dar a luz? —Phoebe bajó la vista para mirar con tristeza las marcas que los embarazos le habían dejado en el cuerpo—. No tan malo como pensaba. Agradecí mucho el poder contar con los avances de la medicina moderna. —Esbozó una sonrisilla mientras observaba cómo sus dedos se trasladaban de una estría a otra—. No son bonitas, ¿verdad?

La miró a los ojos, sorprendido.

—Todo tu cuerpo es bonito. Estas son las marcas de una vida bien vivida, de los riesgos que has asumido y de los milagros que has traído al mundo. Son los símbolos del amor que has entregado y que has recibido. —La atrajo hacia él y la instó a colocarse de rodillas para poder besarla en el cuello y en la parte superior de los pechos—. Siento decir —continuó con la boca enterrada en su canalillo— que el respeto que me merece la institución de la maternidad no afecta en absoluto al deseo de hacerte el amor desenfrenadamente.

Phoebe le rodeó el cuello con los brazos y le frotó el pelo oscuro con una mejilla. Acto seguido, inclinó la cabeza y le susurró al oído:

—Yo tampoco lo siento.

Para su sorpresa, lo sintió estremecerse de arriba abajo, como la cuerda de un piano al pulsar la tecla. Se echó hacia atrás y contempló su rostro ruborizado. Con una sonrisa triunfal, dijo:

—Ese es el sonido, ¿verdad? El que te provoca escalofríos. El susurro de una mujer.

26

—No admito nada, ni por asomo —contestó West, que siguió acariciándole los pechos, acercándolos para poder besarle a placer los pezones. Pegó los labios a un inhiesto pezón y lo chupó y succionó con fuerza. Despacio, fue bajando una de las manos por su abdomen hasta llegar al pubis, cuyos rizos pelirrojos procedió a acariciar. Pese a su fuerza física, la tocaba con sorprendente delicadeza, y sus caricias eran habilidosas y exquisitas, de forma que aumentaban la excitación.

Sus dedos la acariciaron con pericia hasta encontrar su centro, abriéndola como si fuera una flor. La punta del dedo corazón le rodeó el clítoris y empezó a jugar con él. Al mismo tiempo, empezó a lamerle el otro pecho. Phoebe, que seguía a horcajadas sobre él, sintió que los muslos le temblaban muchísimo. Se dejó caer y dio un respingo al sentir la dureza de su sexo contra ella.

—No te pares —le dijo él contra el pecho al tiempo que le colocaba una mano en el trasero para guiarla. Como titubeaba, levantó la cabeza y vio la incertidumbre de su cara—. ¿Nunca lo has hecho así?

—Henry y yo éramos vírgenes. Solo sabíamos hacerlo de una manera.

West la miró con sorna.

—¿Nunca mirasteis estampas eróticas juntos? Habríais descubierto un sinfín de ideas.

—No —contestó Phoebe, bastante escandalizada por la idea—. En primer lugar, Henry no sabría ni dónde encontrar algo así...

—Los libreros de Holywell Street y de Drury Lane las tienen debajo del mostrador —le dijo él solícito.

—Y, en segundo lugar, nunca me habría mostrado algo así.

En los ojos de West apareció un brillo travieso.

—¿Qué habrías hecho si te hubiera enseñado algunas?

Sorprendida por la pregunta, Phoebe abrió la boca para contestar, pero luego la cerró.

—No lo sé —admitió al cabo de un rato—. Supongo que... habría mirado una.

Él se echó a reír.

—¿Solo una?

—O dos —contestó ella, tan avergonzada que creía que le ardía todo el cuerpo. Se inclinó hacia delante para ocultar la cara en su hombro—. No hablemos de estampas verdes.

—Te lo estás pasando en grande, picarona —repuso él, que la rodeó con los brazos—. Admítelo.

Phoebe sonrió contra su hombro. Le encantaba cómo se reía de ella, como ningún hombre se reiría jamás de la hija de un duque o de una respetable viuda.

—Un poquito —confesó.

El olor de la piel de West se mezclaba con el jabón de afeitar, el aceite de almendras y una nota salada que, para su sorpresa, bien podría proceder de ella. Excitada por la intimidad que ya había compartido con ese hombre, movió la cabeza y le besó el cuello. Deslizó los labios entreabiertos hasta llegar a su mejilla, y él la buscó con la boca, mientras los besos daban paso a más besos, como un campo de amapolas en un verano interminable. Esos habilidosos dedos juguetearon entre sus muslos, introduciéndose de vez en cuando en su cuerpo y acariciándole los músculos internos que se tensaban a su alrededor. Le acarició el clítoris con el pulgar en pasadas traviesas, lo que le provocaba estremecimientos y le hacía imposible quedarse quieta. A su vez, ella bajó una mano para aferrar su miembro y lo guio, decidida a tenerlo dentro.

—Despacio —le advirtió West en voz baja al tiempo que le sujetaba el trasero para controlar su descenso.

Se dejó caer sobre su regazo y sintió cómo él cambiaba de postura en el sillón y modificaba el ángulo entre ellos. Jadeando por el esfuerzo, siguió descendiendo, poco a poco, sobre él. West la sujetaba con sumo cuidado mientras la observaba, absorto, y respiraba con dificultad.

Ya lo tenía dentro, hasta tal punto que casi resultaba incómodo, pero no había conseguido aceptarlo por entero. Se detuvo, y él gimió por lo bajo al tiempo que le acariciaba la espalda y los costados, sin dejar de mascullar una ferviente aprobación y de alabarla. Obedeciendo la creciente presión de sus manos, bajó un poco más antes de subir y descender de nuevo, hechizada por la sensación de que la llenase y la acariciase por dentro.

—¿Así? —le preguntó, ya que quería que se lo confirmase.

—Dios, sí, justo así, sí... —West le puso las manos en la cabeza y la acercó para darle un beso entusiasta y apasionado.

A medida que fue ganando confianza, se movió sobre él y descubrió que si arqueaba la espalda y movía las caderas hacia delante cada vez que bajaba, era capaz de acogerlo entero en su interior y se frotaba de forma deliciosa contra su firmeza. Sentía una punzada cada vez que lo hacía, de manera que el creciente placer pronto reemplazó al dolor. Abrumada por las sensaciones, empezó a moverse con más frenesí, casi golpeándolo con fuerza, mientras respiraba a grandes bocanadas a las puertas del éxtasis.

—Phoebe —lo oyó susurrar—, espera..., despacio..., no tan fuerte. Te harás daño, preciosa...

No podía esperar. La necesidad era acuciante, y todos los músculos se le tensaban, anticipando el placer que estaba por llegar.

Se le escapó un gemido cuando West la detuvo en seco colocándole un brazo bajo las caderas y apartándola de golpe de su miembro.

Se estremeció, presa del deseo.

—No, era maravilloso, por favor, necesito...

—Puede que ahora te satisfaga, pero luego me maldecirás porque no podrás ni andar.

—Me da igual. Me da igual.

Siguió protestando con un hilo de voz mientras la cabeza le daba vueltas y él la levantaba y la llevaba a la cama. Lo oyó murmurarle algo sobre la paciencia o... Sin embargo, no podía oír nada porque le atronaban los oídos. En cuanto la dejó en el colchón, separó las piernas y West se colocó entre ellas, arrancándole un grito cuando volvió a penetrarla y sintió su miembro por completo. West empezó a mover las caderas con una cadencia lenta y firme que no cambiaba por más que ella se retorcía y le suplicaba que fuese más rápido, que la penetrase hasta el fondo.

Le besó un pecho, succionándole el pezón y dándole tironcitos al compás de cada embestida. Su cuerpo se contraía cada vez que la penetraba, aferrándose a él con ansia a medida que las sensaciones se acumulaban y crecían hasta que sintió un clímax estremecedor que la sacudió con una fuerza demoledora. Se quedó en silencio, con las caderas arqueadas contra el peso de West, mientras absorbía hasta la última gota de placer. Él se mostró incansable, metódico, mientras trabajaba para satisfacerla.

Al cabo de un momento, Phoebe se dejó caer en la cama, temblando de forma incontrolable. Él la penetró... una vez, dos, tres... y salió de ella para frotarle su duro miembro contra el abdomen. Lo oyó ahogar un gruñido salvaje enterrando la cara en las sábanas mientras se aferraba a la cama a ambos lados de su cuerpo con tanta fuerza que creyó que iba a hacer agujeros en el colchón. Al sentir la calidez de su simiente en la piel, un ronroneo desconocido brotó de su garganta, un sonido de satisfacción atávica por haber complacido a su pareja.

West hizo ademán de apartarse de ella, pero Phoebe lo rodeó con los brazos y las piernas para que no pudiera moverse. Podría haberse soltado con una facilidad pasmosa, pero se quedó quieto, obediente, mientras intentaba recuperar la respiración. Phoebe se deleitó con la sensación de estar bajo su peso, con el vello de su torso contra los pechos, mientras el olor a sudor y a intimidad le asaltaba las fosas nasales.

A la postre, West la besó muy despacio antes de salir de la cama. Regresó con un paño húmedo, con el que la limpió con cuidado, llevando a cabo esa tarea tan propia de un amante con una ternura indecible.

Exhausta y somnolienta por la relajación, Phoebe volvió la cara hacia él cuando se acostó de nuevo. West le apartó varios mechones de pelo de la cara y la miró a los ojos. Ella tuvo la sensación de que seguían fuera del alcance del mundo, entrelazados aunque sus cuerpos se hubieran separado. Ya formaba parte de ella, llevaba su nombre en la piel, marcado con tinta invisible, pero indeleble. Con la punta de un dedo, le recorrió el puente de la nariz y el labio superior. «¿Qué hemos hecho?», se preguntó, casi asustada por el vínculo que había entre ellos, por su fuerza inquebrantable.

Sin embargo, parecía que su acompañante estaba concentrado en preocupaciones más inmediatas.

—¿Servirán pronto el desayuno? —le preguntó él con deje esperanzado.

—Pobre mío. Cada día es una lucha constante para satisfacer alguno de tus apetitos, ¿a que sí?

—Es agotador —convino él, que procedió a dejarle un reguero de besos por el brazo.

—Volveré a la casa antes que tú, y me sigues unos minutos después. Me aseguraré de que te den de comer. —Phoebe sonrió y apartó el brazo—. Tenemos que conservar tus fuerzas para que repases los libros de cuentas.

27

El sol del mediodía se filtraba por las ventanas del gabinete mientras West trabajaba con varios libros de cuentas en la mesa de roble. Comprobaba las referencias cruzadas y, de vez en cuando, se paraba a ojear las carpetas con correspondencia y documentos legales. Phoebe estaba sentada en silencio a la mesa, proporcionándole respuestas cuando podía y tomando notas para tenerlas como referencia más adelante. Observarlo era un placer, con la camisa remangada sobre los musculosos brazos y los tirantes de los pantalones que le cruzaban por la fuerte espalda y descendían por su torso hasta la estrecha cintura.

Para su alivio, no parecía enfurruñado ni molesto por tener que pasar un día soleado dentro de la casa. Le gustaba solucionar problemas. Tenía la sensación de que no era la clase de hombre que viviría tranquilo sin un propósito durante mucho tiempo. West mostraba gran interés por cómo se desarrollaba la vida cotidiana, por los asuntos prácticos. Esa era una de las cualidades que más lo diferenciaba de Henry, que consideraba que el ocio era su vida real, detestaba que los temas mundanos lo distrajeran y odiaba con toda su alma hablar de dinero por cualquier motivo. Henry prefería mirar hacia dentro, mientras que West miraba hacia fuera, y en ambos casos era necesario algo de equilibrio.

Luego estaba el pobre Edward, que se habría parecido mucho más al introspectivo Henry de haber podido, pero a quien las circunstancias lo habían obligado a ganarse el pan trabajando. El padre de Henry era vizconde, mientras que el padre de Edward era el segundo hijo. Evidentemente, Edward sabía que si por fin se casaba con ella, podría vivir como señor de la mansión y ostentar casi todo el poder y los privilegios que había disfrutado Henry. Una vez conseguido ese objetivo, también podría concentrarse en la vida interna y apartarse de la desagradable realidad de la vida.

Salvo que los tiempos estaban cambiando. La aristocracia ya no podía vivir en sus torres de marfil desde las que no veía con claridad a las personas que estaban más abajo. West había hecho que ella fuera más consciente que nunca de ese hecho. Si la propiedad se hundía, no sería un pequeño traspiés, fácilmente reparable. Sería más como acercarse poco a poco a un precipicio invisible. Con suerte, podría cambiar el rumbo antes de que cayeran al vacío.

—Phoebe —dijo él, interrumpiendo sus pensamientos—, ¿tienes más documentos financieros? ¿Alguno específico con anotaciones bancarias y cheques?

Phoebe negó con la cabeza mientras lo veía buscar en el montón de carpetas que tenía en la mesa.

—No, esto es todo lo que tengo.

—Pues es posible que te hayas dejado algo en las oficinas de Larson.

Frunció el ceño al oírlo.

—El tío Frederick me aseguró que esto era todo lo que tenían de la propiedad. ¿Por qué crees que falta algo?

—¿Qué sabes del préstamo solicitado hace dos años y medio a la Compañía de Préstamos y Concesiones Agrícolas?

—Me temo que no sé nada del tema. ¿A cuánto asciende?

—A quince mil libras.

—Quince... —empezó ella, que puso los ojos como platos—. ¿Con qué propósito?

—Mejoras en las tierras. —West la miró con atención—. ¿Larson nunca lo habló contigo?

—¡No!

—Se acordó pagar el préstamo con la futura herencia de Justin.

—¿Estás seguro?

—Aquí hay una copia del contrato del préstamo.

Phoebe se levantó de un salto y rodeó la mesa para leer el documento que él tenía en la mano.

—Estaba metido en un libro de cuentas —siguió West—, pero según he comprobado, no se anotó como es debido en ninguno. Ni tampoco encuentro datos en la cuenta de préstamos.

Aturdida, leyó las condiciones del préstamo.

—Un interés del siete por ciento para pagarlo en veinticinco años...

—La compañía de préstamos se incorporó gracias a una ley especial del Parlamento —explicó West— para ayudar a terratenientes con problemas. —Miró el documento con desdén—. Podrías pedir un préstamo en un banco normal al cuatro y medio por ciento.

Phoebe examinó la página en la que aparecía la firma de Henry.

—Henry lo firmó una semana antes de morir. —Se llevó una mano al estómago, que se le había revuelto.

—Phoebe, ¿estaba en pleno uso de sus facultades por aquel entonces? —oyó que West le preguntaba al cabo de un momento—. ¿Habría firmado algo así sin saber lo que era?

—No. Dormía mucho, pero cuando estaba despierto, su mente funcionaba bastante bien. Según se acercaba el final, intentó poner en orden todos sus asuntos, y hubo muchas visitas, entre ellas abogados y administradores. Yo intentaba echarlos, dejar que descansara. No sé por qué no me mencionó el préstamo. Seguro que lo hizo para evitar que me preocupase. —Soltó el documento y se llevó una temblorosa mano a la frente.

Al ver lo alterada que estaba, West la instó a volverse hacia él.

—Vamos, vamos —dijo con voz reconfortante—, no es una cantidad desorbitada de dinero cuando se trata de hacer mejoras en una propiedad de este tamaño.

—No es solo por la cantidad —repuso Phoebe, distraída—. Es por la desagradable sorpresa, que me ha asaltado como un trol salido de debajo de un puente. Henry sabía que tendrían que ponerme al corriente de algo así, que si yo iba a gestionar la propiedad..., pero... no esperaba que yo la gestionara, ¿verdad? Esperaba que lo dejase todo en manos de Edward. Y lo he hecho, ¡durante dos años! No me he responsabilizado de nada. ¡Estoy furiosa conmigo misma! ¿Cómo he podido ser tan tonta y tan egoísta...?

—Calla. No te culpes de nada. —Con delicadeza, West le sujetó la barbilla entre los dedos, instándola a mirarlo a los ojos—. Te estás responsabilizando ahora. Vamos a descubrir los hechos y luego ya decidirás qué hacer. Primero necesitamos acceso a la información contable y a los registros de la compañía de préstamos.

—Ni siquiera sé si es posible. Aunque soy la tutora legal de Justin, Edward es el albacea del testamento y el administrador de su fondo fiduciario. —Frunció el ceño—. Y dudo mucho que quiera que yo vea esos registros.

West se apoyó en la mesa sin dejar de mirarla y masculló un improperio.

—¿Por qué es el albacea Larson? ¿Por qué no lo es tu padre o tu hermano?

—Henry se sentía más cómodo con alguien que fuera de su familia, alguien que conociera la propiedad y su historia. Mi padre es el siguiente candidato a albacea, en el caso de que le suceda algo a Edward. —Pensar en su padre la tranquilizó. Con todo su poder y sus contactos, sabría qué hacer, a quién acudir—. Le escribiré a mi padre —dijo—. Conoce a gente en el Parlamento y en la banca..., moverá hilos por mí.

Con expresión pensativa, West le cogió una mano y jugueteó con sus dedos.

—Tengo otra idea, si te parece bien. Podría pedirle a Ethan Ransom que nos consiga la información. La obtendrá más deprisa y con más discreción que cualquier otra persona, tu padre incluido.

Phoebe lo miró incrédula.

—¿El herido que se pasó una temporada en Eversby Priory? ¿Por qué...? ¿Cómo...?

—Se me olvidó comentarte cómo resultó herido Ransom. Trabajaba para el Ministerio del Interior como..., en fin, como agente oficioso.

—¿Era un espía?

—Espiar era una de las tareas a las que se dedicaba. Sin embargo, destapó un caso de corrupción entre sus superiores que se extendía a otros ámbitos de las fuerzas del orden, y luego... se convirtió en un objetivo. Casi consiguieron acabar con él.

—Y le ofreciste refugio —repuso ella al darse cuenta de que la visita estival de Ethan Ransom a Eversby Priory estuvo motivada por algo más que la necesidad de un lugar tranquilo donde recuperarse—. Lo estabas escondiendo. —Preocupada de repente, se acercó a él y le rodeó el cuello con los brazos—. ¿Estuviste en peligro?

—Ni por asomo —contestó él, demasiado deprisa.

—¡Sí que lo estuviste! ¿Cómo pudiste hacer algo así por un desconocido? Por no hablar de que también pusiste en peligro al resto de la casa.

West enarcó una ceja.

—¿Vas a reñirme?

—Sí, ¡te hace falta una buena regañina! No quiero que te pase nada.

West sonrió antes de ponerle las manos en las caderas.

—Acepté a Ransom cuando necesitaba ayuda porque no era un total desconocido. Resulta que es pariente de los Ravenel. Ya te lo explicaré más tarde. El asunto es que Ransom me debe algún que otro favorcillo y que podría hacerse con los registros del préstamo con facilidad, dado que acaba de jurar el cargo como ayudante del comisionado de la Policía Metropolitana. También tiene autoridad para organizar y dirigir un grupo de agentes elegidos por él. Estoy seguro de que lo considerará una práctica. —Hizo una pausa—. Por cierto, no puedes contarle a nadie nada de esto.

—Por supuesto. —Phoebe meneó la cabeza sin dar crédito a lo que acababa de oír—. Muy bien. Si escribes la carta, haré que la manden de inmediato.

—Preferiría enviarla por mensajero especial. Quiero acabar con esto antes de que Larson vuelva y me vea obligado a marcharme.

—La vuelta de Edward no implicará tu marcha —protestó Phoebe, molesta—. No tiene voz ni voto en quién se aloja en mi casa.

—Lo sé, cariño. —El semblante de West se ensombreció—. Pero no te apetecerá que estemos muy cerca durante mucho tiempo, porque la situación acabará convirtiéndose en una lucha de poder.

—Eso no me preocupa.

—A mí sí —repuso él en voz queda—. He provocado demasiadas escenas vergonzantes y he dejado demasiada desdicha a mi paso. No quiero recordatorios. A veces temo... —Hizo una pausa—. No tienes ni idea de lo fino que es el velo que me separa de la persona que era.

Sí que lo entendía. O, para ser más exactos, entendía que eso era lo que él creía. Lo miró con expresión compasiva y le tomó la cara entre las manos. Pese a su ingente cantidad de buenas cualidades, West también tenía vulnerabilidades..., puntos frágiles que había que proteger. Muy bien, pues ella lo protegería de cualquier escena desagradable que hubiera con Edward.

—Con independencia de cuánto te quedes —le dijo—, me alegro de que ahora estés aquí.

West apoyó la frente en la suya, y su cálido aliento le acarició los labios.

—Dios, yo también me alegro.

A lo largo de los siguientes días, el decoro de Clare Manor se vio alterado por la vigorosa presencia de West Ravenel, por el sonido de sus botas al subir la escalera, por su ronca voz y por sus sonoras carcajadas. Perseguía a los niños por los pasillos y los hacía chillar, los llevaba al exterior para jugar y dejaba tierra y piedrecitas en la alfombra cuando volvían al interior. Investigó todos y cada uno de los rincones de la casa, se aprendió los nombres de los criados e hizo incontables preguntas a todo el mundo. Engatusados por su rápido ingenio y su amabilidad, el personal hacía una pausa durante sus quehaceres para contarle todo lo que quisiera saber. Al anciano jardinero jefe le encantó su habilidad para discutir de los detalles más sutiles del tiempo y de cómo acabar con las orugas que mataban las plantas. La cocinera se sintió halagada por su gran apetito. Nana Bracegirdle disfrutó de lo lindo al regañarlo por permitir que Justin chapoteara en los charcos tras un día de lluvia, lo que hizo que se estropeara los zapatos buenos.

Una tarde, Phoebe fue a buscarlo y se lo encontró dándoles formas a los setos del jardín que antaño fuera formal, que no se había mantenido desde que el anciano jardinero empezara a sufrir de reumatismo. Se detuvo en las cristaleras abiertas y observó la escena con una sonrisa soñadora. West estaba subido a una escalera y le daba forma al seto con unas tijeras de podar siguiendo las instrucciones del anciano jardinero, que lo miraba desde abajo.

—¿Qué te parece? —le preguntó West a Justin, que estaba amontonando las ramitas y las hojas mientras caían.

El niño examinó el seto con ojo crítico.

—Sigue pareciendo un repollo.

—Es un pato y se ve a la perfección —protestó West—. Esto es el cuerpo y esto, el pico.

—No tiene cuello. Un pato necesita cuello o no puede graznar.

—Eso no te lo puedo discutir —repuso West con sorna, que siguió podando.

Phoebe contuvo una carcajada y regresó a la casa. Sin embargo, la imagen no la abandonó: West, cuidando los adorados setos con formas de animales de Henry, pasando tiempo con su hijo.

Menos mal que Georgiana se había ausentado y estaría fuera todo el invierno: se habría escandalizado al ver que la presencia de West disipaba la sensación de que era una casa de luto. Claro que no habían olvidado a Henry, todo lo contrario. Sin embargo, su recuerdo ya no estaba empañado por la tristeza y la desolación. Estaban honrando su recuerdo al mismo tiempo que corría por Clare Manor un soplo de vida nueva. No lo habían reemplazado, pero había sitio para más amor. El corazón podía crear tanto espacio como el amor necesitase.

Por las mañanas, West disfrutaba de un copioso desayuno bien temprano y después salía a caballo para visitar las granjas de los arrendatarios. Phoebe lo acompañó el primer día, pero pronto quedó patente que su presencia inquietaba a los arrendatarios, que se mostraban intimidados y nerviosos al verla.

—Por más que me guste tu compañía —le dijo West—, vas a tener que dejar que los visite solo. Después de años sin contacto directo con un Larson, lo último que harán será hablar con libertad delante de la señora de la casa.

Al día siguiente, que salió solo, los resultados fueron mucho mejores. Se reunió con tres de los mayores arrendatarios de la propiedad, que le dieron gran cantidad de información y arrojaron algo de luz sobre un misterio contable en concreto.

—Tu propiedad tiene algunos problemas muy interesantes —le dijo West a Phoebe cuando regresó por la tarde y la encontró en el jardín de invierno con los gatos. Estaba de buen humor tras haber recorrido los campos a caballo y a pie. Olía al aire otoñal, a sudor, a tierra y a caballo, y era un olor terrenal muy agradable.

—No creo que quiera problemas interesantes —replicó ella al tiempo que se acercaba a una mesa para servirle un vaso de agua—. Preferiría tener problemas normales.

West aceptó el vaso murmurando las gracias y después lo apuró, sediento. Unas gotitas le cayeron por el cuello. Phoebe se quedó fascinada por el movimiento de esa fuerte garganta al recordar un instante de la noche anterior, cuando se arqueó sobre ella, levantando la espalda y los hombros mientras sus músculos se tensaban por el placer.

—Que me aspen si hoy no he visto una tierra estupenda —dijo él al tiempo que dejaba el vaso vacío en la mesa—. Ahora entiendo por qué tus cosechas son mejores de lo que esperaba, sobre todo teniendo en cuenta los métodos tan primitivos que usan los arrendatarios. Pero no hay forma de evitarlo: vas a tener que invertir en kilómetros de drenaje de tierras y también alquilar una máquina de vapor con un arado rotatorio para soltar todo ese barro compactado. Ni uno solo de tus campos se ha cultivado más allá de un palmo. La tierra se ha apelmazado por los caballos y se ha compactado por su propio peso durante siglos, de modo que a las plantas les cuesta enraizar. La buena noticia es que, una vez que se haya soltado y aireado la tierra, eso bastará para duplicar la cosecha anual.

—Maravilloso —repuso Phoebe, complacida—. ¿Ese era el problema interesante?

—No, ahora te lo cuento. ¿Te acuerdas de que encontramos anotaciones raras en el libro de registro de las cosechas, con cuatro cifras distintas para el mismo arrendatario?

—Sí.

—Pues se debe a que muchos de tus arrendatarios siguen empleando el sistema de campos abiertos, como en tiempos de la Edad Media.

—¿Qué significa eso?

—Eso significa que una explotación como la del señor Morton, al que he visitado hoy, consiste en cuatro franjas de tierra, que se encuentran dispersas en un área de diez kilómetros cuadrados. El hombre se ve obligado a trasladarse específicamente a cada franja para trabajar la tierra por separado.

—¡Pero eso es ridículo!

—Es imposible. Razón por la que casi todos los terratenientes le dieron la patada al sistema de campos abiertos hace mucho. Vas a tener que encontrar la manera de reorganizar las particiones y redistribuirlas de manera que cada arrendatario tenga una sola parcela de buen tamaño. Pero no va a ser tan fácil como parece.

—No parece fácil en absoluto —convino Phoebe con un deje desanimado—. Tendremos que renegociar todos los arrendamientos.

—Te buscaré un mediador experimentado.

—Muchos de los arrendatarios se negarán a aceptar una parcela de peor calidad que la de otro.

—Convéncelos de que empiecen a criar ganado en vez de plantar grano. Conseguirán más beneficios de los que obtienen ahora. En la actualidad, la leche y la carne dan más dinero que los cereales.

Phoebe suspiró irritada y nerviosa.

—Es evidente que ni Edward ni su padre pueden encargarse de este asunto, dado que, para empezar, a ninguno le pareció oportuno ponerme al día. —Hizo una mueca y lo miró—. Ojalá pudieras hacerlo tú. ¿No podría contratarte? ¿Para siempre? ¿Eres muy caro?

En los labios de West apareció el asomo de una sonrisa, aunque sus ojos la miraron con una expresión adusta y carente de humor.

—A simple vista, soy barato. Pero vengo con costes ocultos.

Phoebe se acercó más a él y le apoyó la cabeza en el pecho.

Al cabo de un momento, West la abrazó y pegó la mejilla a su pelo.

—Te ayudaré —le dijo—. Me aseguraré de que tienes todo lo que necesitas.

«Tú eres lo que necesito», pensó ella. Movió las manos por su espectacular cuerpo, que a esas alturas le resultaba tan familiar. Con un gesto atrevido, le deslizó la mano por el torso y le acarició la pretina de los pantalones, allí donde un duro contorno se pegaba contra la suave tela. West se quedó sin aliento. Cuando lo miró a la cara, se percató de que la calidez había regresado a su mirada y de que su expresión, relajada, delataba el deseo que sentía.

—Ojalá no tuviéramos que esperar hasta esta noche —dijo ella con voz trémula.

Por las noches, después de la cena, se relajaban con los niños en el salón, jugando y leyendo hasta que llegaba la hora de acostarlos. Después, West se retiraba a la casa de invitados, donde ella se escabullía más tarde, al amparo de la noche. A la luz de una lámpara de aceite, la desnudaba junto a la cama, atormentando con las manos y la boca cada centímetro de su cuerpo que iba revelando.

Todavía faltaban horas para eso.

—No tenemos por qué esperar —le aseguró él inclinando la cabeza.

Se apoderó de sus labios y su lengua la invadió, tierna y exquisita, provocándole un estremecimiento en una parte de su cuerpo que deseaba sentirlo dentro. Pero... ¿allí? ¿En el jardín de invierno a plena luz del día?

Sí. Cualquier cosa que él quisiera. Cualquier cosa.

28

En cuestión de minutos, West la llevó a un rincón del jardín de invierno oculto entre rocas y hojas grandes. La apoyó contra la pared y la besó sin muchos miramientos, poseído por la pasión, devorando su boca con ansia como si fuera néctar de madreselva. Su piel era blanca como el alabastro y salpicada de pecas doradas, suave y trémula bajo sus labios. Le levantó con una mano la parte delantera de las faldas hasta la cintura mientras le introducía la otra bajo los calzones para separar sus labios. Jugó con ella, la acarició y la torturó, y penetró con los dedos ese cuerpo húmedo y dispuesto. Le excitaba ver sus intentos por guardar silencio sin conseguirlo, los pequeños gemidos y jadeos que se le escapaban.

Tras desabrocharse los pantalones y liberar su miembro erecto, la atrapó contra la pared y la penetró. Phoebe gritó sorprendida cuando la levantó de repente y se encontró con las piernas colgando a ambos lados de su cuerpo. Sin soltarla en ningún momento, empezó a moverse contra ella, frotándole el clítoris cada vez que lo hacía.

—¿Te gusta? —le preguntó con voz ronca, aunque conocía su respuesta porque la sentía con su cuerpo.

—Sí.

—¿Me sientes demasiado dentro?

—No. No. Sigue así. —Phoebe se aferró a sus hombros ya que el clímax se cernía sobre ella.

Sin embargo, cuando West sintió que sus músculos se contraían en torno a él y que se tensaba al borde del orgasmo, se obligó a detenerse. Hizo caso omiso de sus gemidos y de sus movimientos, y esperó hasta verla más relajada. Después empezó a moverse de nuevo, la llevó hasta el borde del clímax y se detuvo. Sus quejas y protestas le arrancaron una queda carcajada.

—West..., estaba a punto de... —Guardó silencio, ya que el pudor le impedía decirlo en voz alta.

Adoraba esa faceta de su personalidad.

—Lo sé —susurró él—. Lo he sentido. Te he sentido contraerte a mi alrededor. —Rotó las caderas y la penetró hasta el fondo, despacio. Apenas era consciente de lo que decía, pero dejó caer sobre ella una lluvia de palabras como si fueran pétalos de rosa—. Eres tan suave como la seda. Todo tu cuerpo...; eres tan dulce... La próxima vez no me detendré. Me encanta verte cuando llegas al clímax..., la cara que pones... de sorpresa..., como si no lo hubieras sentido antes. Te pones colorada, tan roja como una rosa, por todos los sitios..., hasta las orejas y te tiemblan los labios... Sí, justo así... —La besó en la boca, saboreó el interior húmedo de los labios, que tenía separados, y acarició esa lengua aterciopelada que salió a su encuentro. Cada vez que se la sacaba un poco, Phoebe forcejeaba tratando de mantenerlo aprisionado en su interior. El placer era tan intenso que mucho se temía que iba a correrse en el interior de su húmedo cuerpo. Phoebe estaba en las garras de un orgasmo arrollador, estremeciéndose y tensándose alrededor de su miembro mientras él intentaba con todas sus fuerzas mantener un ritmo estable y controlado. Sintió que el orgasmo era inminente, que su cuerpo se preparaba para la explosión final, pero aun así siguió moviéndose y penetrándola sin pausa hasta que los espasmos de Phoebe cesaron.

Su turno había llegado. Pero no estaba preparado, la verdad. No tenía condón, ni nada con lo que limpiarse.

—Phoebe... —susurró sin dejar de moverse—. ¿En qué bolsillo guardas los pañuelos?

Ella tardó un instante en responder.

—Este vestido no tiene bolsillos —dijo con un hilo de voz.

West se quedó quieto y apretó los dientes para contener las dolorosas punzadas que lo asaltaron al hacerlo.

—¿No tienes ni siquiera uno?

La vio negar con la cabeza con expresión contrita.

West maldijo entre dientes. Acto seguido, la dejó despacio en el suelo y sacó su miembro de ese cuerpo tan húmedo y ardiente, aunque le dolió físicamente hacerlo.

—¿Por qué no puedes...? —le preguntó ella, si bien guardó silencio al caer en la cuenta—. ¡Oh!

West cerró los ojos y apoyó las manos en la pared.

—Dame unos minutos —dijo con brusquedad.

La oyó colocarse la ropa y al cabo de un momento le dijo:

—Creo que puedo ayudarte.

—No puedes hacer nada.

Le resultó extraño, pero creyó oír la voz de Phoebe, con un deje guasón, procedente del suelo.

—Aunque nunca haya visto una estampa erótica, estoy segura de que sí puedo hacer algo.

West abrió los ojos y se quedó paralizado por la sorpresa al verla arrodillada entre sus piernas. Fue incapaz de pronunciar palabra mientras la veía aferrársela con esas manos tan elegantes y refinadas. Acto seguido, agachó la cabeza y se la llevó a la boca con cuidado. Su lengua lo acarició trazando círculos a su alrededor y en cuestión de segundos gritó al llegar al clímax, impulsado por ella, poseído por ella. Porque era suyo para siempre.

Phoebe bostezó mientras subía la escalera después de haber pasado la mañana con el ama de llaves en su salita, repasando el inventario mensual. La conversación se había centrado en las servilletas desaparecidas: dos las había quemado una criada sin experiencia con la plancha y otra se sospechaba que había salido volando del tendedero un día de viento. También habían tratado el problema de la nueva mezcla de jabón que usaban para hacer la colada. Al parecer, un exceso de bicarbonato estaba deteriorando la ropa blanca. La factura de carbón era aceptable. La de la tienda de comestibles, un poco alta.

La labor de repasar el inventario mensual siempre era aburrida, pero ese día le había resultado peor que nunca porque la noche anterior apenas había dormido. West le había hecho el amor durante lo que le parecieron horas, colocándola en una postura tras otra, explorándola con delicadeza, con paciencia, hasta que estuvo agotada por tantos orgasmos intensos que tuvo que suplicarle que parara.

Podía subir a su dormitorio para dormir una siesta. La casa estaba tranquila. No había ni rastro de West. Debía de haber salido a algún lado, o... No, no lo había hecho. Se detuvo al llegar al vestíbulo principal porque vislumbró su poderosa silueta en el salón recibidor. Estaba de pie delante de una de las ventanas, contemplando la avenida de entrada con la cabeza un poco ladeada, un gesto habitual en él. Verlo le provocó una oleada de calor y una punzada de felicidad en el estómago.

Entró sin hacer ruido, ya que llevaba unos zapatos con una suela muy fina, y se colocó detrás de él, que seguía mirando por la ventana. Tras ponerse de puntillas, apoyó el pecho contra su espalda y le susurró cerca del oído:

—Si vienes conmigo, podemos...

La estancia giró de repente con una fuerza arrolladora. Antes de que pudiera siquiera acabar la frase, él la cogió en volandas y la aprisionó contra la pared. Le había sujetado las muñecas con una mano para inmovilizarle los brazos por encima de la cabeza, y la amenazaba con la otra, con el puño, como si estuviera a punto de golpearla. Por extraño que pareciera, la amenaza de ese puño levantado no la asustó tanto como lo hicieron sus ojos, brillantes y acerados como la hoja afilada de un cuchillo.

«No es West», le dijo su desorientado cerebro.

Sin embargo, el parecido físico de ese desconocido con West la alarmó todavía más.

En cuanto la estampó contra la pared, soltó un chillido agudo.

La expresión del hombre se suavizó al instante. Bajó el puño y la actitud amenazadora desapareció. Acto seguido, le soltó las muñecas y le dijo con gesto contrito:

—Milady, perdóneme. —Hablaba con acento irlandés—. Cuando alguien se me acerca por detrás, yo... Es un reflejo instintivo, según lo llaman.

—Soy yo la que debe pedirle perdón —replicó ella sin aliento mientras se alejaba de él—. Lo he confundido con..., con otra persona. —Sus ojos eran idénticos a los de West, un peculiar tono de azul oscuro que casi era negro en los bordes del iris, y tenía las cejas igual de pobladas. Sin embargo, tenía la piel más clara y el rostro ovalado. Además, tenía el puente de la nariz un poco aplastado, como si se la hubieran roto alguna vez.

Ambos se dieron media vuelta cuando West entró en el salón a toda prisa y se acercó a Phoebe. La agarró por los hombros y la examinó de arriba abajo con la mirada.

—¿Te ha hecho daño? —le preguntó sin más.

La preocupación que vio en sus ojos y esa delicadeza tan característica con la que la tocaba la relajaron de inmediato.

—No, solo ha sido un susto. Pero yo he tenido la culpa. Me he acercado por detrás.

West la pegó a él y le pasó la mano por la espalda, acariciándola despacio arriba y abajo. Miró hacia atrás por encima del hombro al mayordomo, que debía de haber ido a avisarlo de la llegada del visitante.

—Hodgson, eso es todo. —Tras volver la cabeza para mirar al desconocido, preguntó con voz suave y mirada asesina—: Ransom, ¿así es como te presentas a las damas de la aristocracia? Un consejo: normalmente prefieren una reverencia educada y un «¿Cómo está usted?», y no que las zarandeen como si fueran un paquete postal.

Ethan Ransom le dijo a Phoebe con voz contrita:

—Milady, le pido mil perdones. Le doy mi palabra de que jamás se repetirá.

—Desde luego que no —apostilló West—, o iré a por ti con una hoz.

Pese a la sinceridad que destilaban sus palabras, Ransom no pareció afectado y, en cambio, sonrió mientras le tendía la mano para saludarlo.

—Todavía tengo los nervios un poco de punta desde lo del verano.

—Como de costumbre —replicó West, que le estrechó la mano—, una visita tuya es tan agradable como una ampolla.

Phoebe se sorprendió al ser testigo de la familiaridad que existía entre ellos, como si se conocieran de toda la vida y no desde hacía meses.

—Señor Ransom —dijo—, espero que podamos contar con el placer de su compañía durante la cena. Si lo desea, está invitado a pasar la noche aquí.

—Se lo agradezco, milady, pero debo regresar a Londres en el siguiente tren. —Se alejó para coger una pequeña bolsa de viaje que había dejado sobre una silla—. He traído unos documentos de interés. Puede usted hacer todas las anotaciones que quiera, pero debo llevarme los originales de vuelta a Londres y devolverlos a su sitio antes de que alguien se percate de su desaparición.

West lo miró con expresión alerta y le preguntó:

—¿Has encontrado algo interesante en los libros de cuentas?

En sus labios apareció el asomo de una sonrisa, pero su expresión fue mortalmente seria mientras contestaba:

—Ajá.

29

Mientras los conducía al gabinete, donde podrían hablar en privado, Phoebe se percató de que Ethan Ransom se fijaba en todos los detalles que lo rodeaban. No como alguien que apreciaba la decoración, sino como un topógrafo que estuviera calculando ángulos y distancias. Se mostraba agradable y educado, con un encanto algo reservado que casi la hacía olvidar el despliegue de gélida brutalidad que había tenido lugar durante su desastroso primer encuentro.

Aunque no estuviera al tanto de su cargo en la Policía Metropolitana, habría supuesto que ostentaba una posición de responsabilidad en alguna profesión de riesgo. Tenía un aura casi felina, una elegancia silenciosa y letal. Era consciente de que la presencia relajada de West lograba hacerlo más cercano de lo que habría parecido en circunstancias normales.

Una vez dentro del gabinete, Phoebe y West se sentaron al escritorio, mientras Ransom se quedaba de pie al otro lado y empezaba a sacar documentos. Un primer vistazo al préstamo y a los gastos iniciales arrojaron información predecible: se habían girado cheques para fabricantes de ladrillos y de baldosas para sistemas de drenaje, y había cheques para la instalación. También había cheques para trabajos en el campo, como la eliminación de un seto y la nivelación del terreno, y una reclamación de unas tierras baldías. Pero pronto llegaron a una serie de cheques girados para propósitos menos claros.

—«C. T. Hawks y Asociados» —leyó Phoebe en voz alta, con el ceño fruncido al ver una anotación de cinco mil ochocientas libras—. ¿A qué se dedican?

—Es una empresa que construye edificios residenciales —contestó Ransom.

—¿Por qué iba a pagarle Edward Larson una cantidad tan elevada a un constructor de viviendas? ¿También se dedica a la reparación de edificios agrícolas?

—No lo creo, milady.

Phoebe frunció de nuevo el ceño y leyó la siguiente anotación, que especificaba una cuantía considerable.

—James Prince Hayward de Londres. ¿Quién es?

—Un fabricante de carruajes —contestó West, que siguió bajando por la lista—. Hay gastos en un guarnicionero..., una agencia de empleados domésticos... y bastantes cargos en los grandes almacenes de Winterborne. —Miró a Ransom con sorna mientras meneaba la cabeza despacio.

La sensación de que ambos comprendían algo que a ella se le escapaba la irritó. Sopesó la información. Casa..., carruaje..., pertrechos para caballos..., empleados domésticos...

—Edward ha establecido una residencia en alguna parte —dijo asombrada—. Con dinero que ha tomado prestado de la herencia de mi hijo. —Se le aflojó todo el cuerpo y tuvo que apoyarse en algo, aunque estaba sentada. Vio cómo sus dedos se deslizaban por la manga de la chaqueta de West como si pertenecieran a otra persona. El fuerte músculo que halló bajo la mano le resultó familiar y reconfortante—. ¿Puede decirme algo más?

West dijo con sequedad y un deje resignado en la voz:

—Suéltalo, Ransom.

El aludido asintió con la cabeza y se inclinó para sacar más documentos de su bolsa.

—El señor Larson compró una casa directamente a un constructor no lejos de aquí, en Chipping Ongar. Tiene ocho dormitorios, un invernadero y una terraza. —Ransom dejó los planos de la casa y la cota del terreno delante de ellos—. También hay un jardín cercado y una pequeña cochera ocupada por una berlina para un solo caballo. —Guardó silencio para mirarla con el ceño fruncido por la preocupación, como si quisiera evaluar su estado emocional antes de continuar—. Se ha arrendado por la cifra simbólica de una libra al año a la señora Parrett, una mujer de unos veintidós años de edad.

—¿Por qué una casa tan grande para una sola persona? —quiso saber ella.

—Parece que la mujer tiene planeado convertirla en una pensión en el futuro. Su verdadero nombre es Ruth Parris. Es la hija soltera de un botonero que vive no muy lejos de aquí. La familia es pobre, pero respetable. Hace unos cinco años, la señorita Parris dejó su hogar cuando se descubrió que estaba embarazada. Se marchó a casa de una prima lejana, dio a luz y, a la postre, regresó a Essex para vivir en la casa de Chipping Ongar con su hijo. Un niño de cuatro años.

«Casi de la misma edad que Justin», pensó Phoebe, entumecida.

—¿Cómo se llama? —preguntó.

Se produjo un largo silencio antes de que contestara:

—Henry.

Al sentir el escozor de las lágrimas en los ojos, Phoebe rebuscó un pañuelo con el que secárselas.

—Milady —oyó que Ransom decía—, ¿es posible que su marido...?

—No —contestó con voz trémula—. Mi marido y yo éramos inseparables, y además no disfrutó de la salud ni de la oportunidad de mantener una aventura. No hay duda de que es hijo de Edward. —Intentó por todos los medios encajar esa información con todo lo que sabía de Edward. Era como intentar meter el pie en un zapato demasiado pequeño.

West permaneció en silencio, con la vista clavada en los planos sin verlos realmente.

—Aunque Larson no sea el padre —continuó Ransom—, las

pruebas de su negligencia son más que evidentes. Ha abusado de su posición como albacea y administrador legal de la propiedad al utilizar la herencia de su hijo como aval para un préstamo y luego usar el dinero con fines personales. Es más, la compañía prestataria también ha incurrido en negligencia al no supervisar la operación, dado que el dinero solo podía destinarse a mejoras en la propiedad.

—Edward debe cesar de inmediato como albacea —sentenció Phoebe, que apretó el pañuelo en el puño—. Sin embargo, quiero hacerlo de modo que Ruth y su hijo sufran lo mínimo. Ya han tenido bastante.

—Viven en una casa de ocho dormitorios —le recordó West con sorna.

Phoebe se volvió para mirarlo mientras le acariciaba la manga.

—Esa pobre muchacha ha caído en desgracia. No debía de tener más de diecisiete años cuando Edward y ella..., cuando comenzó su relación. Ahora lleva una vida a medias porque no puede ver a su familia abiertamente. Y el pequeño Henry no tiene padre. Se merecen nuestra compasión.

West torció el gesto.

—Tus hijos y tú sois los perjudicados —dijo él con sequedad—. Mi compasión es toda tuya.

La expresión de Ransom se suavizó al oír las palabras de Phoebe, y en sus ojos azules apareció un brillo cálido.

—Tiene usted un gran corazón, fuera de lo común, milady. Ojalá hubiera podido traerle mejores noticias.

—No tengo palabras para expresar lo mucho que le agradezco su ayuda. —Phoebe se sentía inútil y aturdida al pensar en el embrollo, tanto emocional como legal, que la esperaba. En la cantidad de decisiones difíciles que tendría que tomar.

Tras observarla unos minutos, Ransom la animó con gentileza.

—Tal como mi madre solía decir: «Si no puedes librarte de tus problemas, tómatelos con calma».

Ransom se fue de Clare Manor tan deprisa como había llegado, llevándose consigo los documentos financieros. Por algún motivo, el humor de West se agrió casi al punto. Con voz seria y taciturna, le dijo a Phoebe que necesitaba tiempo a solas. Se encerró en el gabinete durante al menos cuatro horas.

A la postre, Phoebe decidió que iría a ver cómo estaba. Llamó a la puerta con suavidad, entró y se acercó a la mesa, donde West estaba escribiendo. Había llenado al menos diez páginas con líneas de apretadas y meticulosas notas.

—¿Qué es todo eso? —le preguntó cuando se colocó a su lado.

West dejó la pluma y se frotó la nuca con gesto cansado.

—Una lista de recomendaciones para la propiedad, incluyendo las necesidades más inmediatas y los objetivos a medio plazo. Quiero que tengas una idea clara de lo más acuciante y también de la información que te falta todavía. Este plan te mostrará cómo proceder después de que me vaya.

—Por el amor de Dios, ¿ya tienes hecho el equipaje? Parece que te fueras a marchar mañana.

—Mañana no, pero pronto. No puedo quedarme eternamente. —Alineó las hojas de papel y las sujetó con un pisapapeles de cristal—. Tendrás que contratar a un asistente cualificado..., supongo que tu padre conocerá a alguien. Sea quien sea, tendrá que establecer una relación con tus arrendatarios o, al menos, fingir que le importan un poco sus problemas.

Phoebe lo miró con expresión interrogante.

—¿Estás enfadado conmigo?

—No, conmigo mismo.

—¿Por qué?

Su semblante se ensombreció al fruncir el ceño.

—No es más que un poco de mi habitual desprecio hacia mí mismo. No te preocupes.

Esa irritable melancolía no era propia de él.

—¿Me acompañas a dar un paseo? —preguntó ella—. Llevas demasiado tiempo aquí encerrado.

Él negó con la cabeza.

Phoebe se atrevió a sacar el tema que los preocupaba a ambos.

—West, de estar en el lugar de Edward, ¿habrías...?

—¡No! —la interrumpió furioso—. No es justo para él ni para mí.

—No te lo preguntaría si no necesitara oír la respuesta.

—Ya sabes la respuesta —masculló él—. El bienestar del niño es lo único importante. Es el único que no tuvo elección en todo este asunto. Después de lo que pasé de pequeño, jamás dejaría a mi hijo y a su indefensa madre en las tiernas manos del mundo. Sí, me habría casado con ella.

—Eso esperaba que dijeras —susurró Phoebe, más enamorada de él que antes si acaso era posible—. Eso quiere decir que no tienes hijos ilegítimos.

—No. Al menos, estoy seguro dentro de lo que cabe. Pero no hay certeza absoluta. Para una mujer a la que no le gustan las sorpresas desagradables, tienes un don para escoger a los hombres equivocados.

—Jamás se me ocurriría ponerte en la misma categoría que Edward —protestó Phoebe—. Pidió dinero a cuenta de la herencia de mi hijo. Tú nunca harías nada que pudiera dañar a Justin o a Stephen.

—Ya lo he hecho. Solo que no lo sabrán hasta que sean mayores.

—¿A qué diantres te refieres?

—En el pasado, hubo muchas ocasiones en las que acabé siendo el hazmerreír de la gente en las peores ocasiones, delante de las peores personas. Fui un canalla despreciable. Me peleaba en las fiestas. Orinaba en las fuentes y vomitaba en las macetas. Me he acostado con las esposas de otros hombres, he arruinado matrimonios. Se necesitan años de dedicado esfuerzo para desacreditar un nombre tanto como lo hice yo, pero bien sabe Dios que he dejado el listón bien alto. Siempre habrá rumores y cotilleos desagradables, y no puedo contradecir la mayoría porque siempre estaba demasiado borracho para saber si pasó de verdad o no. Algún día, tus hijos oirán algo, y cualquier afecto que sientan por mí se reducirá a cenizas. No dejaré que mi vergüenza se convierta en la suya.

Phoebe sabía que si intentaba refutar sus palabras punto a punto, solo conseguiría acabar frustrada y que él siguiera regodeándose en su desdicha. Desde luego que no podía pasar por alto la naturaleza crítica de la aristocracia. Algunas personas se subirían a su pedestal de superioridad moral para acusar a West mientras hacían caso omiso de sus propios pecados. Otras tal vez pasarían por alto su manchada reputación si sacaban algo de provecho a cambio. Nada de eso se podía cambiar. Pero ella podía enseñarles a Justin y a Stephen a no dejarse llevar por rebuznos hipócritas. La amabilidad y la humanidad, los valores que su propia madre le había inculcado, los guiarían.

—Confía en nosotros —suplicó con voz queda—. Confía en que mis hijos y yo te queremos.

West se quedó callado tanto tiempo que creía que no iba a replicar. Pero después habló sin mirarla, con un tono frío y distante.

—¿Cómo voy a depender de la posibilidad de que alguien me quiera?

Para alivio de Phoebe, el mal humor de West pareció desaparecer esa noche. Jugó con los niños después de la cena, lanzándolos al aire, forcejeando con ellos y dando tumbos, arrancándoles chillidos, gruñidos, gritos y muchas risas. En un momento dado, llegó a caminar a cuatro patas por el salón como si fuera un tigre, con los dos niños sentados en su espalda. Una vez que estuvieron todos felizmente agotados, se dejaron caer en un diván.

Justin se encaramó al regazo de Phoebe, echó la cabeza hacia atrás hasta apoyarla en su hombro y allí se quedaron sentados, a la luz de una lámpara con pantalla de seda amarilla, mientras el fuego crepitaba en la chimenea. Empezó a leer en voz alta un capítulo de *Stephen Armstrong: Buscatesoros*, y le encantó ver que su hijo estaba hechizado al llegar al final.

—«Stephen Armstrong vio como los potentes rayos de sol se derramaban sobre las ruinas del templo. Según el antiguo pergamino, tres horas después del mediodía, la sombra de un animal revelaría la entrada a la cueva del tesoro. A medida que los minutos pasaban muy despacio, la silueta de un cocodrilo fue apareciendo sobre una de las losas de piedra incrustadas. Justo bajo los pies de Stephen Armstrong, yacía en una oscura y profunda caverna el tesoro que llevaba media vida buscando.» —Phoebe cerró el libro y sonrió al oír el gemido de protesta de Justin—. El siguiente capítulo mañana —dijo.

—¿Un poco más? —preguntó Justin, esperanzado—. Por favor...

—Me temo que es demasiado tarde. —Phoebe miró a West, que estaba medio recostado en un extremo del diván con Stephen sobre el pecho. Su hijo le había rodeado el cuello con uno de sus regordetes brazos y ambos parecían dormidos como troncos. Justin siguió su mirada.

—Creo que deberías casarte con el tío West —dijo, sorprendiéndola.

A lo que replicó con un hilo de voz:

— ¿Por qué lo dices, cariño?

—Porque así siempre tendrás a alguien con quien bailar. Una dama no puede bailar sola o se caería.

Con el rabillo del ojo, vio que West se desperezaba. Abrazó con fuerza a Justin, le acarició el pelo y le dio un beso en la cabeza.

—Algunos caballeros prefieren no casarse.

—Deberías ponerte el perfume de la abuela —le aconsejó Justin.

Contuvo una carcajada mientras miraba la intensa expresión de su hijo.

—Justin, ¿no te gusta cómo huelo?

—Sí que me gusta mamá, pero la abuela huele siempre a tarta. Si olieras a tarta, el tío West querría casarse contigo.

A caballo entre la vergüenza y la risa, Phoebe no se atrevió a mirar a West.

—Tendré en cuenta tu consejo, cariño. —Se quitó al niño del regazo con mucho cuidado y se puso en pie.

West soltó un sonoro bostezo y se sentó. Stephen estaba echado sobre su hombro, dormido.

Phoebe sonrió y extendió los brazos para cogerlo.

—Yo lo llevo —dijo al tiempo que se lo ponía con cuidado contra el pecho—. Vamos, Justin, a la cama.

El niño se bajó del diván y se acercó a West, que seguía sentado.

—Buenas noches —se despidió con voz cantarina antes de inclinarse hacia él para besarlo en la mejilla. Era la primera vez que le daba un beso a West, que se quedó muy quieto, como si no supiera cómo responder.

Phoebe se fue con Stephen hasta la puerta, pero se detuvo cuando West se puso en pie y la alcanzó con grandes zancadas para decirle al oído en voz muy baja, de manera que nadie más lo oyera:

—Sería mejor que esta noche nos quedáramos en nuestras respectivas camas. Los dos necesitamos descansar.

Parpadeó despacio mientras asimilaba sus palabras con un escalofrío que le recorrió la columna. Algo iba mal. Y tenía que descubrir de qué se trataba.

30

Mucho después de que los niños se acostaran, Phoebe estaba sentada en su habitación, abrazándose las piernas dobladas mientras debatía consigo misma. Tal vez debería hacer lo que West le había pedido y no ir a la casa de invitados. Tenía razón, los dos necesitaban descansar. Pero no sería capaz de dormir, y no creía que él pudiera hacerlo tampoco.

Qué silencioso estaba todo a esa hora de la noche. Nada se movía, solo su corazón, que latía a un ritmo frenético.

Esa expresión vacía que le había visto... ¿Qué emociones ocultaba? ¿A qué se estaba enfrentando?

De repente, tomó una decisión. Iría a verlo, pero no le pediría nada. Solo quería saber si se encontraba bien.

Se ciñó una gruesa bata sobre el camisón y metió los pies en las chinelas de cuero.

En cuestión de segundos atravesaba a la carrera el trecho de jardín húmedo que separaba el jardín de invierno de la casa de invitados. La brisa nocturna era fresca y el suelo cobraba vida por las sombras y los rayos de luna que se filtraban. Cuando llegó a la casa, respiraba con dificultad por los nervios y las prisas, y tenía las chinelas empapadas. «Que no se enfade por haber venido», suplicó en silencio, y le temblaron los dedos cuando llamó con suavidad a la puerta antes de entrar sin esperar permiso.

El interior estaba a oscuras salvo por los delgados rayos de luz de luna que se colaban entren las hojas de las cortinas. ¿Ya estaba durmiendo? No lo despertaría. Se volvió hacia la puerta e hizo ademán de coger el pomo.

Se le escapó un jadeo cuando se percató de un movimiento a su espalda, entre las sombras. La puerta se cerró gracias a dos fuertes manos masculinas. Se quedó petrificada mientras los brazos de West la encerraban. Sintió el aliento cálido en la nuca que le agitaba el pelo. Se humedeció los labios.

—Siento haberte...

Sus dedos le tocaron la boca con tiento, silenciándola. A West no le interesaba hablar.

Acto seguido, esas manos la rodearon para desatarle la bata y quitársela. Ella se quitó las chinelas, aliviada al deshacerse del cuero mojado. Hizo ademán de volverse hacia él, pero se lo impidió sujetándole las caderas para que se quedara de cara a la puerta. Le pegó el cuerpo por detrás el tiempo justo para que ella se diera cuenta de que estaba desnudo y excitado.

West le desabrochó el camisón desde la garganta al ombligo, y dejó que le cayera por el cuerpo hasta el suelo. Sin media palabra, empezó a colocarla en la posición que quería, pegándole las manos a la puerta. Después, le introdujo un pie descalzo entre las piernas para separárselas hasta que quedó expuesta, con el tronco inclinado hacia delante. Desde detrás, comenzó a acariciarle todo el cuerpo, tomándole los pechos entre las manos, meciéndoselos y pellizcándole con delicadeza los pezones. Le acarició las caderas, la cintura, el trasero, y luego le deslizó una mano entre los muslos desde delante y otra desde atrás.

Phoebe gimió nerviosa, temblorosa, mientras él la abría y la acariciaba, recorriendo con los dedos los labios mayores, dándoles tironcitos a los menores, acariciando con los dedos la húmeda carne. Sintió el aire fresco contra la humedad de su sexo, y también la calidez de sus dedos cuando apartó el pliegue que ocultaba su clítoris. La atormentó y jugueteó despacio con ella hasta que se le tensaron las piernas y la dejó trémula por el deseo. Entre jadeos, se apoyó más en las manos mientras deseaba que la llevara a la cama.

Sin embargo, él se pegó más, le ajustó el ángulo de las caderas, y ella jadeó por la sorpresa cuando sintió que empezaba a penetrarla. West se movió metódicamente en su interior, avanzando y retrocediendo con lentitud para abrirla por completo. Trazaba movimientos circulares con su duro miembro, y le provocaba una sensación tan maravillosa que casi se le aflojaron las rodillas. Phoebe oyó su queda carcajada al tiempo que la sujetaba de las caderas con más fuerza. Cuando la penetró por completo, se inclinó sobre ella y le susurró:

—Haz fuerza con las piernas.

—No puedo —susurró ella con un hilo de voz. Tenía la sensación de que todos los huesos se le habían convertido en gelatina, y además le temblaban los músculos. Solo le quedaban fuerzas en las entrañas, donde era incapaz de controlar los movimientos que hacía para aprisionar su dura invasión.

—Ni siquiera lo intentas —la acusó con ternura al tiempo que sonreía contra un omóplato.

Phoebe se las apañó para insuflarle la fuerza necesaria a las piernas a fin de satisfacerlo y gimió cuando él empezó a embestir con más fuerza, hasta llegar más adentro que antes. Cada penetración le provocaba un placer sensual y la levantaba del suelo. Jadeó, sudó e hizo fuerza contra él mientras las sensaciones aumentaban sin parar. El ruido que hacían sus cuerpos cuando se chocaban la avergonzaba y excitaba a partes iguales, y no podía hacer nada para cambiar la situación. No tenía la menor posibilidad de hacerse con el control. West le deslizó una mano entre las piernas y le acarició el clítoris mientras con la otra le aferraba un pecho y le pellizcaba un pezón con el pulgar y el índice.

No necesitó nada más. Apretó el puño contra la puerta y empezó a gritar, presa de un éxtasis que parecía angustia. El placer iba y venía, una y otra vez, en grandes oleadas que no tardaron en convertirse en estremecimientos. Llegó un punto en el que ya no pudo soportarlo más y empezó a temblar de los pies a la cabeza, y él la cogió en brazos y la llevó al dormitorio.

Antes de que se acomodara del todo en la cama, West la penetró de nuevo, como un poseso, al tiempo que le ponía las manos en el trasero para levantarla cada vez que la embestía. Todavía muy sensible por el clímax, se retorció, incómoda, al principio, pero pronto el salvaje ritmo le pareció maravilloso y luego se convirtió en algo que deseaba, que anhelaba, que necesitaba. Se movió, inquieta, y lo aceptó en su interior mientras arqueaba la espalda para salir al encuentro de sus embestidas. El ritmo cambió y West onduló las caderas contra ella, y saber que estaba a punto de alcanzar el clímax le provocó otra oleada de espasmos. West se iba a retirar justo cuando ella ansiaba que la penetrase con más fuerza. Sin pensar, lo rodeó con las piernas.

—No la saques —susurró—, todavía no, todavía no...

—Phoebe, no, tengo que hacerlo, voy a...

—Córrete dentro. Quiero que lo hagas. Quiero que...

West se quedó paralizado, suspendido por la agonía de la tentación. Al final, se las apañó para salir de su cuerpo justo a tiempo, tras lo cual enterró la cara en las sábanas para ahogar el grito desgarrador que se le escapó al llegar al clímax.

Jadeante y tembloroso, se apartó de ella. Se sentó en el borde del colchón y se aferró la cabeza con las manos.

—Lo siento —se disculpó ella con timidez.

—Lo sé. —Su voz apenas era audible. Luego se quedó callado durante un largo minuto.

Preocupada, se sentó a su lado y le puso una mano en un muslo.

—¿Qué pasa?

—No puedo seguir haciendo esto —contestó él, desolado, sin volver la cara para mirarla—. Creí que sería capaz, pero va a acabar conmigo.

—¿Qué puedo hacer? —le preguntó ella en voz baja—. ¿Qué quieres?

—Tengo que irme mañana. Si quiero conservar la cordura, no puedo quedarme más tiempo contigo

31

Una semana después de que West se marchara de Clare Manor, Edward Larson regresó de Italia.

Phoebe había hecho todo lo posible por continuar como si tal cosa, manteniendo una falsa fachada alegre por el bien de los niños mientras llevaba a cabo las tareas cotidianas. Eso se le daba bien. Sabía cómo soportar la pérdida y había aprendido que de eso no se moría. Por muy mal que se sintiera, no podía permitirse el lujo de acabar destrozada. Tenía muchas responsabilidades de las que ocuparse, sobre todo las concernientes a Edward y al fraude que había cometido como albacea de la herencia. Aunque temía el momento de enfrentarse a él, verlo llegar a Clare Manor fue un alivio.

Tan pronto como entró en el salón, Phoebe se percató de que llegaba prevenido. Pese a su sonrisa y a su obvio afecto, tenía una expresión tensa en el rostro y una mirada cortante.

—*Ciao, cara mia* —la saludó y se acercó para besarla. El roce firme y seco de sus labios le provocó repelús.

—Edward, tienes buen aspecto —replicó ella al tiempo que lo invitaba a tomar asiento con un gesto de la mano—. Italia ha debido de sentarte bien.

—Italia es una maravilla, como siempre. Georgiana se ha quedado muy contenta ya instalada en la villa. Ya te lo contaré al detalle. Pero antes... Me han llegado ciertas noticias preocupantes, querida, que pueden tener consecuencias muy serias en el futuro.

—Sí —convino ella con seriedad—. A mí también.

—Circulan rumores de que has tenido un huésped durante mi ausencia. Eres tan generosa y benévola a la hora de tratar a los demás que sin duda esperas que todo el mundo te corresponda. Sin embargo, la sociedad, incluso aquí en el ámbito rural, no es ni la mitad de bondadosa que tú. —El tono paternalista de su voz la irritó.

—El señor Ravenel ha pasado unos cuantos días con nosotros —admitió—. Nuestras familias tienen lazos en común por el matrimonio de mi hermano y le he pedido consejo con respecto a la propiedad.

—Eso ha sido un error. No quiero asustarte, Phoebe, pero has cometido un error garrafal. Ese hombre es un canalla de lo peor. Cualquier relación que tengas con él es tóxica.

Phoebe respiró hondo para serenarse.

—Edward, no necesito un sermón sobre el decoro y la moral. —«Mucho menos viniendo de ti», pensó.

—Su reputación es pésima e irremisible. Es un borracho. Un libertino.

—No sabes nada de él —replicó Phoebe con un deje exasperado y cansado en la voz—, ni en lo que se ha convertido. Pero no vamos a hablar del señor Ravenel, Edward, hay otras cosas mucho más importantes de las que debemos discutir.

—Lo vi una vez en una velada. Su comportamiento fue indecente. Estaba borracho e iba dando tumbos de un lado para otro, manoseando a las mujeres casadas y coqueteando con ellas. Insultaba a todo el mundo. Fue lo más vulgar y detestable que he presenciado en la vida. Los anfitriones se sentían humillados. Varios invitados, entre ellos yo, nos marchamos temprano de la velada por su culpa.

—Edward, ya está bien. El señor Ravenel se ha ido y se acabó. Por favor, escúchame...

—Tal vez se haya ido, pero el daño ya está hecho. Eres demasiado ingenua para entender el riesgo que has corrido al permitirle que se quedara aquí, mi inocente Phoebe. Los rumores que empiezan a circular son los peores posibles. —La cogió de las manos, que ella tenía rígidas—. Tendremos que casarnos sin demora.

—Edward.

—Es la única forma de detener el daño antes de que acabes con la reputación hecha trizas.

—¡Edward! —exclamó con brusquedad—. Estoy al tanto de la existencia de Ruth Parris y del pequeño Henry.

Su rostro perdió todo el color mientras la miraba en silencio.

—Sé lo de la casa —siguió ella al tiempo que se zafaba con delicadeza de sus manos—, y sé que has usado parte del préstamo de la Compañía de Préstamos y Concesiones Agrícolas para pagarla.

Los ojos de Edward se abrieron de par en par, con el espanto de alguien que acabara de ver sus más oscuros secretos al descubierto, y la fachada protectora se derrumbó.

—¿Cómo...? ¿Quién te lo ha dicho? Ravenel está involucrado en todo esto, ¿verdad? Está intentando envenenarte para que te pongas en mi contra. ¡Te quiere para él!

—Esto no tiene nada que ver con el señor Ravenel —le aseguró, alzando la voz—. Esto tiene que ver contigo y con..., no sé cómo llamarla. Con tu amante.

Él negó con la cabeza débilmente y se levantó del diván, tras lo cual empezó a pasear, trazando un círculo a su alrededor.

—Ojalá supieras más de los hombres y de cómo funciona el mundo. Intentaré explicártelo de manera que lo entiendas.

Phoebe frunció el ceño, pero siguió sentada mientras observaba sus nerviosos movimientos.

—Lo que entiendo es que solicitaste un préstamo a nombre de la propiedad de mi hijo para instalar a una joven en una casa.

—Mi intención nunca fue la de robar. Pretendo devolver el dinero.

Phoebe lo miró con gesto de reproche.

—A menos que te cases conmigo, en cuyo caso el dinero habría sido tuyo de todas formas.

—Estás insultando mi integridad —repuso él con el rostro demudado—. Vas a intentar que parezca un villano de la misma ralea que West Ravenel.

—Edward, ¿tenías intención de decírmelo en algún momento o planeabas mantener a Ruth y a su hijo en esa casa de forma indefinida?

—No sé lo que planeaba.

—¿Te planteaste la idea de casarte con Ruth?

—¡Jamás! —exclamó sin el menor asomo de duda.

—Pero ¿por qué no?

—Porque eso arruinaría todas mis expectativas. Mi padre podría desheredarme. Me convertiría en un hazmerreír si me casara con una mujer de un estrato social tan bajo. Carece de educación. De modales.

—Ambas cosas pueden aprenderse.

—Nada puede cambiar lo que es Ruth: una muchacha honesta, dulce y sencilla, inadecuada para convertirse en la esposa de un hombre de mi posición. Nunca podrá recibir invitados, ni será capaz de mantener una conversación inteligente ni de distinguir el tenedor de la ensalada del tenedor del pescado. Acabaría siendo una desgraciada al no poder satisfacer todo lo que se le exigiría. No es necesario que te preocupes por ella. No le hice promesas, y me quiere demasiado como para destrozarme la vida.

—¿Y qué le has hecho tú a la suya? —replicó Phoebe, indignada en nombre de la muchacha.

—Fue Ruth la que insistió en quedarse con el niño. Podría habérselo entregado a alguien para que lo criara y seguir con su vida como antes. Todas las decisiones que la han llevado a la situación en la que se encuentra fueron suyas. Incluyendo la de acostarse con un hombre sin estar casada con él en primer lugar.

Phoebe puso los ojos como platos.

—¿Me estás diciendo que toda la culpa es suya, no tuya?

—El riesgo de mantener una aventura amorosa es mayor para la mujer que para el hombre. Ella lo entendió.

¿Ese era el mismo Edward que ella conocía desde hacía años? ¿Dónde estaba el hombre íntegro y considerado que siempre había demostrado un respeto intachable por las mujeres? ¿Tanto había cambiado sin que ella se percatara o ese rasgo de su carácter siempre había estado presente, oculto bajo otras capas?

—La quise de verdad —siguió él—. De hecho, sigo queriéndola. Si te sientes mejor, estoy profundamente avergonzado de lo que siento por ella y de la ordinariez existente en mi carácter que me llevó a perseguir una relación con ella. Yo también estoy sufriendo las consecuencias.

—El amor no nace de la ordinariez —lo contradijo Phoebe en voz baja—. La habilidad de amar es el rasgo más noble que puede poseer un hombre. Deberías honrar ese sentimiento, Edward. Casarte con ella y ser feliz con ella y con tu hijo. Solo deberías avergonzarte de pensar que no es lo bastante buena para ti. Espero que lo superes.

Sus palabras parecieron sorprenderlo y también enfurecerlo.

—¡Phoebe, es imposible superar los hechos! Ruth es una persona vulgar. Me rebajaría. Una opinión que compartirían todas las personas de nuestro entorno. Todas las personas importantes me censurarían. Me cerrarían las puertas de muchos lugares y los niños de sangre azul tendrían prohibido relacionarse con los míos. Seguro que eso lo entiendes —dijo con vehemencia—. Bien sabe Dios que Henry lo entendía.

En ese momento, fue ella la que se quedó muda por la sorpresa.

—¿Sabía de la existencia de Ruth? ¿Y de su hijo?

—Sí, se lo conté. Me perdonó antes de que se lo pidiera siquiera. Sabía que el mundo funciona así y que los hombres honorables a veces sucumben a las tentaciones. Tuvo claro que no supone un demérito para mi carácter y siguió creyendo que lo mejor era que tú y yo nos casáramos.

—¿Y qué iba a pasar entonces con Ruth y con su hijo? ¿Qué pensaba de eso?

—Sabía que yo haría todo lo que pudiera por ellos. —Edward se sentó de nuevo a su lado y extendió los brazos para cubrirle las manos con las suyas—. Phoebe, sé muy bien cómo soy y sé que soy un buen hombre. Sería un marido fiel. Sería bueno con tus hijos. ¿Alguna vez me has oído alzar la voz enfadado? Nunca me has visto borracho ni presa de un arrebato violento. Juntos tendríamos una vida limpia, dulce y buena. El tipo de vida que nos merecemos. Phoebe, hay muchas cosas de ti que adoro. Tu elegancia y tu belleza. Tu devoción hacia Henry. Para él era una agonía pensar que no podría ocuparse de ti, pero le juré que nunca permitiría que sufrieras daño alguno. Le dije que no se preocupara por sus hijos tampoco, que yo los criaría como si fueran míos.

Phoebe se zafó de sus manos de un tirón, asqueada por su contacto.

—Encuentro un tanto irónico que estés tan dispuesto a ser el padre de mis hijos, cuando no quieres serlo del tuyo.

—Henry quería que estuviéramos juntos.

—Edward, antes incluso de enterarme de la existencia de Ruth Parris y del préstamo, ya había decidido...

—Debes pasarla por alto —la interrumpió con desesperación—, de la misma manera que yo pasaré por alto cualquier indiscreción por tu parte. Lo olvidaremos todo. Llevaré a cabo la penitencia que me impongas, pero debemos dejar esto atrás. Enviaré al niño al extranjero, para que lo críen allí. No lo veremos nunca. Eso será lo mejor para él y para nosotros.

—¡No, Edward! No será lo mejor para nadie. No estás pensando con claridad.

—Ni tú tampoco —replicó él.

Tal vez tuviera razón. Su cabeza era un hervidero de pensamientos. No sabía si creer lo que le había dicho de Henry. Conocía muy bien a su marido, su dulzura y su indulgencia, la preocupación que demostraba por los demás. Pero también tenía claro que pertenecía a la aristocracia y que lo habían educado para respetar el límite existente entre la clase alta y la clase baja, al entender que la consecuencia de pasarlo por alto sería la destrucción del orden establecido. ¿De verdad le había dado su bendición a la futura unión matrimonial de su primo y su esposa, a sabiendas de la existencia de la pobre Ruth Parris y de su hijo, concebido por error?

Pero, de repente, la agitación y la angustia desaparecieron, y todo le pareció clarísimo.

Siempre había amado y respetado a su marido, y siempre había obedecido sus decisiones. Pero a partir de ese momento solo confiaría en su propio sentido del bien y del mal. El pecado no era el amor, sino la ausencia de este. No era el escándalo lo que había que temer, sino la traición de la moral personal.

—Edward, no vamos a casarnos —le dijo, y sintió verdadera lástima de él, porque saltaba a la vista que estaba tomando unas decisiones desastrosas para su vida—. Tendremos que discutir de muchas cosas durante los próximos días, incluyendo ciertos enredos legales. Quiero que renuncies a tu posición de albacea de la herencia y que dejes tus funciones como administrador legal de la propiedad. Y te suplico que no dificultes el proceso. Eso es todo de momento, si eres tan amable de marcharte...

Él pareció espantado.

—Te estás comportando de forma irracional. Vas en contra de los deseos de Henry. No haré absolutamente nada hasta que te calmes.

—Estoy muy calmada. Haz lo que creas conveniente. Por mi parte, consultaré el tema con algunos abogados. —Al ver lo alterado que parecía, suavizó su tono de voz—. Edward, siempre te tendré cariño. Nada borrará la bondad que me has demostrado en el pasado. Jamás asumiré una posición vengativa, pero quiero ponerle fin al vínculo legal que existe entre nosotros.

—No puedo perderte —replicó él desesperado—. Por Dios, ¿qué está pasando? ¿Por qué no entras en razón? —La miró como si fuera una desconocida—. ¿Has mantenido relaciones íntimas con Ravenel? ¿Te ha seducido? ¿Te ha forzado?

Phoebe soltó el aire exasperada, y se levantó del diván, tras lo cual echó andar con rapidez hasta la puerta del salón.

—Edward, por favor, márchate.

—Algo te ha sucedido. No pareces la de siempre.

—¿Tú crees? —replicó—. Entonces es que nunca has llegado a conocerme. Yo soy así. Y jamás me casaré con un hombre que pretenda que sea menos de lo que soy.

32

—Por el amor de Dios, Ravenel —dijo Tom Severin cuando West entró en su carruaje y se sentó en el asiento de enfrente—. He visto ratas de burdel con mejor aspecto que tú.

West respondió con una mirada furiosa. Durante la semana que había transcurrido desde que se fue de Clare Manor, bañarse y acicalarse no había sido una prioridad. Se había afeitado hacía poco, un día o dos, tal vez tres; estaba más o menos limpio y su ropa era de buena calidad aunque no estuviera planchada ni almidonada. A los zapatos les vendría bien un cepillado y, sí, le olía un poco el aliento, como era de esperar tras días de beber demasiado y comer poco. Debía admitir que no estaba hecho precisamente un figurín.

Se alojaba en el piso adosado que había conservado incluso después de mudarse a Hampshire. Aunque podría haberse quedado en Ravenel House, la residencia familiar en Londres, prefería mantener la intimidad. Una criada iba a limpiar una o dos veces por semana. La mujer había estado en el piso el día anterior y había arrugado la nariz mientras iba de una estancia a otra, recogiendo botellas vacías y platos sucios. Después, se negó a marcharse hasta que lo vio comerse medio sándwich y unos trozos de zanahoria en vinagre, y frunció el ceño cuando él insistió en bajarlo todo con cerveza negra especiada.

—Es usted un alma sedienta, señor Ravenel —le dijo la mujer con cara de pocos amigos.

West habría jurado que la criada tiró el resto de la cerveza antes de marcharse, porque era imposible que él se la hubiera bebido en una sola tarde. Aunque tal vez sí lo hiciera. Reconocía perfectamente las sensaciones; el desagradable ardor en el estómago, el ponzoñoso y constante anhelo que nada podría satisfacer. Como si pudiera beberse un lago de ginebra y desear más.

La mañana que se marchó de Clare Manor estuvo bastante bien. Desayunó con Phoebe y con los niños, y sonrió al ver cómo las manitas de Stephen cogían trocitos de beicon frito y pan tostado con mantequilla y lo aplastaba todo hasta hacerlo irreconocible. Justin le preguntó en más de una ocasión que cuándo volvería, y se descubrió respondiendo lo mismo que siempre había detestado que le dijeran de pequeño: «Algún día», «Ya veremos» o «Cuando sea el momento adecuado». Algo que todo el mundo, incluso un niño, sabía que quería decir que no penaba volver.

Phoebe, maldita fuera, se comportó de la manera más cruel al mostrarse tranquila, amable y comprensiva. Habría sido mucho más fácil si hubiera puesto mala cara o se hubiera comportado con malicia.

Se despidió de él con un beso en el pórtico de entrada antes de que se marchara rumbo a la estación de tren. Le colocó una delgada mano en la cara y sus sedosos labios le acariciaron la mejilla mientras su dulce perfume le inundaba las fosas nasales. Tuvo que cerrar los ojos, inundado por la sensación de que estaba rodeado de pétalos de flores.

Y luego ella se alejó.

Fue ya en la estación de tren cuando empezó a sentirse mal, con una mezcla de tristeza, agotamiento y sed imperiosa. Pensaba comprar un billete para Eversby Priory, pero al final se encontró pidiendo uno para la estación de Waterloo con la vaga intención de quedarse en Londres una noche. Esa breve parada se convirtió en dos días, luego en tres, y después, de alguna manera, perdió la capacidad de tomar decisiones de ningún tipo. Le pasaba algo. No quería regresar a Hampshire. No quería estar en ninguna parte.

Era como si una fuerza exterior se hubiera apoderado de él y controlase todo lo que hacía. Como una posesión demoníaca. Había leído sobre lo que sucedía cuando uno o más espíritus malvados entraban en el cuerpo de un hombre y le arrebataban la voluntad. Sin embargo, en su caso, él no hablaba en lenguas raras, no cometía locuras ni tenía arrebatos violentos hacia sí mismo o hacia los demás. Si albergaba algún demonio en su interior sin querer, era un demonio muy triste y letárgico, que solo quería que durmiera mucho.

De todas las personas que conocía en Londres, acabó acudiendo a Tom Severin en busca de compañía. Esa noche no quería estar solo, pero tampoco quería pasar tiempo con alguien como Winterborne o Ransom, que le harían preguntas y le ofrecerían consejos sin pedírselo, además de intentar que hiciera algo que él no quería hacer. Le apetecía estar en compañía de un amigo a quien no le importasen ni él ni sus problemas. Por suerte, eso era justo lo que le apetecía a Severin, de modo que acordaron reunirse para una noche de copas y entretenimientos en Londres.

—Pasemos antes por mi casa —sugirió Severin mientras le miraba los zapatos sucios con mala cara— y que mi ayuda de cámara intente arreglarte un poco.

—Estoy bien para los sitios a los que solemos ir —repuso West, con la vista clavada en la calle mientras el carruaje avanzaba por ella—. Si te molesta tanto mi atuendo, déjame en la siguiente esquina.

—No, da igual. Pero esta noche no vamos a los sitios de siempre. Vamos a Jenner's.

West dio un respingo al oír el nombre y miró a su amigo con incredulidad. El último lugar al que le apetecía ir de todo Londres era el club de juego para caballeros del padre de Phoebe.

—Y un cuerno. Para el dichoso carruaje ahora mismo, me bajo.

—¿Qué más te da dónde bebas siempre que te sigan llenando la copa? Vamos, Ravenel, no quiero ir solo.

—¿Por qué supones que van a dejarte entrar siquiera?

—Esa es la cuestión: llevo en la lista de espera cinco años y la semana pasada por fin me admitieron. Ya pensaba que tendría que encargar el asesinato de alguien para hacer hueco, pero gracias a Dios algún viejo estiró la pata y me ha ahorrado el trabajo.

—Enhorabuena —replicó West, mordaz—. Pero no puedo entrar. No quiero arriesgarme a encontrarme con Kingston. Va al club de vez en cuando para no perder el pulso, y con la suerte tan perra que tengo, seguro que está allí esta noche.

En los ojos de Severin apareció un brillo interesado.

—¿Por qué quieres evitarlo? ¿Qué has hecho?

—No es algo de lo que me apetezca hablar estando sobrio.

—Pues vamos a ello. Encontraremos un rincón tranquilo y te invitaré al mejor licor de la casa..., valdrá la pena por una buena historia.

—A tenor de experiencias anteriores —replicó West, molesto—, sé muy bien que no debo confesarte nada personal.

—Lo harás de todas formas. La gente siempre me cuenta cosas, aun a sabiendas de que no deberían hacerlo. Pero no tengo ni idea de por qué.

Para consternación de West, Severin demostró tener razón. Una vez sentados en una de las salas de Jenner's, se descubrió contándole más de lo que había pensado. Le echaba la culpa al ambiente. Esas salas estaban diseñadas para la comodidad, con butacas y sofás de cuero, mesas llenas de licoreras y copas, periódicos bien planchados y expositores de bronce para puros. Los techos bajos, las paredes con paneles de madera y las mullidas alfombras persas servían para amortiguar el ruido y alentar las conversaciones íntimas. El vestíbulo principal y el salón de juegos eran muchísimo más extravagantes, casi teatrales, con tantos adornos dorados que superaban incluso a una iglesia barroca. Eran lugares para socializar, para jugar y para divertirse. Sin embargo, la sala donde se encontraban era donde los hombres poderosos hacían negocios y hablaban de política, a veces alterando el curso del imperio de formas que la opinión pública nunca llegaría a saber.

Mientras hablaban, West se dijo que sabía muy bien por qué la gente le contaba cosas a Tom Severin, que nunca embrollaba un tema con prejuicios ni moralinas y que nunca intentaba hacer cambiar de opinión o convencer para que no se hiciera algo. No se inmutaba por nada. Y aunque podía ser desleal e inmoral, nunca era deshonesto.

—Te voy a decir cuál es tu problema —dijo Severin a la postre—: los sentimientos.

West detuvo la copa de cristal con brandi a medio camino de sus labios.

—¿Te refieres a que, a diferencia de ti, los tengo?

—Yo también tengo sentimientos, pero nunca dejo que se conviertan en un obstáculo. De estar en tu lugar, por ejemplo, me casaría con la mujer que quisiera sin preocuparme por lo que a ella le conviene. Y si los niños que críes acaban mal, es asunto suyo, ¿no? Ellos mismos decidirán si quieren ser buenos o no. Personalmente, siempre he visto más ventajas en ser malo. Todo el mundo sabe que los bondadosos no van a heredar la tierra. Por eso no contrato a gente bondadosa.

—Ojalá que nunca seas padre —dijo West, desde lo más profundo de su corazón.

—Ah, lo seré —le aseguró Severin—. Al fin y al cabo, tengo que legarle mi fortuna a alguien. Preferiría que fuera a mis hijos; es lo más parecido que hay a legármela a mí mismo.

Mientras Severin hablaba, West vio con el rabillo del ojo que alguien que deambulaba por las estancias del club se había detenido para mirarlo. El hombre se acercó a la mesa despacio. Tras soltar la copa, West lo miró con frialdad.

Un desconocido. Joven, bien vestido, muy blanco y sudoroso, como si acabara de recibir un golpe tremendo y necesitase una copa. Le habría servido una de no ser porque el joven acababa de sacarse un revólver del bolsillo para apuntarlo con él. El corto cañón temblaba.

Cuando los miembros del club se dieron cuenta del arma, se hizo el caos a su alrededor. Las mesas y las sillas se quedaron vacías, y se oyeron gritos por encima de la creciente algarabía.

—Malnacido egoísta —lo insultó el desconocido con voz temblorosa.

—Podría referirse a cualquiera de los dos —repuso Severin con el ceño fruncido al tiempo que soltaba la copa—. ¿A cuál de los dos quiere disparar?

El hombre no pareció oír la pregunta, ya que estaba concentrado por completo en West.

—La ha puesto en mi contra, víbora manipuladora y mentirosa.

—Al parecer, te quiere a ti —le dijo Severin a West—. ¿Quién es? ¿Te has acostado con su esposa?

—No lo sé —contestó West, malhumorado, consciente de que debería estar asustado al ver a un hombre fuera de sus casillas apuntándolo con un arma. Pero se necesitaba demasiada energía para que le importase—. Se le ha olvidado amartillar la pistola —le dijo al desconocido, que se apresuró a hacerlo.

—No lo animes, Ravenel —protestó Severin—. No sabemos si tiene buena puntería. Podría darme a mí por error. —Se levantó de la silla y echó a andar hacia el desconocido, que estaba a pocos pasos de distancia—. ¿Quién es usted? —le preguntó. Al no obtener respuesta, insistió—: ¿Perdone? Su nombre, si no le importa.

—Edward Larson —masculló el hombre—. No se acerque. Si me van a colgar por disparar a uno de los dos, bien me pueden colgar por dispararles a ambos.

West lo miró fijamente. A saber cómo diantres lo había encontrado Larson allí, pero era evidente que no estaba en sus cabales. Seguramente estaba en peores condiciones que todos los presentes en el club, exceptuándolo a él. Poseía una belleza juvenil, pulcra, y seguramente sería muy agradable cuando no estuviera enloquecido. No había dudas acerca de qué lo había llevado a ese estado: sabía que sus pecadillos habían salido a la luz y que había perdido la oportunidad de un futuro con Phoebe. Pobre desgraciado.

Tras coger la copa de nuevo, West dijo:

—Adelante, dispare.

Severin siguió hablándole a Larson.

—Mi querido colega, nadie podría culparlo por querer dispararle a Ravenel. Hasta yo, su mejor amigo, he sentido la tentación de acabar con él en un sinfín de ocasiones.

—No eres mi mejor amigo —protestó West después de beber un sorbo de brandi—. Ni siquiera eres mi tercer mejor amigo.

—Sin embargo —siguió Severin con la vista clavada en la sudorosa cara de Larson—, por la satisfacción momentánea de matar a Ravenel, aunque considerable, no merece la pena ir a la cárcel y acabar ahorcado en público. Es mucho mejor dejarlo vivir y ver cómo sufre. Mire lo desdichado que es ahora mismo. ¿No hace eso que se sienta mejor por su propia situación? Porque a mí sí.

—¡Deje de hablar! —ordenó Larson.

Tal como Severin pretendía, Larson se distrajo lo suficiente para que otro hombre se acercara por detrás sin que se diera cuenta. Con un movimiento muy hábil, el hombre le rodeó el cuello con un brazo al tiempo que le agarraba la muñeca y le bajaba el brazo que sujetaba el arma, hasta que apuntó hacia el suelo.

Antes de que West pudiera verle la cara al recién llegado, reconoció esa voz sardónica y seca, tan elegante e imperiosa que solo podría haber pertenecido al diablo en persona.

—Quita el dedo del gatillo, Larson. ¡Ya!

Era Sebastian, el duque de Kingston..., el padre de Phoebe.

West bajó la cabeza hasta apoyar la frente en la mesa mientras sus demonios internos se apresuraban a informarle de que habrían preferido la bala.

33

West siguió sentado mientras los porteros nocturnos, los camareros y los miembros del club circulaban a su alrededor. Se sentía atrapado y rodeado, pero muy solo al mismo tiempo. Severin, al que nada le gustaba más que estar en un sitio donde sucedieran cosas interesantes, se lo estaba pasando en grande. Miró a Kingston con un cierto asombro, algo comprensible. El duque parecía la mar de a gusto en ese lugar legendario, tanto que incluso se asemejaba a un dios, con esa cara tan perfecta que no podía ser humana, su exquisito atuendo confeccionado a medida y ese aplomo tan impactante.

Sin soltar a Larson, al que aferraba como si fuera un cachorrito desobediente, lo reprendió en voz baja.

—Después de todas las horas que me he pasado contigo dándote consejos, ¿este es el resultado? ¿Has decidido dispararles a los miembros de mi club de juego? Muchacho, menudo desperdicio de tarde por tu culpa. Vas a irte directo a una celda a ver si así descansas un poco, y ya veré qué hacemos contigo por la mañana. —Lo dejó al cuidado de uno de sus corpulentos porteros nocturnos, que lo sacó de la estancia al instante. Acto seguido, miró a West con esos ojos tan claros como el mercurio y meneó la cabeza—. Parece que te hayan arrastrado por el campo. ¿Cómo se te ocurre venir a mi club con ese aspecto tan desastroso? Solo por lo arrugada que tienes la chaqueta debería arrojarte a la celda contigua a la de Larson.

—He intentado convencerlo de que se adecentara un poco —terció Severin—, pero no ha consentido.

—Un poco tarde para adecentarlo —replicó Kingston, cuya mirada seguía clavada en West—. A estas alturas recomendaría una fumigación. —Se volvió hacia otro portero—. Acompaña al señor Ravenel a mis aposentos privados, donde parece que tendré que aconsejar a otro de los atormentados pretendientes de mi hija. Esto debe de ser la penitencia por los desenfrenos de mi juventud.

—No quiero sus consejos —soltó West.

—En ese caso, haberte ido al club de otro.

West le dirigió una mirada acusatoria a Severin, que se encogió de hombros.

Mientras se levantaba a duras penas de la silla, West masculló:

—Me voy. Y como alguien intente detenerme, lo tumbo de un puñetazo.

Kingston no pareció impresionado en absoluto.

—Ravenel, estoy seguro de que cuando estés sobrio, descansado y alimentado podrás defenderte solo. Ahora mismo, sin embargo, no lo estás. Tengo a unos doce porteros trabajando aquí esta noche, todos los cuales han recibido entrenamiento para lidiar con clientes revoltosos. Sube la escalera, muchacho. Pasar unos cuantos minutos recibiendo la luz de mi acumulada sabiduría tampoco es tan malo. —Se acercó al portero para darle unas cuantas órdenes en voz baja, entre ellas una que se pareció sospechosamente a «Asegúrate de que está limpio antes de que roce siquiera los muebles».

West decidió marcharse con el portero, que se identificó como Niall. En realidad, no fue una decisión y tampoco se le ocurrió un plan alternativo. Se sentía un poco débil y mareado, y tenía la cabeza llena de ruidos intermitentes, como los resoplidos que hacía un tren al pasar a toda velocidad por delante de un andén. Por Dios, estaba muerto de cansancio. No le importaría escuchar un sermón por parte del duque, o de cualquiera, siempre y cuando pudiera sentarse.

Mientras abandonaban juntos la estancia del club, Severin preguntó con cierta tristeza:

—¿Y qué pasa conmigo? ¿Me quedo aquí sin más?

El duque lo miró con una ceja arqueada.

—Eso parece. ¿Necesita algo?

Severin sopesó la pregunta con el ceño fruncido.

—No —respondió a la postre, tras lo cual suspiró—. Mi vida está completa.

West le hizo un gesto de despedida con la mano y siguió a Niall, que iba ataviado con el uniforme de portero, confeccionado con una tela mate de un azul tan oscuro que parecía negra. El uniforme era sobrio y sin adornos, salvo por un pequeño cordón trenzado en las solapas de la chaqueta, y en el cuello y los puños de la camisa blanca. Discreto y sencillo, diseñado para facilitar el movimiento. Parecía un uniforme adecuado para matar gente.

Pasaron por una discreta puerta y subieron una escalera estrecha y oscura. Niall abrió otra puerta al llegar a la parte superior y accedieron a una especie de vestíbulo suntuosamente decorado con un fresco de ángeles y nubes en el techo. Otra puerta llevaba a un apartamento de estancias serenas decoradas en tonos dorados y blancos, con papel muaré celeste y alfombras de colores suaves y delicados.

West se acercó a la butaca más próxima y se dejó caer sin ceremonias. El asiento era blando y aterciopelado. Había un silencio absoluto. ¿Cómo era posible que hubiera semejante silencio con el clamor de la noche londinense al otro lado de la ventana y un puñetero club de juego en la planta inferior?

Niall el mudo le llevó un vaso de agua que en un principio él no quería. Sin embargo, después de beber un sorbo, sintió una sed arrolladora y apuró el resto sin detenerse a respirar. Niall se llevó el vaso, lo llenó de nuevo y volvió con un sobrecito de papel.

—¿Bicarbonato en polvo, señor?

—¿Por qué no? —murmuró West, que abrió el sobrecito, echó la cabeza hacia atrás para verter el contenido del sobre en la lengua y, acto seguido, bebió agua para tragárselo.

Al levantar la cabeza, se fijó en un cuadro colgado en la pared con un marco labrado dorado. Era un radiante retrato de la duquesa con sus hijos cuando eran pequeños. El grupo estaba reunido en el diván. Ivo, que era muy pequeño, estaba sentado en el regazo de su madre. Gabriel, Raphael y Seraphina se sentaban a ambos lados de su madre, mientras que Phoebe estaba inclinada sobre el respaldo con la cara muy cerca de la de la duquesa. Su expresión era dulce y un poco traviesa, como si estuviera a punto de contarle un secreto o de hacerla reír. West había visto una expresión similar en su cara, con sus propios hijos. Y con él.

Cuanto más miraba el retrato, peor se sentía, ya que los demonios internos le atravesaban el corazón con sus lanzas sin piedad. Quería marcharse, pero abandonar esa butaca le era tan imposible como si lo hubieran encadenado a ella.

La delgada figura del duque apareció en el vano de la puerta, desde donde miró a West con expresión pensativa.

—¿Qué hacía Larson aquí? —preguntó con voz ronca—. ¿Cómo está Phoebe?

Eso hizo que la expresión de Kingston se suavizara y adoptara algo parecido a la compasión.

—Mi hija está bien. Larson llegó en un estado de pánico e intentó convencerme de que lo ayudara a persuadir a Phoebe para que se casara con él. Trató de pintar su situación de la mejor manera posible, al creerme dispuesto a pasar por alto su relación con la señorita Parris a causa de mi depravado pasado. Huelga decir que mi reacción le causó una gran desilusión.

—¿Podrá ayudar a Phoebe a arrebatarle la posición de administrador legal de la propiedad?

—Sin lugar a dudas. El incumplimiento de la responsabilidad fiduciaria por parte de un administrador legal es una ofensa muy seria. Nunca me ha gustado que Larson tuviera voz y voto en la vida personal de Phoebe y en sus asuntos económicos, pero he guardado silencio porque no quería que me acusaran de inmiscuirme. Ahora que se me ha presentado la oportunidad, voy a inmiscuirme todo lo posible antes de que vuelvan a ponerme la correa.

La mirada preocupada de West regresó al retrato, a la figura de Phoebe.

—No me la merezco —murmuró, si bien no pretendía hacerlo.

—Por supuesto que no. Yo tampoco me merezco a mi mujer. Es un hecho injusto de la vida que los peores hombres acaban con las mejores mujeres. —Al ver el rostro macilento de West y su postura derrotada, el duque pareció tomar una decisión—. Nada de lo que diga esta noche surtirá efecto. No pienso echarte a la calle en estas condiciones, a saber en qué lío puedes meterte. Pasarás la noche en el dormitorio de invitados, y hablaremos por la mañana.

—No. Me vuelvo a mis aposentos.

—Fantástico. ¿Qué te espera allí, si puede saberse?

—Mi ropa. Una botella de brandi. Medio bote de zanahorias en vinagre.

Kingston sonrió.

—A mí me parece que ya estás bastante avinagrado. Ravenel, pasa la noche aquí. Les diré a Niall y a mi ayuda de cámara que te preparen un baño con todo lo que necesites... Incluyendo mucho jabón.

West se despertó al día siguiente con un vago recuerdo de lo sucedido la noche anterior. Levantó la cabeza de una suave almohada de plumas y parpadeó, asombrado, al observar el lujoso dormitorio en el que estaba. Había dormido en una mullida y comodísima cama de suaves sábanas blancas y gruesas mantas con una colcha de seda. Recordaba vagamente haberse dado un baño y haberse metido en la cama dando tumbos con la ayuda de Niall y de un ayuda de cámara entrado en años.

Se desperezó a placer, tras lo cual se incorporó hasta sentarse y echó un vistazo por el dormitorio en busca de su ropa. Solo vio una bata de caballero, que descansaba sobre el respaldo de una silla cercana. Hacía días que no se sentía tan descansado, aunque eso no significaba que se sintiera bien o que estuviera contento. Pero ya no le parecía todo tan gris. Se puso la bata y se levantó para tirar del cordón de la campanilla. El ayuda de cámara apareció con sorprendente rapidez.

—Buenas tardes, señor Ravenel.

—¿Tardes?

—Sí, señor. Son las tres.

Eso lo dejó estupefacto.

—¿He dormido hasta las tres de la tarde?

—Señor, estaba usted un poco perjudicado por la bebida.

—Eso parece. —Mientras se frotaba la cara con las manos, preguntó—: ¿Podrías traerme la ropa? ¿Y un café?

—Sí, señor. ¿Traigo también agua caliente y todo lo necesario para que se afeite?

—No, no tengo tiempo para afeitarme. Debo ir a... un sitio. A hacer cosas. Sin pérdida de tiempo.

Para mortificación de West, Kingston apareció por la puerta en el momento preciso para que oyera esas últimas palabras.

—¿Estás intentando escabullirte? —le preguntó con voz agradable—. Me temo que ese bote de zanahorias en vinagre tendrá que esperar, Ravenel. Quiero tener una charla contigo. —Miró al ayuda de cámara—. Culpepper, tráelo todo para que se afeite y encárgate de que coma algo caliente. Llámame cuando haya comido y esté presentable.

Durante la siguiente hora y media, se dejó hacer la manicura con resignación y, además, decidió que se encontraba del humor triste y pesimista adecuado para permitir que Culpepper lo afeitara. Le importaba un bledo que el vejestorio le rajara el cuello. El proceso no fue agradable. Sentía un nudo en el estómago y se pasó todo el rato con los nervios de punta. Sin embargo, esas manos deformadas de piel arrugada y flácida demostraron una firmeza sorprendente, de manera que las pasadas de la navaja fueron ligeras y diestras. Cuando Culpepper terminó, descubrió que su afeitado era todavía más apurado que el de Phoebe. Aunque si estuviera obligado a elegir entre ambos, la visión del escote de Phoebe la colocaba en cabeza con mucha diferencia.

Como por arte de magia, le habían lavado, secado y planchado la ropa, y sus zapatos estaban limpios y relucientes. Después de vestirse, se sentó a una mesita situada en una estancia adyacente, donde le sirvieron un café con nata, un plato de huevos escalfados y un delgadísimo filete de solomillo de ternera a la parrilla, aderezado con sal y perejil picado. En un primer momento, le repugnó la idea de masticar y tragar. Sin embargo, probó un bocado y luego otro, y al cabo de un instante su aparato digestivo empezó a gruñir de felicidad, de manera que lo apuró todo con una rapidez vergonzosa.

Kingston hizo acto de presencia cuando estaba a punto de acabar de comer. Le colocaron una taza de café delante y rellenaron la taza de West.

—Todavía no estás a pleno rendimiento —comentó el duque tras observarlo con ojo crítico—, pero te veo mejor.

—Señor —comenzó West, pero tuvo que detenerse porque sintió un nudo en la garganta. Se maldijo para sus adentros. No podía hablar con ese hombre de temas personales. Acabaría hecho trizas. En ese momento era tan frágil como una burbuja de cristal recién soplado. Carraspeó dos veces antes de poder añadir—: Creo que sé de qué quiere hablar, pero no puedo hacerlo.

—Excelente. Ya había planeado ser yo quien llevara el peso de la conversación. Iré directo al grano: doy mi consentimiento para que te cases con mi hija. Ahora me dirás sin duda que no me has pedido su mano, de manera que yo te preguntaré por qué. Tú me relatarás algunas anécdotas procedentes de tu escandaloso pasado y llevarás a cabo un tedioso proceso de autoflagelación para hacerme entender que eres inadecuado como esposo y padre potencial. —El duque bebió un sorbo de café antes de añadir—: Nada de eso logrará impresionarme.

—¿No? —preguntó West con recelo.

—Yo he hecho cosas peores de las que puedes llegar a imaginarte y no, no voy a compartir mis secretos contigo para así apaciguar tu conciencia. Sin embargo, te aseguro, por experiencia propia, que una reputación destrozada puede recuperarse y que esos cotillas gaseosos de la alta sociedad acabarán buscando nuevo material con el que inflarse.

—Eso no es lo que me preocupa. —West acarició el borde romo de un cuchillo para untar mantequilla con la yema de un pulgar hacia atrás y hacia delante. Se obligó a seguir—: Siempre me veré obligado a preguntarme cuándo van a aparecer mis demonios internos para arrastrar a mis seres queridos al círculo infernal del que hayan salido.

—Casi todos tenemos demonios internos —le aseguró el duque en voz baja—. Bien sabe Dios que yo los tengo. Y también los tiene un buen amigo que es el hombre más admirable e íntegro que conozco en la vida.

—¿Y cómo se deshace uno de ellos?

—No se puede. Hay que aprender a controlarlos.

—¿Y si no puedo?

—Ravenel, este tipo de conversación en círculo no sirve para nada. Ambos estamos de acuerdo en que no eres perfecto. Pero he visto y he oído lo suficiente como para estar seguro de que le ofrecerás a mi hija la compañía que ella desea y necesita. No la aislarás del mundo exterior. Henry y ella vivían en ese maldito templo griego emplazado sobre una colina como si fueran dioses del Olimpo, respirando ese aire enrarecido. Tú serás el tipo de padre que esos niños necesitan. Los prepararás para un mundo que está cambiando y les enseñarás a ser comprensivos con las personas que viven en sus propiedades. —Sus ojos lo atravesaron con una mirada penetrante—. Ravenel, te entiendo muy bien. He estado en tu pellejo. Tienes miedo, pero no eres un cobarde. Enfréntate a esto. Deja de correr. Habla del tema con mi hija. Si entre los dos no sois capaces de llegar a un acuerdo satisfactorio para ambos, estoy seguro de que no merecéis casaros.

Alguien llamó a la puerta con delicadeza.

—Adelante —dijo el duque, volviendo la cabeza, y las canas de su sien relucieron al recibir la luz de la ventana.

Un criado abrió la puerta y entró para hacer un gesto firme con la cabeza en dirección a la ventana al tiempo que decía:

—Excelencia...

El duque se levantó de la silla y se acercó a la ventana, que daba a la calle.

—Ah. Qué momento más oportuno. —Miró al criado—. Que suba.

—Sí, excelencia.

West estaba demasiado ocupado con sus pensamientos como para prestarle atención a lo que sucedía. A lo largo de su vida había recibido un sinfín de sermones, algunos lo bastante brutales como para dejarle cicatrices permanentes en el alma. Pero ningún hombre le había hablado nunca como acababa de hacerlo el duque de Kingston. Con sarcasmo, honestidad, franqueza, apoyo y una autoridad que le resultaba reconfortante, por extraño que pareciera. De forma paternal. Sí, que lo hubiera llamado cobarde le escocía, pero no podía negar que tenía razón. Era miedo. Le daban miedo muchas cosas.

Sin embargo, la lista ya era más corta. Había tachado el afeitado. Eso demostraba algo, ¿verdad?

Kingston se había acercado a la puerta, que se había quedado entreabierta, y estaba hablando con alguien que se encontraba al otro lado del vano.

Una voz femenina susurrada despertó todas sus terminaciones nerviosas, como si fueran un puñado de cerillas, tan solo con percibir su tono. Se puso de pie al instante y estuvo a punto de volcar la silla con las piernas. El corazón le latía a toda velocidad mientras se acercaba a la puerta.

—... traído a los niños —decía la voz—. Están abajo con Nana.

Kingston soltó una queda carcajada.

—Tu madre montará en cólera cuando le diga que los he tenido para mí solo mientras ella estaba en Heron's Point. —Consciente de que West se había acercado, retrocedió un paso para abrir la puerta del todo.

Phoebe.

El júbilo le inundó el pecho de golpe. Estupefacto por la intensidad de sus sentimientos, solo acertó a mirarla sin hablar. En ese momento comprendió que, sin importar lo que sucediera ni lo que se viera obligado a hacer, jamás sería capaz de abandonarla de nuevo.

—Mi padre me mandó llamar esta mañana —le dijo ella sin aliento—. Hemos tenido que darnos mucha prisa para poder coger el tren a tiempo.

West se apartó con torpeza para dejarla pasar.

—Yo ya he hecho mi parte —anunció el duque—. Ahora supongo que debo dejaros para que os las apañéis.

—Gracias, padre —replicó Phoebe con sarcasmo—. Intentaremos arreglárnoslas sin ti.

Kingston se marchó, cerrando la puerta a su espalda.

West siguió sin moverse del sitio mientras Phoebe se volvía para mirarlo. Que se lo llevaran los demonios, pero qué bien se sentía estando tan cerca de ella...

—He estado pensando —dijo con voz ronca.

En los labios de Phoebe apareció una sonrisa trémula.

—¿En qué?

—En la confianza. Cuando te dije que no podía depender de que alguien me quisiera...

—Sí, lo recuerdo.

—Me di cuenta de que antes de poder confiar en alguien... Antes de sentir esa confianza..., debía ponerla en marcha. Debía confiar ciegamente. Tendré que aprender a hacerlo. Es... difícil.

Vio el brillo de las lágrimas en esos preciosos ojos grises.

—Lo sé, cariño —susurró ella.

—Pero si voy a intentar confiar en alguien, tienes que ser tú.

Phoebe se acercó un poco a él. El brillo de sus ojos era tan intenso que parecían haber embotellado el resplandor de un relámpago.

—Yo también he estado pensando.

—¿En qué?

—En las sorpresas. Verás, era imposible saber el tiempo del que disponíamos Henry y yo antes de que llegara su declive. Resultó que era menos del que esperábamos. Pero mereció la pena. Lo repetiría de nuevo. Su enfermedad no me daba miedo, de la misma manera que no me da miedo tu pasado ni cualquier otra cosa que se nos pueda presentar de repente. Ese es el riesgo que corre todo el mundo, ¿no es verdad? La única garantía certera es que nos queremos. —La emoción se apoderó de su voz—. Porque lo hago, West. Te quiero muchísimo.

A esas alturas, el corazón de West latía de forma atronadora, porque sabía que había llegado el momento más importante de su vida.

—Hay un problema —replicó con voz ronca—. En una ocasión te prometí que nunca te propondría matrimonio. Pero no dije que no pudiera aceptar una proposición. Te lo suplico, Phoebe..., pídemelo. Porque te quiero y quiero a tus hijos más de lo que mi corazón puede soportar. Pídemelo, por compasión, porque no puedo vivir sin ti.

Lo miró con una sonrisa deslumbrante mientras se acercaba.

—West Ravenel, ¿quieres casarte conmigo?

—Dios, sí. —La estrechó entre sus brazos y la besó con pasión, con demasiada brusquedad como para que resultara placentero, pero a ella no pareció importarle.

Su historia por fin podría comenzar, sus futuros acababan de reescribirse. Dos futuros unidos en uno solo. Una luz iridiscente pareció rodearlos, o tal vez fuera el efecto de las lágrimas que tenía en los ojos. Era, pensó West maravillado, demasiada felicidad para un solo hombre.

—¿Estás segura? —le preguntó entre beso y beso—. El hombre perfecto que mereces seguramente esté ahí fuera en algún lado, buscándote.

Phoebe se rio contra sus labios.

—Pues vamos a darnos prisa y a casarnos antes de que aparezca.

Nota de la autora

Según el diccionario de inglés Oxford, el origen de escribir equis en las cartas para representar besos se remonta a una carta de 1763 escrita por el naturalista británico Gilbert White. Sin embargo, Stephen Goranson, un respetado investigador especializado en lingüística de la Universidad Duke, afirma que las equis de la carta de Gilbert White significaban bendiciones. Goranson descubrió citas del uso real de las equis como representaciones de besos en cartas fechadas de 1890 en adelante, entre las que se incluye una de Winston Churchill a su madre en 1894: «Por favor, disculpa mi mala letra porque tengo mucha prisa. (Muchos besos) xxx WSC».

Como parte de mi investigación, he visto (junto con Greg, mi marido, que es un entusiasta de la historia) el documental histórico británico de la BBC, *Victorian Farm*, y la continuación, *Victorian Farm Christmas*. ¡Nos engancharon de principio a fin! El documental recrea la vida cotidiana en una granja de Shropshire de mediados del siglo XIX, para lo cual enviaron a un equipo formado por tres personas —la historiadora Ruth Goodman y los arqueólogos Alex Langlands y Peter Ginn— para que vivieran y trabajaran en la granja durante un año. Los descubrimos en YouTube. ¡Seguro que os encantan si los veis!

¡Gracias por vuestra amabilidad y vuestro entusiasmo, queridos lectores! Me apasiona compartir mi trabajo con vosotros y todos los días doy gracias por poder hacerlo realidad.

L. K.

La crema de verduras de primavera favorita de West Ravenel

He usado con frecuencia esta receta, que está basada en otras similares de la época victoriana. Además de ser fácil, deliciosa y nutritiva, también nos ayuda a usar esas sobras de verduras que a veces dejamos olvidadas en el cajón del frigorífico. Puedes añadir o sustituir unas verduras por otras, como col, coliflor o chirivía. Solo tienes que añadir más caldo para poder triturarlo todo mejor. Aunque la receta pide hierbas aromáticas secas, yo acostumbro a usarlas frescas siempre que me es posible. Me gusta usar tomillo y orégano, pero cualquier hierba que tengas le irá estupendamente.

Ingredientes:
1 calabacín verde grande (o 2 pequeños)
1 calabacín amarillo grande (o 2 pequeños)
2 zanahorias de tamaño normal, o unas cuantas si son baby
1 pimiento rojo o amarillo
30 gramos de mantequilla (o de aceite de oliva)
1 diente de ajo pequeño rallado
1 cebolla picada
1 litro de caldo de pollo o de verdura
55 gramos de tomate concentrado

1 bote pequeño de judías blancas cocidas, enjuagadas y escurridas
6 gramos de sal
6 gramos de pimienta negra
1 cucharadita de tomillo seco
1 cucharadita de orégano seco
120 gramos de nata para montar o de nata para cocinar

Preparación:

Corta las verduras en trozos de dos centímetros aproximadamente. No hace falta ser preciso, ya que después vamos a triturarlas, pero es mejor para que todas se cuezan por igual.

Derrite la mantequilla en una cacerola grande a fuego medio. Añade el ajo, la cebolla y el resto de las verduras ya troceadas y saltea durante diez o quince minutos.

Añade el caldo, el tomate concentrado, las judías blancas, las hierbas aromáticas, la sal y la pimienta. Llévalo a ebullición y después baja el fuego al mínimo y deja que se cueza durante al menos media hora o hasta que todo esté muy blando y se pueda pinchar fácilmente con un tenedor.

Tritúralo todo. Si usas una batidora de mano en vez de un procesador de comida con vaso, hazlo en pequeñas cantidades.

Añade la nata al final y corrige de sal y de pimienta si es necesario.

Sirve con picatostes fritos en mantequilla si quieres, o si prefieres que sea una comida más abundante, acompaña la crema con un sándwich de queso a la parrilla.